译文经典

拉辛与莎士比亚

Racine et Shakespeare

Stendhal

〔法〕司汤达 著

王道乾 译

上海译文出版社

目　录

内容提要

司汤达的《拉辛与莎士比亚》是一八二三年与一八二五年出版的反对学院古典主义论战的两本小册子的合集，是司汤达的重要理论著作，也是法国现实主义文献之一。一八二三年的第一部分包括三章：《为创作能使一八二三年观众感兴趣的悲剧，应该走拉辛的道路，还是莎士比亚的道路?》《笑》《浪漫主义》，一八二五年的第二部分是直接对法国复辟时期旧制度旧思想的官方代表法兰西学院古典派攻击浪漫主义的反击。莎士比亚与拉辛分别作为浪漫主义与古典主义的代表，表示上升时期资产阶级美学观点与封建贵族旧艺术的对立。司汤达在这部著作中提出的是现实主义的艺术原则，为法国十九世纪现实主义文学发展开辟了道路。附后还增收了司汤达《旅人札记》(选)、《意大利绘画史》导言、《阿尔芒斯》前言以及关于司汤达一部未完成小说《吕西安·勒万》的序言、第一部第二部引言、一封致于勒·高及耶夫人的信和一份为该书所写的遗嘱。

译者前言

　　一八二二年七八月间，英国潘莱剧团到巴黎演出莎士比亚戏剧，受到巴黎一部分观众和舆论界的恶意捣乱和攻击，以致不得不停止演出。司汤达对此立即作出反应，写出文章，这就是英国侨民办的刊物《巴黎每月评论》同年十月号上发表的《拉辛与莎士比亚》，题目是用英文写的，文章是用法文写的，小题目便是本书第一章所用的那个题目。一八二三年一月，司汤达又在这个刊物上发表了《笑》，即本书第二章。第三章《浪漫主义》，应写于此后一八二三年年初这一段时间，但这时《巴黎每月评论》已和另一英国刊物合并，于是司汤达将这新写的一章连同前已发表的两章合在一起以《拉辛与莎士比亚》为题自费出版。这本小册子出版后，没有引起什么反响。

　　浪漫主义和新的思潮日益猛烈冲击着巴黎古典主义堡垒。法兰西学院那部在当时享有极高权威的辞典也不能不对浪漫主义问题表明自己的态度，对浪漫主义这个新词作出自己的解释。法兰西学院院士奥瑞在一八二四年四月二十四日就此向浪漫主义发起攻击。将近一年后出版的《拉辛与莎士比亚》第二部分，便是对这位古典主义卫道士的回答。政论小册子当时十分盛行，司汤达的朋友路易-保罗·顾里埃便是著名的政论作家；司汤达已写的许多作品本身（甚至也包括他的小说）也都带有政论特色，其实司汤达本人就是一位十分出色的小册子作家，现在他更是有意采用这种小册子形式来写他这部批判古典主义派的书。"小册子其实就是这个时代的喜剧。"司汤达这样说。反击法兰西学院古典派权威人士，自由派很感兴趣，在政治上于他们有利，与三年前英国剧团在巴黎演出莎剧时自由派煽动什么英国人谋害拿破仑、大肆攻击莎士比亚的情景相比，现在是大不相同了。所以《拉辛与莎士比亚》第二部出版，有自由派报纸鼓吹，十分引人注目，影响也很不小。但是自由派作家或者当时的浪漫派作家也未必真正理解司汤达的"浪漫主义"。

这是司汤达写《拉辛与莎士比亚》的直接原因。

但是，从这部书本身看，从它所涉及王政复辟时期的政治、社会思想、文化、美学、戏剧种种极其纷纭复杂的背景看，从它的笔锋触及的人与事看，特别是从思想领域的阶级斗争来看，司汤达揭起"浪漫主义"这面旗帜的原因，要深刻得多，其意义更为重大。司汤达在《拉辛与莎士比亚》中实质上提出了一个关于时代的重要问题，他反复强调时代的变化，总是将艺术放在一定历史条件下加以考虑，他早已看到资产阶级革命时代提出的新的美学与艺术要求。在谈到喜剧问题时，司汤达强有力地指出："尽管证券交易所和政治赋予我一种深刻的严肃性，尽管怀有党派的仇恨，倘若是要让我笑，仍然必须在我面前以一种愉快有趣的方式使某些满怀热情的人在走向幸福的道路上失足受骗才行。"这就是司汤达所强调的资产阶级"现代人"。头上戴着庞大假发的法国侯爵对戏剧艺术绝对提不出这样的要求；即使当时的浪漫派诗人如拉马丁、雨果等也未必讲得出这样锋利的语言。《拉辛与莎士比亚》另一个主调是："一切伟大作家都是他们时代的浪漫主义者"，"表现他们时代的真实的东西"，"因此感动了他们同时代的人"。现实主义艺术原则已经比较完整地提出来了。法国十九世纪现实主义传统由此开其端。这是很值得注意的。还有，在艺术上，一系列原则性的意见，特别是向莎士比亚学习的问题（本书第五封信关于检查制度、第八封信后两条司汤达的长注可予注意），在法国文学史上似乎可以说第一次如此鲜明地提出来并作出比较详尽的说明，现实主义艺术方法许多经验之谈已经表达得十分清楚，这是不是有助于人们理解在现实主义文学创作中莎士比亚化的问题？这是一个可以加以探讨的题目。

可是，在一八三二年，雨果《克伦威尔》序言发表后五年，《哀尔纳尼》轰动一时的首场演出已过去两年，正当浪漫主义运动盛极一时的情况下，司汤达的女友于勒·高及耶夫人写信给他说："创造浪漫主义的本来是你，你的浪漫主义是纯净的、自然的、动人的、好玩的、天真的、有趣的，但是别人却把它弄成了一个尖声嚎叫的怪物。你创造别的东西吧。"这当然是一个女人娇声娇气讲出的俏皮话，但可以反映出她的这位作家朋友和她交谈中的观点，似乎无可怀疑。正是这位高及耶夫人在一八三三年写了一部小说，要司汤达给她提意见，不料却促使司汤达沿着她那部小说稿的题材线索扩展开来竟写出一部很值得注意的小说《吕西安·勒万》。其实，尖声嚎叫的浪漫主义早已被这位有独创性的作家抛在脑后，在现实主义小说的道路上阔步前进已经走得很远了；这就是司汤达另一类新的创造。司汤达所谈的浪漫主义，对我们研究他创作的现实主义小说是有帮助的，对于了解从十九世纪发展起来的现实主义文学也是不可忽视的。

司汤达的现实主义观点，如文学是反映生活的一面"镜子"，艺术必须具有真实性，描写处于社会关系中的人的内心世界等等，这不可能是从逻辑推理中推导出来的原则，而是长期社会实践和艺术学习的结果。让·普来沃说司汤达在一八一七年写出《罗马、那不勒斯和佛罗伦萨》，是经过写了十五卷的日记、初稿、研究、文学通信、六卷艺术评论的准备才取得的。司汤达的思想和美学在《海顿生平》（一八一四）、《意大利绘画史》（一八一七）、《论爱情》（一八二二）这三部书里已经比较完整地形成；《拉辛与莎士比亚》不过是这位作家表示与封建历史时期旧文学告别，从此走上近代现实主义小说新开辟的广阔领域。这是很有意义的一个事件。

译本中增补了许多注释，其中属于考订、资料性的材料，大多取自本书编者皮埃尔·马提诺的注释；我在译本注释中未一一注明，应该在这里交代一下。

王道乾

一九七八年五月

拉辛与莎士比亚（一）

（一八二三年）

Intelligenti pauca.

（对聪明人无需多言。）

序

我们和那些穿戴价值上千金币的绣花服装和庞大黑假发的侯爵们是毫无共同之处的。这些侯爵早在一六七〇年就对拉辛和莫里哀 [1] 的剧作作出了评价。

拉辛和莫里哀这些伟大人物曾经竭力迎合这些侯爵们的口味，为他们辛勤效劳，进行创作。

我认为今后应该为我们，为一八二三年爱好推理、认真严肃，而且有点雄心的青年一代创作悲剧。这种悲剧应该是用散文体写的。亚历山大诗体 [2] 在今天往往不过是一种cache-sottise（掩饰愚蠢的遮羞布）[3] 而已。

查理第六、查理第七、弗朗索瓦第一统治时期，对我们来说，应该是富于具有永久性的深刻的民族悲剧的。但是，悲剧的诗句如果绝对禁用**手枪**这样的词汇，那怎么能真实描写菲力浦·德·高弥纳所记叙的流血惨剧和让·德·特鲁瓦 [4] 所写的耸人听闻的史实呢？

戏剧的诗体在今天法国面临的局面，正如著名画家达

卫 [5] 在一七八〇年所看到法国绘画的情况一样。这位大胆的艺术天才在绘画上最初探索是在拉格洛内、弗拉高纳、凡鲁 [6] 一辈画家朦胧暧昧、平庸乏味的样式中开始的。他创作的三四幅绘画曾经获得多方赞赏。但是，使他取得不朽地位的，却是他首先看到法国旧画派陈腐不堪的样式已不能满足人民严肃的欣赏趣味，对强有力的行动这种强烈要求这时在人民中已开始日益高涨。达卫先生教会人们在绘画中清除勒布伦和米涅亚 [7] 一派的陈迹，敢于正面描绘布鲁图斯和荷拉斯 [8]。如果我们仍然按照路易十四时代的老路继续走下去，我们就只好永远是苍白无力的模仿者。

一切都使人相信：我们在诗的领域中同样也处于革命的前夜。作为**浪漫艺术**的捍卫者，我们直到取得胜利之前，都要受到百般攻击，在所难免。伟大胜利的一天终要到来，法国青年一代也将要觉醒。那时，高贵的青年一代将会奇怪自己在过去很长时期曾经这样认真地称赏如此无聊愚蠢的东西。

以下两篇文章是在几小时之间一挥而就写成的，热情有余而才华不足，这是有目共见的。这两篇文章原发表在《巴黎每月评论》(*Paris Monthly Review*) 第九期和第十二期上 [9]。

作者由于自己的处境，并不抱有文学上的野心，他只是讲出他所看到的真理，既不多加文饰，也不滥用辞令。

作者一生忙于其他工作，谈论文学也不具备任何资格，他有时以尖锐明快的方式提出他的观点，这是出于对公众的尊重，试图以简约的文字明确地阐明思想。

作者自知力不从心，原想将他的意见用彷徨不定、华丽高雅的形式万无一失地掩饰起来。对于一个可惜不能欣赏那些掌握舆论的人们所喜欢的那一套的人，这种形式是非常适用的。如果采用这种办法，那么，作者的谦虚所关注的一切无疑也就可保无虞了。作者本来也想从长详细讨论，然而时不待人，特别是对于文学上的某些争执，有必要抓紧，不宜拖延。

---

[1] 拉辛（1639—1699），法国古典主义悲剧作家；莫里哀（1622—1673），法国古典主义喜剧作家。

[2] 亚历山大诗体，在法国十一、十二世纪出现，十七世纪古典主义时期成为官方诗体，至今仍然是法国的主要诗体。

[3] cache-sottise（掩饰愚蠢的遮羞布），司汤达创造的一个词，最早见于《海顿生平》（1814）。

[4] 查理第六（1368—1422）、查理第七（1403—1461）、弗朗索瓦第一（1494—1547），均为法国中世纪的国王。菲力浦·德·高弥纳（Philippe de Comines，1447—1511），法国历史学家，其《回忆录》记述路易十一和查理第八统治时期（1464—1489）史实。让·德·特鲁瓦（Jean de Troyes），中世纪历史学家，著有关于路易十一时期的《秘闻史录》。

[5] 达卫（David，1748—1825），拿破仑帝国时著名的官方画家，新

古典主义画派创始人。作品有《拿破仑加冕》《荷拉斯兄弟宣誓》《马拉之死》《雷嘉弥埃夫人》等。

[6] 拉格洛内（Lagrenée, 1724—1805）、弗拉高纳（Fragonard, 1732—1806）、凡鲁（Vanloo, 1684—1745），法国画家。

[7] 勒布伦（Lebrun, 1619—1690）、米涅亚（Mignard, 1606—1668），法国画家。

[8] 布鲁图斯（Brutus, 公元前85—前42），罗马共和派领袖，谋杀恺撒的主谋之一；荷拉斯（Horaces），传说中罗马勇士，兄弟三人。此处指达卫取材历史人物的作品《荷拉斯兄弟宣誓》（1785）和《卫士将布鲁图斯儿子的尸体给布鲁图斯抬来》（1789），显示了戏剧性的宏大场面，而不是旧画派朦胧的仕女形象。

[9]《巴黎每月评论》，英国侨民在巴黎出版的刊物（1822年1月—1823年1月）。司汤达说两篇文章发表在这个刊物上，即本书第一章与第二章。

第一章

为创作能使一八二三年观众感兴趣的悲剧，
应该走拉辛的道路，还是莎士比亚的道路？

这个问题在法国似乎已是陈旧不堪的了。不过，关于这个问题，人们所听到的还只是一方面的意见。《每日新闻》和《立宪报》[1] 由于政见不同而壁垒分明，但有一点它们是一致的，它们都认为法国戏剧不仅是世界上第一流的，而且是惟一合乎理性的。可是，如果不幸的浪漫主义（romanticisme）[2] 有意见要发表，那么，不论什么色彩的报纸不约而同都对它关上大门，无例外地拒绝它了。

这种明显的恶意丝毫不使我们感到害怕，因为这不过是一个涉及党派的问题罢了。让我们举出一个事实作为回答吧：

近十年来在法国最受欢迎的文学作品是什么？

是瓦尔特·司各特[3] 的小说。

瓦尔特·司各特的小说是怎样的？

是穿插有长篇描写的浪漫主义戏剧。

也许有人会举出《西西里晚祷》《帕里亚》《马莎佩》《雷格吕》[4] 的风行一时来反驳我们。

这几个剧本是给人以很大的愉快的；但是并没有给人以戏剧的愉快。其实观众并不享有绝对的自由，他们无非喜欢听到舞台上用优美的诗句表现高尚的感情。

这是一种欣赏**史诗的愉快**，而不是欣赏**戏剧的愉快**。因为其中缺乏深刻感情所必需的那种幻想深度。不论怎么说，人在二十岁时，要的是享受乐趣，而不是推理，尽管其中道理他不明白，但他实际上是这样做的。也正是由于这个不为人所知的道理，第二法兰西剧院[5] 的年轻的观众对这些剧本的虚构故事才这样易于接受，并为之热烈鼓掌。如《帕里亚》虚构的故事，还有比它更荒唐可笑的吗？这种东西是经不起推敲的。人人都提出过这样的批评，可是并没有被采纳。为什么？因为观众要求的只是优美的诗句。观众在当前法国戏剧中所寻求的也就是这一套华丽炫目、用来着力表现所谓高尚感情的抒情短诗。这种抒情短诗用一些前引后连的诗句就能起到这种作用。这就如同派勒介路[6] 剧院演出的芭蕾舞剧一样，戏剧动作的惟一目的就在引出优美的舞步，或好或坏的敷衍成为悦目的舞蹈场面，如此而已。

我要毫无畏惧地向走在歧途上的青年一代讲话。他们因为莎士比亚是英国人，就对莎士比亚大喝倒彩[7]。他们认为这就是爱国主义，就是维护国家荣誉。勤勉的青年人是法兰西的希望，我十分尊重他们，所以我必须以真理的严正语言来和他们谈话。

关于拉辛和莎士比亚的全部争论，归结起来就是：**遵照地点整一律和时间整一律** [8]，是不是就能创作出使十九世纪观众深感兴趣、使他们流泪、激动的剧本，或者说，是不是就能给这些观众提供**戏剧的愉快**，而不是促使我们去看《帕里亚》或《雷格吕》第五十次演出的那种欣赏**史诗的愉快**。

我认为遵守**地点整一律和时间整一律**实在是法国的一种习惯，**根深蒂固的习惯**，也是我们很难摆脱的习惯，理由就是因为巴黎是欧洲的沙龙，欧洲的风格、气派；但是我要说，这种整一律对于产生深刻的情绪和真正的戏剧效果，是完全不必要的。

我要问**古典主义派**：为什么悲剧表现行动必须限制在二十四小时或三十六小时之内？场景的地点为什么不许变换，或者按照伏尔泰的说法 [9]，地点变换只限于同一处王宫的不同部分？

法兰西学院院士：因为将一星期或一个月时间长度容纳在两小时演出时间之内，是不逼真的；在很短的时间范围内，例如像在莎士比亚《奥瑟罗》剧中，演员从威尼斯到塞浦路斯，或者像在《麦克佩斯》剧中，演员从苏格兰到英格兰王宫，这也是不逼真的^[10]。

浪漫主义者：这非但是不逼真和不可能，而且戏剧行动容纳在二十四小时或三十六小时之内也是不可能的①。

院士：我们怎么会主张戏剧行动的时间长度必须与上演的实际时间分毫不差完全一致，那太荒谬了。如果是这样，这些规则岂不成了天才的桎梏。在模仿性艺术的领域中，需要严谨，但不需要僵硬。观众完全可以在幕间休息听乐队演奏交响乐消遣时想象几个小时已经过去。

浪漫主义者：先生，请注意你刚刚说过的话。你已经使我处在极为有利的地位了。这样说，你同意观众能够想象时间经过的长度比他坐在剧院里的时间要长。那么，请告诉我，观众是不是可以想象比实际的时间更长一些，长两倍、三倍、四倍，以至百倍？我们有止境吗？

院士：你们这些现代哲学家，真是奇怪得很：你们咒骂诗律，因为照你们说诗律束缚天才，可是现在你又企图要我们应用**时间整一律**规则真实得要像数学那样严格、精确。观众买了戏票，走进剧院，观众竟然想象他过了一年、一月或者一周，十分明显，这本身就与逼真背道而驰。这你难道还感到不够吗？

浪漫主义者：可是谁对你说过观众不可以这样想象？

---

① 见埃尔麦斯·维斯孔第的对话录《调和者》(*Conciliatore*)，1818 年，米兰。——司汤达原注

院士：是理性这样告诉我的。

浪漫主义者：请你原谅；理性是不会这样教你的。倘若经验没有这样教你，你怎么会知道观众在包厢里实际只坐了两小时却能够想象已经度过二十四小时？倘若经验没有这样教你，你又怎么会知道时间过了多少小时？烦闷无聊的人，觉得几小时过得缓慢漫长，而玩得尽兴的人，却感到时间如飞。总而言之，你和我的分歧，只有**经验**才能判定。

院士：经验，毫无疑问。

浪漫主义者：那么，好！经验否定了你。在英国，已经有两个世纪，在德国，已经有五十年 [11]，他们演出悲剧，戏剧行动发生过程时间长达几个月之久，观众的想象适应得尽善尽美。

院士：嗬！你居然给我引述外国的事例，而且还有德国人！

浪漫主义者：一般法国人，尤其是住在巴黎的人，对世界上其他民族有一种不容争议的优越感，这我们以后再谈。这种优越感在你们是出自**内心感情**的，我承认；两个世纪以来，你们在逢迎赞美声中给娇纵得专横独断。完全因为"偶然"，你们巴黎人在欧洲享有文学盛名；有一位以对自然美的"激情"而著名的才女 [12]，她为了取悦巴黎人，曾经说"世界上最美的溪流，是巴克街上的小溪"。不仅法国上流社会的作家，而且整个欧洲上流社会的作家，为从你们这里获取一点文学声誉，都把你们阿谀奉承，以此作为交换；而你们说什么**内心感情、精神明证**，也无非是一个被宠坏了的孩子的精神明证罢了，换句话说，也就是**要求阿谀奉承的习惯**。

再回到本题上来。伦敦人或爱丁堡人，福克斯和谢立丹[13]的同胞，他们或许并不全是傻瓜，他们欣赏像《麦克佩斯》这样的悲剧，丝毫没有感到无法忍受，这一点你能否认吗？《麦克佩斯》在英国和美国每年上演，得到无数的掌声，戏以国王被谋杀和国王的几个儿子逃亡出走开场，最后以王子率领他们在英格兰招募的军队返回，从王位上推翻嗜血的麦克佩斯终场，这一系列戏剧行动必然要求有几个月的时间。

院士：啊！你并没有说服我。英国人和德国人，所有的外国人，他们毕竟是坐在剧院里，真的在想象过去了整整几个月的时间。

浪漫主义者：你也跟我一样，你也没有说服我。法国观众坐在剧院里看《伊斐日尼在奥利斯》[14]的演出，他们真的相信时间度过了二十四小时。

院士（颇不耐烦）：那不一样！

浪漫主义者：请不要动怒，请注意观察在你的头脑里发生了什么。试把习惯投到一闪即逝的戏剧动作上的那一袭纱幕移开片刻，那戏剧动作变化迅速，眼睛几乎难以追踪，不能看清它是怎么过去的。让我们先就**幻想**这个概念取得一致的理解。人们说观众的想象力设想舞台上表演的事件需要经过多少时间，并不理解为观众的幻想就当真认为实际度过多少时间。观众被戏剧动作带动向前，并不感到丝毫诧异，也根本不会想到时间过去多久，这是事实。你的巴黎观众在七点钟看到阿加曼农[15]唤醒阿尔卡；观众是伊斐日尼到来的见证；他看到她被引到祭台之前，伪善的卡尔沙正在那里等待；如果有人问他，他会回答说：所有这些事件的发生需要几个小时时间。可是在阿契勒和阿加曼农争执过程中，观众取出表来，表上指出：八点一刻。有哪一个观众会因此感到奇怪呢？这时，他所激赏的戏剧却已经度过许多个钟点了。

这就是说，舞台上的时间与剧场中的时间不一样，舞台上的时间以另一种步伐前进，即使是你的巴黎观众，也早已习以为常了。这个事实你无法否认。

很明显，即使是在巴黎，即使是在黎世留路法兰西剧院[16]，观众的想象力对诗人的设想也是不难适应的。观众自然而然一点不注意诗人需要的时间长度，正如从来没有人要指摘杜派谛、波希奥[17]的雕像缺乏动作一样。这正是艺术的一个弱点呵。观众，如果他不是迂夫子的话，他在剧院里只是专心一志注意他面前演出的事件和激情的发展。在给《伊斐日尼在奥利斯》喝彩的巴黎人头脑里所想的，与在欣赏麦克佩斯和邓肯这些古老国王历史的苏格兰人头脑里所想的，完全相同。所不同的是：上流家庭出身的巴黎人一贯目中无人，已成习惯了。

院士：据你的看法，这就是说，戏剧的幻想对于他们双方都是一样的了？

浪漫主义者：幻想，沉入**幻想**，按照法兰西学院的辞典看，意思是自己骗自己。基佐先生说：**幻想**是以欺人的外表欺骗了我们的事物或思想所产生的效果。因此，**幻想**的本义就是指相信不存在的事物的人的种种行为，例如在梦中。戏剧上的幻想是指一个人真的相信舞台上发生的事物存在这样一种行为。

在去年（一八二二年八月），有一个士兵在巴尔的摩剧院场内值勤，他看见奥瑟罗在同名的悲剧第五幕中亲手掐死戴斯德蒙娜，不禁大声惊呼："从来没有听说一个该死的黑人当着我的面杀害一个白种女人。"他立即开了一枪，打伤饰演奥瑟罗的演员的手臂。几年以来，这类事件时有发生。这个士兵确实产生了**幻想**，对舞台上的戏剧动作信以为真。但是，一个普通观众，在他看戏看得入神，在他兴高采烈为塔尔玛 [18] 演的曼利乌斯热烈鼓掌的时候，转过头来对他的朋友念道："你是不是认得这封信？"他若是为此而鼓掌，那么，他就没有产生**完全的幻想**，因为他依然在为塔尔玛鼓掌，而不是为剧中的罗马人曼利乌斯鼓掌；曼利乌斯实在是一点也不值得给他鼓掌的，他的行动十分简单，完全是为了他个人的私利。

院士：我的朋友，请原谅我，刚才你对我讲的，我们是彼此一致的。

浪漫主义者：我的朋友，也请原谅我，你刚才所讲的，是一个长期被华丽辞藻养成习惯弄得不能严密思考的人的失败。

人们到剧院寻求的并不是完全的幻想，你不能不同意这一点。在巴尔的摩剧院值勤的士兵的幻想才是**完全的幻想**。观众知道他们是坐在剧院里，参与一件艺术作品的演出，并不是参加某一真实事件，这一点你也不能不同意。

院士：谁想否认这一点呢？

浪漫主义者：那么你同意我说的**不完全的幻想**了？请你注意呵。

幻想可能是完全的，在某些时候，如在一幕戏中有那么两三次，每一次只有一两秒钟，你信不信？

院士：这话说得不清楚。为了回答你，我有必要一次又一次回到剧院，去看看我究竟是怎么做的。

浪漫主义者：啊！这倒是一个可喜而且善意的回答。看得出来，你是法兰西学院的人，你进法兰西学院不需你的同事投票表决。一个人要想取得有学问的文学家的声誉，总是竭力避免表态不要太明朗，说理不要太明确。你可要当心；如果你继续保持正直的话，我们就取得一致了。

在我看来，产生**完全幻想**的瞬间比一般人设想的更为多见，而且在文学争论中人们往往承认这一点是真的。不过，**完全幻想**的瞬间所占时间极为短促，一闪即过，譬如说，只有半秒钟，或四分之一秒钟。人们一看到演员塔尔玛，立即忘却曼利乌斯；可是在年轻女人，这一瞬间历时略长，正因为这样，她们才为悲剧倾注了那么多的眼泪。

让我们探讨观众处在悲剧的哪些瞬间才有希望遇到**完全幻想**的美妙时刻。

在换场的时候，当诗人在观众面前跳过十二或十五天的时候，在诗人不得不安排他的一个人物口头作大段叙述向观众交代观众所不知道但必须知道的前文的时候，在出现精彩诗句三四句而且**就诗而论**确是优异突出——在这样的时候，那些迷人的时刻是不会遇到的。

奇妙无比而又难得一遇的**完全幻想**的时刻，只有在激动人心的场面出现的热潮中，演员的对话如火如荼，这时才能出现。例如，在这样的时刻——哀尔米奥娜[19]对按照她的命令刚刚杀死毕律斯的奥列斯特说：

谁对你这么说的？

在舞台上动手杀人，或当卫兵捕人押往监狱，在这样的时刻，**完全幻想**的瞬间是得不到的。对所有这一类事件，我们不可能信以为真，也不会使人产生幻想。类似这些片段，不过是为了推进各场戏向前发展，以使观众于其间遇到前述那种奇妙的半秒钟；所以我说：**完全幻想的这些短促的瞬间，在莎士比亚的悲剧中比在拉辛的悲剧中遇到的机会要多。**

悲剧欣赏所带来的愉快，在于这种短促的幻想瞬间经常出现，在于**情绪状态，幻想瞬间就在它们自己相间出现过程中把观众的心灵展放开来。**

有一个事实是与幻想的瞬间相对立的，这就是对一部悲剧的华丽诗句醉心赞赏，不论这种赞赏在事实上是何等正确有理。

企图评论一部悲剧的诗，那更要糟糕。巴黎观众第一次观看众口赞扬的悲剧《帕里亚》，他们的心灵正好是处于这样的状态之下。

以上就是关于**浪漫主义**的根本性的问题。倘若你怀有恶意，或者你无动于衷，或者你已经被拉哈泼 [20] 吓得目瞪口呆，那你就会否认我说的完全幻想的瞬间。

我承认，我没有什么可回答的了。你的感情并不是什么物质的东西，我无法把它从你的心里拿出来摆在你的眼前，让你看了无话可说。

我可以告诉你，你在那一瞬间应该具备什么样的感情；

任何一个健全的人在那一瞬间都会感受到那样的感情。你也可以反驳我说：对不起，**这并不是真的**。

至于我，我没有什么可以多说的了。我已经走到逻辑推理在诗的范围内所能达到的最后界限了。

院士：这真是一种可厌的晦涩难懂的玄学。据此你就认为可以给拉辛喝倒彩？

浪漫主义者：首先，只有骗子才会说讲授代数学丝毫没有困难，拔掉一颗牙齿一点也不痛。我们这里所谈的问题本来就是人类精神探索最困难的问题之一。

关于拉辛，我十分满意你提到这位伟大人物。有人以他的名义来辱骂攻击我们；不过，他的荣誉是不容玷污的。他永远是伟大的天才之一，这些伟大的天才曾经引起人们的惊奇和叹赏。恺撒的军队曾经攻打我们的先祖高卢人，后来人们发明了大炮的火药，难道因为这个理由恺撒就不是伟大的统帅了吗？我们认为，如果恺撒再世，也许他关心的第一件事就是他的军队也要有大炮装备。卡谛纳或卢森堡[21]，因为有了炮兵工厂，所以三日之内就把牵制罗马军团达一月之久的一些要塞攻克下来，难道因此人们就可以说卡谛纳和卢森堡是比恺撒更伟大的指挥官？照这样推论下去，弗朗索瓦第一在马利尼央[22]，也许会有人对他说：不要使用你的火炮，恺撒是没有大炮的，难道你自信比恺撒还要本领高强？

具有不容置疑的才能的人，如舍尼埃先生、勒麦尔西埃先生[23]、德拉维涅先生，他们倘若敢于突破拉辛以来那些被认为荒谬的规则，他们也许会写出比《迪拜尔》《阿加曼农》或《西西里晚祷》更好的作品。《潘托》不是比《科洛维》《欧罗维斯》《希律斯》或勒麦尔西埃先生其他很合乎规则的悲剧要高明百倍吗？

在拉辛看来，悲剧不可能按照另一种方式去写。如果拉辛今天还活着，而且敢于按照新规则创作，他肯定写得胜过《伊斐日尼》一百倍。他会使观众泪如泉涌，而不是只引起赞赏敬慕，有点冷冰冰的感情。有哪一个稍具眼光的人比之于一般法国人看勒布伦的《玛丽·斯图亚特》会比看拉辛的《巴雅泽》[24]更少感受到那戏剧的愉快？勒布朗先生的诗当然是比较逊色的；勒布朗的戏剧与拉辛的戏剧在引起戏剧的愉快上有巨大的差别，这就是由于勒布朗先生敢于做一个半浪漫派。

院士：你谈得很久了；也许你讲得确实不错，不过你完全没有说服我。

浪漫主义者：这在我意料之中。稍稍长了一点的幕间休息快要过去了，幕布已经拉开来了。我让你生了一点气，我是想给你解解闷。你承认我胜利了罢。

两位论敌的对话到此结束。我就是在商特来纳路的剧院[25]正厅听到这一席对话的见证人，只有我知道对谈的双方是何许人。那位浪漫主义者彬彬有礼；他并不想激怒那位比他年长的法兰西学院院士；否则他也许还会补充说出这样一些话来：为了能了解自己的心灵，为了把习惯这一袭纱幕撕破，为了能够诉诸经验以体验我们所说的那种**完全幻想**的瞬间，就必须具有能够感受强烈印象的心灵，而且年龄还必须不到四十岁才行。

我们都有着某些习惯；你去碰碰这些习惯看，我们只会久久感到人家弄得我们不快。假设塔尔玛出现在一场戏中，头上戴着敷了白粉梳成鸽翼展翅形的假发，扮演曼利乌斯，我们必然终场都要笑个不停。难道他因此就不崇高了吗？不，他是崇高的；但是我们始终看不到这种崇高。倘若勒凯安[26]扮演曼利乌斯这同一角色而不在假发上敷粉，那么，他就会在一七六〇年**产生正好完全相同的效果**。观众在戏剧整个演出过程中只有在他们的习惯被触动的情况下才会有感受力。这就是我们在法国看莎士比亚戏剧演出时的情况。我们大量阅读拉哈泼以及其他十八世纪矫揉造作的无名修辞学教师的作品使我们养成许多可笑的习惯，莎士比亚是要把这些习惯触痛的。更糟的是，我们还用**虚荣心**来支持这样的观点，认为这种种坏习惯是出于自然。

青年是能够摆脱这种由于自尊心而犯的错误的。他们的心灵对强烈印象具有感受力，戏剧欣赏的愉快会使他们抛开虚荣；对于一个年龄在四十岁以上的人，不可能提出这样的要求。在巴黎，四十岁以上的人对一切事物都已心有成见，即使是对于像这样一个具有重要意义的问题：创作在一八二三年使人感兴趣的悲剧，应该遵循拉辛的体系，还是莎士比亚的体系，他们也是早就有成见的了。

---

[1]《每日新闻》，1792年巴黎创刊，极端保王党机关报。《立宪报》1815年创刊，资产阶级自由派的喉舌；司汤达说这份报纸是"所有1800年出生的法国人的教理问答"（见《罗马漫步》，1829）。司汤达在国外时也订阅《立宪报》；他的小说《巴马修道院》中人物法布里斯（第五章）、《红与黑》中的于连也秘密阅读这份报纸。

[2]1814—1821年，司汤达侨居意大利米兰，与以米兰为中心的意大利浪漫主义运动关系极为密切，并写有有关浪漫主义的文章；司汤达所说的浪漫主义与意大利浪漫主义在精神上是一致的，但与法国当时兴起的浪漫主义文学不尽相同。此处romanticisme（浪漫主义）一词，即从意大利语引入，这在法国当时也是陌生的。

[3]瓦尔特·司各特（1771—1823），英国（苏格兰）诗人和小说家。自1816年开始，对法国小说、戏剧以及历史研究等，影响极大。1820—1830年司各特小说在法国印行达150万册之多。司汤达对这位英国作家开始是赞赏的，但不久就把司各特式的历史小说列为适合"les femmes de chambre"（女仆）阅读的作品；司汤达对司各特的政治态度是否定的、反感的。

[4]《西西里晚祷》，1819年上演；《帕里亚》，1821年上演，德拉维涅（C. Delavigne，1793—1843）所写的悲剧；《马莎佩》，1822年上演，吉罗（Guiraud，1788—1847）所写的悲剧；《雷格吕》，1822年上演，吕西

安·阿尔诺（Lucien Arnault, 1787—1863）所写的悲剧。

［5］第二法兰西剧院，即奥代翁剧院，1818 年遭火灾后，经重建和改组，改称第二法兰西剧院，1819 年开始演出。

［6］派勒介路（rue Pelletier）：歌剧原在喜剧歌剧院法瓦尔大厅演出，1821 年 8 月后改在勒派勒介路的剧院演出。派勒介路在本书 1854 年版改为勒派勒路（Lepelletier）。

［7］1822 年 7 月 31 日至 8 月 2 日，英国潘莱剧团来到巴黎，在圣马丁门剧院上演莎士比亚剧作（用英语），遭到法国观众大喝倒彩和巴黎舆论的攻击；后改租商特来纳路一家剧院，限定为英国侨民和少数法国文学家演出，为时约两个月。这就是所谓英国剧团在巴黎演出莎士比亚事件。

［8］地点整一律和时间整一律，十七世纪法国古典主义戏剧创作的规则，总称三整一律（或三一律），即戏剧动作、情节发展必须是单一的，戏剧情节发生地点必须在一个地方（一座建筑物内或一个城市范围内），戏剧时间限于一昼夜，即戏剧情节发展不超过二十四小时，或限于情节发展的最后三十六小时。

［9］见伏尔泰第一部剧作悲剧《俄狄浦斯》(1718) 的序言。

［10］《奥瑟罗》(1604)、《麦克佩斯》(1606)，莎士比亚的悲剧。

［11］在英国，已经有两个世纪，指莎士比亚以来；在德国，已经有五十年，是指莱辛《汉堡剧评》(1767—1768)、歌德《铁手骑士葛兹》(1773)、席勒《强盗》(1781) 出现至 1823 年，约有五十年。

［12］指斯达尔夫人（Mme de Staël, 1766—1817），法国浪漫主义文学先驱之一。"激情"一词，在她的《论德国》讨论自然美部分反复用这个概念。"世界上最美的溪流，是巴克街上的小溪"一句，见奈克尔·德·苏许尔夫人《斯达尔夫人生平与作品评注》(Mme Necker de Saussure, *Notices sur la vie et les ouvrages de Mme de Staël*, 1820)。

［13］福克斯、谢立丹均为英国剧作家。本文在《巴黎每月评论》发

表时，原为司各特和拜伦，出版时改为福克斯和谢立丹。这显然是出于政治上的考虑；对于拜伦，司汤达在意大利与他有交往，但认为拜伦不是浪漫主义派的领袖。

[14]《伊斐日尼在奥利斯》(1674)，即《伊斐日尼》，拉辛的悲剧。

[15] 阿加曼农及此后所举人名，都是《伊斐日尼在奥利斯》中的人物。

[16] 即法兰西喜剧院，剧院于 1802 年后在黎世留路原首相府大厅演出，1822 年因修复原首相府大厅，喜剧院由此迁出。司汤达这样写，意在暗示 1822 年的时间，并点出十七世纪古典主义时代陈迹。

[17] 杜派谛 (Dupaty, 1771—1825)，法国雕刻家。司汤达和他有交往，说"自命为雕刻家的杜派谛先生，即王家广场上骑在一匹类似牡骡上面的路易十三像的作者……要找比这个好人更八面玲珑、端庄可敬，更缺乏热情和独创性的人，那是难极了"。波希奥 (Bosio, 1768—1845)，法国雕刻家，意大利新古典派雕刻家卡诺瓦 (1757—1821) 的学生，有"法兰西卡诺瓦"之称。他的路易十四雕像在司汤达写本文前不久安置在巴黎胜利广场；司汤达嘲笑"波希奥先生给我们展示了一个头戴假发、裸露双腿的路易十四"(见 1823 年 10 月 26 日信，Paupe-Chéramy 版司汤达书简卷二，第 307 页)。又说："我十分欣赏路易十四雕像的那两条大腿"(见《文艺杂文集》)。

[18] 塔尔玛 (Talma, 1763—1826)，法国悲剧演员，以演法国古典悲剧和莎士比亚剧作著名，对传统表演有所革新，是拿破仑十分称赏的演员。曼利乌斯原是古罗马执政官 (公元前 392 年)，此处指法国十七世纪拉弗斯·德奥比尼 (Lafosse d'Aubigny) 悲剧《神殿保卫者曼利乌斯》(1698) 的主人公曼利乌斯。这个悲剧是法兰西剧院保留剧目，塔尔玛饰演曼利乌斯。"你是不是认得这封信"一句台词，见剧本第四幕第四场，写曼利乌斯与西尔维里乌斯见面，曼利乌斯因得到吕悌尔一封信，知道西

尔维里乌斯背叛，把只有他们两人知道的密谋告发；剧中对话是：

> 曼　你是不是认得吕悌尔的手迹？
>
> 西　认得。
>
> 曼　（把一封信拿给他）看（冷然）。
>
> ……
>
> 曼　你怎么说？
>
> 西　动手吧。
>
> 曼　什么！
>
> 西　你应当听清楚了。我说：动手吧。你的手是不会搞错的。

〔19〕哀尔米奥娜，希腊神话中梅内拉斯与海伦所生的女儿，毕律斯的妻子；她因为毕律斯爱上了俘虏昂多玛克而妒火中烧，与追求她的奥列斯特密谋并怂恿他杀死毕律斯和昂多玛克，事成就与他结合。此处指以此为题材的拉辛的悲剧《昂多玛克》(1667)。

〔20〕拉哈泼（La Harpe，1739—1803），法国诗人、批评家、法兰西学院院士，反对资产阶级大革命；其《文学教程》(1799) 十六卷，是古典主义文学理论的代表作，也是当时旧思想的集中表现。

〔21〕卡谛纳（1637—1712）、卢森堡（1628—1695），法国元帅。

〔22〕马利尼央，在意大利米兰省。弗朗索瓦第一于 1515 年曾在此战胜瑞士，进而攻取米兰。

〔23〕舍尼埃（Chénier，1764—1811），法国资产阶级大革命时期的剧作家、诗人，悲剧有《查理第九》《迪拜尔》《希律斯》等；《迪拜尔》1819年列入法兰西剧院剧目，但未上演，1843 年才演出；《希律斯》1804 年在法兰西剧院演出。勒麦尔西埃（Lemercier，1771—1840），法国戏剧诗人，悲剧有《阿加曼农》(1797)，历史喜剧《潘托》1800 年上演，发生波折，

剧本虽有特色，但保守势力反对；《科洛维》，1820 年出版；《欧罗维斯》，1802 在法兰西剧院演出，仅演出一场，1803 年出版。

［24］勒布朗（Pierre-Antoine Lebrun，1785—1873），法国诗人、剧作家，剧作有《帕拉斯》(1806)、《于里斯》(1814)、《玛丽·斯图亚特》(1820—1823 年在法兰西剧院上演)、《安达卢西亚的熙德》(1825)。拉辛的悲剧《巴雅泽》，作于 1672 年。

［25］巴黎商特来纳路 9 号有一座剧院，实际是供戏剧爱好者演出的小剧场；当时巴黎这类剧场甚多，1824 年官方查禁。序言中提到 1823 年 7 月英国剧团到巴黎演出莎士比亚剧作受到攻击后，即移到商特来纳路这个小剧场演出。

［26］勒凯安（Lekain，1728—1778），法国悲剧演员。

第二章

笑

先生，一个商会监督人的鼻子，要它干什么？

——雷涅亚[1]

有一位以热爱文学闻名于世的德国王公，最近设置一种奖金，征求论述**笑**的最优秀的哲学论文[2]。我希望法国人获得这项奖金。在这个领域中，我们甘拜下风，岂不贻笑于人？我看巴黎仅一个夜晚制造的笑料，就比德国全国一个月产生的要多得多。

关于**笑**的论纲已经用德文写出来了。主要是关于怎样认识笑的本质和它的种种区别变化；对于**什么是笑**这个艰深的问题，也必须作出明白确切的回答。

不幸的是，论文评选人都是德国人；令人担忧的是，巧妙穿插在满满二十页学院式词句和抑扬顿挫的复杂文句中的半生不熟的思想，在这些粗疏的评选人看来，全是空洞无物。我们的青年作家，头脑简单而又喜欢雕琢，朴素单纯而又矫揉造作，善于辞令而又思想贫乏，我以为有责任将下面一行诗提示给他们以求有所鉴戒：

La gloire du distique et l'espoir du quatrain.[3]

这里，重要的是能够找到思想。这实在是太无礼了。德国人偏偏是这样野蛮！

那么，究竟什么是**笑**呢？霍布斯的回答是：**这种人所皆知的肌肉抽动是由于不意看到我们对于别人的优越感而产生的现象**[4]。

请设想有这样一位修饰入时、衣着讲究的青年从这里走过，他踮着脚尖走路，容光焕发，踌躇满志，自信不疑；他去参加舞会，已经走到马车出入的大门下，那里灯火辉煌，仆从成群；他去追欢取乐，恨不能展翅飞去，这时他一下跌倒在地上了。他赶忙站起来，从头到脚，一身烂泥；他的坎肩本来洁白如雪，剪裁精致，结起的领带那么潇洒动人，可是这一切，现在都沾满污泥浊水，不堪入目。在他后面许多马车上爆发出哄然**笑声**；专管开车门的仆役依然鹄立两侧，另一群仆人笑得前仰后合，笑出了眼泪，把这个不幸的人团团围住。

可见喜剧性必须一目了然地展示出来；我们对于别人

的优越感，必须清清楚楚看到。

但是这种优越感，只要稍加思索，它就成了毫无意义、极易丧失的东西，因此它出现在我们的视野中，必须事先没有想到，出乎意料。

这就是喜剧性的两个条件：**一目了然和出乎意料。**

有人想要借某人的不幸来取笑，如果想到我们自己也可能遭到同样的不幸，即使最初一刹那刚刚想到这一点，**笑**就不复存在了。

如果赴舞会途中跌到泥淖中去的翩翩青年站起身来，故意拖着一条腿挪动，让人想到他受了重伤，那么笑立刻就终止，代之而起的是恐惧。

这很简单，因为这里已经没有让我们享受优越感的余地，我们在这里反而看到了不幸：我在下马车的时候，也有可能跌断一条腿。

一个温和的玩笑借被取笑的人而使人发笑；但是一个**太厉害**的玩笑也不能使人发笑，因为人们想到被取笑的人的可怕的不幸，那就不免要惊惧发抖了。

在法国，人们就这样开了足有两百年的玩笑；可见开玩笑必须十分巧妙；换句话说，玩笑要在第一句就听得出，从一开始就出乎意表。

另一个事实是：人们想以某人使我发笑，那我就必须对此人具有一定程度的尊重。彼卡尔先生 [5] 的才能我一向十分钦佩，可是在他的许多喜剧作品中，那些诙谐喜人的人物，其品格如此低下，若把他们与我相提并论互为比较，我是拒不接受的；听过这些人物讲出四句话，我立刻就要嗤之以鼻，彻底看不起他们了。所以，人们一点也不能使我看到他们究竟有什么可笑之处。

巴黎有一位印刷厂主[6]，曾经写过一部非同凡响的悲剧，题目叫做《约须埃》。他把这部悲剧极其豪华地排印成书，寄给在巴马的一位同行，著名的波多尼。不久之后，这位印刷厂主兼剧作家到意大利旅行，他去拜访他的朋友波多尼。他问道："你对我的悲剧《约须埃》有何高见？"波多尼说："多么美呵！"剧作者说："如此说，你认为这部作品会给我带来荣誉吧？"波多尼说："啊！亲爱的朋友，它简直使你成为不朽了。"剧作者说："那些 caractères[7]，你以为怎样？"波多尼说："好极了，处理得十全十美，无懈可击，特别是那些大写字母。"

波多尼对他自己的艺术一向怀有极大的热情，可是在他那位朋友的悲剧中却只看到**印刷字体**的美。这个故事就其本身来说并不值得一笑，但是它竟使我笑了。我由此认识了《约须埃》的作者，并**对他抱有无限敬意**，他原来是一个贤明的好人，彬彬有礼，待人很好，并非没有头脑，经营图书商务很有才干。总之，我看他没有什么别的缺点，只是有些追慕虚荣。波多尼真诚朴素的回答正因为刺中了这种强烈的虚荣心才使我发笑。

莎士比亚的福斯塔夫 [8]，有一幕写他给亨利王子（后来成为著名国王亨利第五）讲故事，讲到他同四个身穿"粗麻布衣"的恶汉搏斗，讲来讲去他把四个讲成二十个恶汉。这时，这个**福斯塔夫**在我们中间引起一种**捧腹大笑**。这种笑之所以愉快而美妙，就在于**福斯塔夫**是一个无限机智而又极为愉快的人物。相反，我们对于卡桑德尔老爹 [9] 这种人物做出的种种蠢事并无笑意，因为我们对他的优越感事先就已经过于深知了。

像马克鲁·德·包比松先生（《埃当普的演员》）这种乡愿式的人物 [10]，也引起我们发**笑**，不过在这里，已渗入带有苦恼厌烦意味的报复了。

我曾经注意上流社会美貌女人看见另一女人跳舞总是说："我的上帝，看她有多可笑！"基本上这不是**以一种愉快心情**而是以一种恶意的态度说这句话的。你不妨把**可笑**看做是**可厌**。

有一天晚上，我看贝尔纳-莱翁 [11] 饰演**马克鲁·德·包比松先生**这个人物，演得极好，使我捧腹大笑；后来我想，我当时确实感到——也许是朦胧地感到，这个可笑的人物曾经使外省漂亮女人倾倒。外省漂亮女人，虽然她们的趣味比较起来略差一些，也许倒可以使我幸福也未可知。一个处处得志成功的漂亮青年，他的笑也许并不带有报复意味，可是我发现我的笑是带有报复心在内的。

在法国人中间，由于"可笑"已成为一种重大惩罚，所以他们常常怀着报复心去笑。这种笑和这里谈的问题无关，故不在分析之列。但不妨也顺笔讲上一句。一切**矫饰的笑**，惟其是矫饰，所以是毫无意义的，正如修道院院长毛瑞来[12]为教产什一税和提麦尔修道院权益发表的意见毫无意义一样。

社会上经常有五六百个精彩的笑话四处流传，这些笑话是人所共知的：笑那种**落个一场空的虚荣**。倘若这类笑话过于冗长，讲笑话的人讲得太多，絮烦不已，过于在细节上流连忘返，那么听笑话的人难免不会猜到慢慢达到怎样一个结局；这样一来，就不会发笑了，因为缺少那种出乎意料。

反之，讲笑话的人讲得开门见山，急于把结局和盘托出，也不会引起发**笑**，因为这里又缺乏那不可少的明朗性。请注意，讲故事人往往将故事解决纠葛的那些句子重复五六次。如果讲故事的人是行家，深知引人入胜的艺术三昧，说得既不太显，也不太隐，那么**笑**的收获量在第二次重复时比第一次要来得多。

荒谬达到极端，也常常引起**笑**，给人一种活泼而甘美的愉快。伏尔泰关于阿卡基亚博士的讽刺作品以及其他小册子[13]所以写得那么引人入胜，其秘密就在此。阿卡基亚博士，即莫拜尔杜伊，他讲出自己种种荒唐乖谬的故事，正如一个坏蛋嘲笑自家的诡计一样。写到这里，我感到有必要引出原文；可是我僻居在蒙莫朗西[14]，手边一本法国著作也没有。我希望读者还记得伏尔泰那卷极佳的《故事集》。我在《镜报》[15]上常常读到这类模仿之作，读来也觉可喜。

伏尔泰在戏剧方面也保持着这样的习惯：通过喜剧人物之口，绘声绘色地描写那在他们身上纠缠不清的可笑的事，尽管如此，还是没有人为他们发笑。这位大作家看到这样的情况一定会大为诧异的。因为，一个人真是这样彰明昭著地自我嘲笑，那太违反自然了。我们在社会上故意把自己弄得狼狈可笑，仍然是由于虚荣太甚，想从人们的恶意中窃取快乐；别人所以产生这种恶意，原来也是由于我们激起他们嫉妒所致。

创造像**费朗发**这样的人物[16]，这并不是为了描绘人类心灵的种种弱点，而是为了把一部讽刺作品的讽刺语言用**第一人称**表达出来，并使这种语言富有活力。

伏尔泰在讽刺小品和哲理小说中那么富于风趣，但是他始终没有真正写出令人**发笑**的喜剧的一场戏，这不是很奇怪的事吗？反之，卡蒙代尔[17]写的小喜剧（proverbe）几乎没有一篇不具备这种才能。卡蒙代尔写得非常自然，瑟旦诺[18]也是如此；可是他们又都缺乏伏尔泰的那种机智。伏尔泰在喜剧这种文学样式的作品中却只有机智。

外国批评家曾经指出：《戆狄德》和《扎第格》[19]中最

愉快的嘲笑是以**恶意**为内容的。这位多才多艺的伏尔泰，总是喜欢把我们的视野引到可怜的人性的不可避免的不幸上面去。

我读过施莱格尔和邓尼斯以后，对于法国批评家如拉哈泼、饶富瓦、玛尔蒙代[20]，甚至所有的批评家，我一概都看不上眼了。这些可怜的人物，丝毫没有创造力，却自以为有才智，事实上他们一点才智也没有。例如法国批评家宣称莫里哀是现在的喜剧家中的第一人，也是过去和未来的喜剧家中第一人。这话其实只有第一句评语是正确的。莫里哀当然是天才，当然高于人们在《文学教程》里所欣赏的名叫戴杜施[21]的那一类庸才。

但莫里哀比之于阿里斯托芬[22]也略逊一筹。

因为，**喜剧性**一如音乐，它的**美的意义并不是持久不变**。**莫里哀**的喜剧浸透讽刺太多，以致往往不能提供**愉快的笑**的感受，如果我们可以这样说的话。我到剧院去，是寻求娱乐，我希望获得狂热的想象，像一个小孩似的笑个不止。

路易十四的臣民为了风雅和谈吐优美，人人都热衷于模仿某种典范，路易十四本人其实就是这种信仰的主宰。当人们看到他的邻人一意模仿那种典范而误入歧途的时候，一种**苦味的笑**便产生了。这正是**塞维涅夫人书简**[23]为什么富有情趣的原因所在。在过去，一个人不论是在喜剧中，或是在现实生活中，不是设法使一六七〇年的社会发笑，而是放任地、不假思虑地一味追求某种疯狂的想象，那他也就难免被看做是疯子了。①

如果说莫里哀是天才人物，那么，他的不幸恰恰就在他不得不为他所生活的那个社会进行创作。

阿里斯托芬的情况恰好相反，他的事业是使这样一个社会发笑，这个社会是由可爱而愉快的人组成的，他们总是**通过一切途径**追求幸福。我深信，阿勒希比亚德从来不想模仿世界上任何人；他在笑的时候，他认为自己是幸福的，他绝不因为自己很像劳赞、德昂丹、维勒鲁瓦或路易十四某一宠臣而志得意满、趾高气扬[25]。

我们的文学课程告诉我们：人们为莫里哀而笑。我们对此深信不疑，因为在我们这个法国我们终生一世都停留在学校文学水准上。每次巴黎为法国人上演莫里哀的喜剧或其他受到重视的作家的喜剧，我无不竭力赶到巴黎。我每次都带着剧本，人们在什么地方发笑，是哪一种笑，我都用铅笔在上面一一标记下来[26]。譬如演员讲到**灌肠**这个字眼，或者说到**受骗的丈夫**这样的字眼，人们笑了；不过，这是为有失体统而笑，并不是拉哈泼所称道的那种笑。

一八二二年十二月四日，《达尔杜夫》[27]上演；玛尔斯

---

① 雷涅亚、勒萨日和杜弗来斯尼的集市戏剧，在文学上是没有地位的；阅读的人也很少，斯卡隆和欧特罗什的剧作，也是如此。[24]——司汤达原注

小姐[28]参加演出；盛况空前，应有尽有。在《达尔杜夫》整个演出过程中，观众不多不少只笑了两次，而且笑得十分轻描淡写。观众几次为讽刺尖锐有力或因为某些暗示而鼓掌喝彩；但在十二月四日的演出中，人们仅仅笑了两次：

第一次，是当奥尔贡对他女儿玛丽雅娜讲关于她与达尔杜夫结婚的事，发现道丽娜在他身后偷听（第二幕）；

第二次，在瓦莱尔与玛丽雅娜拌嘴斗气和言归于好那一场，由于道丽娜讲出一番关于爱情的聪明多智的见识，人们笑了。

人们对莫里哀这部杰作笑得如此之少，我感到诧异。因此我把我的意见和思想界人士谈了，他们说：我错了。

十五天以后，我又到巴黎来看《瓦来黎》[29]；艾坚纳[30]的著名喜剧《两女婿》也正在上演。我仍然拿着我的剧本和铅笔：观众对《两女婿》不多不少**只是笑了一次**。剧中那个做议员的女婿将要荣任部长，他对他的内弟说他的请求书他已经看过——这时，观众笑了。观众所以笑，因为观众明明看到内弟从议员的仆人手中抢回请求书一把撕得粉碎，请求书是议员全不过目顺手付与仆人的。

我如果没有弄错，观众在**捧腹大笑**一开始就是同情这位内弟的，这个人物早已知道请求书人家看也不看，而且已经给撕掉了，这时却在听他对请求书的内容虚作恭维、说好听话，他出于正直忠厚，强自隐忍不发。我告诉思想界人士说观众对《两女婿》只笑一次；可是他们回答说：这是一部极好的喜剧，结构精美，价值极高。但愿如此！一部卓越的法国喜剧居然并不需要笑。

只要有那么一些合理的戏剧行动，配上一味相当辛辣的讽刺，用对话加以剪裁连缀，翻成慧巧悦人、华丽流畅的亚历山大诗体，剧本就这样告成。恕我冒昧，情况难道不就是这样吗？《两女婿》倘若用拙劣的散文去写，也能获得成功吗？

我们很喜欢看塔尔玛在舞台上高声朗诵穿插有**叙事诗式**的叙述 ① 的一连串**短诗** ② 组成的悲剧；自戴杜施和科兰·德·哈勒维尔 [32] 开始，喜剧不过是一首写得诙谐轻松、精巧机智的**叙事体长诗**罢了，同样，我们也很喜欢听取玛尔斯小姐和达玛斯 [33] 用对话形式念这种喜剧。情况难道不是这样吗 ③？

也许有人要对我说：关于"笑"这个题目，我们在这里离题太远了；你不过写了一篇关于**普通的**文学的文章而已，正像 C. 先生 [34] 在《辩论报》专栏上发表文章一样。

你要怎么样呢？我不是"文学学会" [35] 的会员，我是

---

① 如《昂多玛克》中奥列斯特的长段叙述。哪个民族没有文学上的偏见？例如英国人，对于拜伦勋爵题名为《该隐》的神秘剧 [31]，他们对其中那种学生式的平庸的夸大其词竟看做是反贵族，居然加以查禁。——司汤达原注
② 如《帕里亚》《雷格吕》《马莎佩》中的独白。——司汤达原注
③ 防止戏剧艺术衰落，那就要看巴黎警察总署了。警察总署理应大大发挥它的权力，让新作品在大剧院首演前两场决不要赠票才好。——司汤达原注

一无所知的门外汉，而且我的谈论也不企图根据某一种观点；我希望我这种高贵的胆大敢为得到"文学学会"的垂顾，也把我接纳入会才好。

如同德国人提出的论纲那样，**笑**这个题目，为了能被人理解，确实需要写出一百五十页的长篇论文才行，但宁可用写化学著作的文体写，学院那种文体万万用不得。

请看这家学馆的女学生，学馆的花园就在你的窗口下面；少女们对什么都要笑。这不正是表示她们无处不看到幸福吗？

再请看这位颓丧的英国人，在多尔托尼咖啡馆[36] 刚用过午餐，他戴着单片眼镜烦闷地阅读从利物浦寄来的几封装得满满的信件，信件寄来价值十二万法郎的汇票，这不过是他年金收入的一半；他一点也不笑，因为世界上没有什么能够让他**看到幸福**，甚至他的圣经学会**副会长**名位也无济于事。

雷涅亚的天才比莫里哀要低得多；但是我敢于说：雷涅亚的确已经走上真正喜剧的途径了。

由于我们在文学上是**学校出身**这种资质，我们在看雷涅亚的喜剧时，就不能进入雷涅亚**真正如醉如狂**的欢乐境界，我们只是想到把雷涅亚降低为第二流作家的那些可怕的禁令，如果那些严厉的禁令的**条文**我们不是**熟记在心**，我们简直要为我们作为有教养的人的名誉而吓得发抖了。

在这样的处境下，哪里还谈得上放声而笑呢？

至于莫里哀和他的剧作模仿宫廷的高雅谈吐和侯爵们的傲慢荒唐是否恰到好处，那于我又有什么相干？

今天，宫廷早已不存在了，我看别人和我一样，都很少到那里去。但是我从交易所出来，在晚餐之后，我要到剧院去，我希望人家在那里能让我笑一笑，我根本不想模仿任何人。

人类心灵所有种种激情的纯真而光彩的形象，都应当表演给我看，不要永远只是蒙卡德侯爵的旖旎风光[37]。在今天，班雅明娜小姐就是我的女儿，我心里很清楚：一位侯爵如没有一万五千利弗尔的收入，而且是从不动产得来的收益，我断然不同意把我的女儿嫁给这样一位侯爵。至于期票，如果他开得出而不兑现，那么我的襟兄马希厄先生就把他送进圣佩拉其监狱，决不宽贷。对于有爵位的人物，只要一提圣佩拉其这个名称，连莫里哀也要显得陈腐了。

总而言之，尽管证券交易所和政治赋予我一种深刻的严肃性，尽管怀有党派的仇恨，倘若是要让我笑，仍然必须在我面前以一种愉快有趣的方式使某些满怀热情的人在走向幸福的道路上失足受骗才行。

---

[1] 雷涅亚（Regnard，1655—1709），法国喜剧作家。诗见雷涅亚五

幕诗体喜剧《梅奈克木孪生兄弟》（1705）第三幕第十场。有关梅奈克木双生兄弟因为难以区别闹出许多笑话的喜剧，早在罗马时期普劳图斯（公元前254—前184）喜剧即采用这个题材；雷涅亚写的是"旧货商、联号代表人、商会监督人"，因为长得十分像梅奈克木，被误认作另一个有贵族头衔的梅奈克木，因此发生误会，引起纠纷，构成喜剧情节。其中有两句诗是：

梅奈克木　　让我把他的鼻子割掉。

瓦朗丁　　　放他走吧。

　　　　　　先生，一个商会监督人的鼻子，要它干什么？

司汤达认为这一情节是说明喜剧性的一个最好例证。

　　[2] 德国王公云云，据说并无此事，是司汤达本人的想法，并在一封信中讲到他留下遗嘱，要设立这种奖金，讲得十分详细。

　　[3] 大意："以两行诗而得到无上光荣，对四行诗寄予莫大期望。"

　　[4] 霍布斯（Hobbes，1588—1679），英国唯物主义哲学家。此处所引见《利维坦》（1651）第一部第六章，《论人性》（1658）第九章。

　　[5] 彼卡尔（Picard，1769—1828），法国喜剧作家。参见第三章注26。

　　[6] 指出版商费尔曼-狄多（Firmin-Didot，1764—1836）。司汤达的《海顿生平》、《意大利绘画史》（1817）即由狄多印行。狄多在1817年出版他自己写的一部悲剧《汉尼拔》，司汤达此处将题目改作《约须埃》，有意避实求虚。波多尼（Giambattista Bodoni，1740—1813），意大利印书家，以印刷字体精美著名。

　　[7] caractères，剧中人物，又作印刷字体解。

　　[8] 莎士比亚《亨利第四》（1597）的剧中人物。见《亨利第四》第

一部第二幕第四场。

[9] 卡桑德尔，意大利古喜剧中的人物，一个受骗上当又愚又傻的老头。18 世纪末 19 世纪初，在法国出现大量以卡桑德尔为主人公并以卡桑德尔为题的喜剧作品。

[10]《埃当普的演员》，莫罗（Moreau）与塞甫兰（Sevrin）所作独幕歌舞喜剧，1821 年 6 月 23 日吉姆纳兹剧院上演。写主人公道里瓦即埃当普的演员如何化装改扮成别人，巧施妙计，成全一对青年演员好事；剧中人物马克鲁·德·包比松，在埃当普开当铺的老板的儿子，一个外省自命不凡的人物，追求女演员，处处受愚弄，到处碰壁；司汤达说这个"可笑的人物"很能"引起外省美貌女人的爱情"，但总是逃不出无情又狠心的演员道里瓦的掌心，尽管他在爱情上取得成功，十分自得，最后仍不免以伤心失意告终。司汤达在《罗西尼生平》中称剧本"极其动人"。

[11] 贝尔纳-莱翁（Bernard-Léon），当时吉姆纳兹剧院很受观众欢迎的演员。

[12] 毛瑞来（Morellet，1727—1819），哲学家、文学家，他在巴黎近郊提麦尔修道院及其地产拥有一大笔收益，法国资产阶级大革命把他这些权益一笔勾销，他为此发表小册子鸣不平，但是他的"意见毫无意义"了。

[13] 指伏尔泰的小册子《阿卡基亚博士与圣马洛本地人的故事》（1752—1753）。莫拜尔杜伊（1698—1759），法国几何学家、哲学家，圣马洛人，曾应普鲁士腓特烈第二聘请，担任普鲁士学院的主席。伏尔泰这本小册子借阿卡基亚博士之名，对莫拜尔杜伊大加嘲笑。

[14] 蒙莫朗西，距巴黎不远，司汤达 1821—1830 年在巴黎期间，多次短期到此居住，本书第二部分第八、第十封信标有发自昂迪伊字样，昂迪伊即蒙莫朗西附近村庄。

[15]《镜报》，1821—1823 年巴黎出版的以戏剧、文学、艺术、风俗

为内容的报纸，1823 年后改名《司芬克斯》，后又改为《潘杜拉》（1823—1825），是当时最自由派的小报，并发表伏尔泰式的政治性讽刺作品。《潘杜拉》虽有古典派合作者如茹易、阿尔诺（V. Arnault）、杜派谛等，但这份报纸表现出来的独立性和对当权人物的抨击，却是司汤达所欣赏的。

［16］费朗发（Fier-en-Fat），伏尔泰《浪子》（1736）中的人物，属庸俗有钱、自命不凡这一类型。

［17］卡蒙代尔（Carmontelle，1717—1806），有《小喜剧集》（1768—1781，1822 年再版），还有《乡村戏剧集》（1775，收喜剧 25 种）。司汤达说他的作品"提供了一幅 1778 年法国社会十分完整的真实的图画"（1825年 4 月 13 日信，书简卷二，第 366 页）。

［18］瑟旦诺（Sedaine，1719—1797），法国剧作家。

［19］《戆狄德》（1759）、《扎第格》（1748），伏尔泰的哲理小说（或故事）。

［20］施莱格尔（Schlegel，兄奥古斯特 1767—1845；弟弗里德里希，1772—1829），德国浪漫主义作家、理论家。邓尼斯（Dennis，1657—1734），英国文学批评家。饶富瓦（Geoffroy，1743—1814），法国戏剧批评家。玛尔蒙代（Marmontel，1723—1799），法国文学家，悲剧作家。

［21］戴杜施（Destouches，1680—1754），法国喜剧诗人。

［22］阿里斯托芬（Aristophane，公元前约 445—前 385），古代希腊喜剧家。

［23］塞维涅夫人（Madame de Sévigné，1626—1696），古典主义作家。

［24］集市戏剧原指十六世纪以来巴黎圣日耳曼集市和圣劳朗集市的各种舞台演出（包括杂技、木偶戏、戏剧等）；到十八世纪集市演出增有歌剧、喜剧歌剧等形式，剧团也在集市上演出，也出现不少专为这种演出写作的剧作家。雷涅亚就有为这种演出写的剧本；勒萨日（Lesage，1668—1747）有《集市戏剧或喜剧歌剧集》十卷，与奥纳瓦尔（Orneval）

合作，1721—1731年出版；杜弗来斯尼（Dufresny，1648—1724），有这种作品的全集（1821，1824年再版）。斯卡隆（Scarron，1610—1660），诗人、小说家、剧作家；欧特罗什（Hauteroche，1617—1707），演员、剧作家；在司汤达写本书时，这两位十七世纪作家的剧都在上演。

[25] 阿勒希比亚德（Alcibiade，公元前450—前404），雅典政治家、司令官，以聪明过人、仪表俊美、放荡挥霍闻名。劳赞（Lauzun，1633—1723），路易十四宫廷的显贵；德昂丹（D'Antin，1665—1736），路易十四的廷臣；维勒鲁瓦，可能指 Nicolas de Neufville, Marquis de Villeroy（1598—1685），元帅，路易十四的教师，或指其子 François de Neufville, Duc de Villeroy（1644—1730），路易十四的宠臣。

[26] 司汤达早在1813年就想用这种方法研究"笑"的问题，他说："我不应该完全相信当前人们的情绪感受，这对我来说必须是科学才行。有必要给法国人提供一个《有才学的女人》的范本，还要注出人们在哪几处发笑。"（见司汤达《莫里哀评注》）。

[27] 《达尔杜夫》（1669），莫里哀的喜剧。奥尔贡、玛丽雅娜、道丽娜、瓦莱尔，都是《达尔杜夫》剧中人物。

[28] 玛尔斯（Mars，1779—1847），法兰西剧院著名演员，拿破仑帝国时期以及此后复辟时期一直演出，也是拿破仑宠爱的女演员。玛尔斯在《达尔杜夫》中饰演埃尔密尔。

[29] 《瓦来黎》（1822），法国剧作家司克利布（Scribe，1791—1861）的喜剧。

[30] 艾坚纳（Etienne，1777—1845），法国剧作家，喜剧《两女婿》1810年在法兰西剧院演出。剧本主要写商人杜普来的财产让两个忘恩负义的女婿抢光的故事。司汤达此处所述剧情涉及三场戏：第二幕第八场，写杜普来有一个教子名叫夏尔，一个女婿叫达兰维尔，议员，即将荣任部长；夏尔夤缘前来，为谋一职位面谒这位未来的部长，送上一份求职书，

可是达兰维尔对此不屑一顾，顺手交给仆人勒福乐。第二幕第九场，达兰维尔的仆人勒福乐摆出保护人的架势，说话口气使夏尔十分恼怒，愤而从仆人手中拿回求职书撕成粉碎。第三幕第九场，达兰维尔对夏尔不耐其烦，同时又觉需要让他对自己感恩戴德才好，于是有下面一段台词（原为诗体）：

达兰维尔　我应当跟你谈一谈。我亲爱的朋友，我一回到家来，急忙把你留下那份求职书看了又看。你的资历是清清楚楚的，你在法律上享有的权利是无可辩驳的……

夏尔　　　先生，你看过了？

达兰维尔　十分仔细又十分关切。

台维埃尔　这我可以给你作证，因为我就是证人。

夏尔　　　啊！……

［31］拜伦的《该隐》(1821)，三幕诗体神秘剧，精灵、撒旦、亚当、夏娃都在剧中出现，神学家对之大加反对，攻击诗人鼓吹无神论、摩尼教义。

［32］科兰·德·哈勒维尔 (Collin d'Harieville, 1755—1806)，法国剧作家。

［33］达玛斯 (Damas)，法兰西喜剧院演员，1823 年结束演出活动。

［34］C. 先生，即杜维凯 (Duviquet，又写作 Duvicquet, 1765—1835)，教授、法官、政客，"文学学会"重要成员，顽固的保王派和激烈的古典派。1814 年接替饶富瓦在《辩论报》任评论专栏撰稿人，《辩论报》在复辟时期以及后来路易-菲力浦统治下，成为官方报纸。司汤达在本书第二部分（1825）扉页上曾以《〈辩论报〉的天真蠢话》为题，引 1818 年

7月8日《辩论报》戏剧专栏 C. 的有关文字两段（中译本略去，现译出如下）：

> ……幸福的时代，那时剧院正厅全体由热情而好学的青年一代组成，他们的记忆事先就由拉辛和伏尔泰的优美诗句加以装点美化，这样一代青年人，他们前往剧院，就是为了使其阅读之魅力更臻完美。
>
> 我们并不认为达卫先生的地位高出于勒勒朗和米涅亚一派之上。按照我的意见，现代艺术家其性格力量比其才能更为引人注目，比之于路易十四的世纪的伟大画家，是低下的；不过，若是达卫先生没有出现，那么葛罗、吉罗代、盖兰、普吕东诸位先生在今日又会是怎样呢？也许凡鲁一派和布舍一派或多或少是可笑的吧。

以上两段文字所涉及的问题和人物，本书第二部分已一一作出回答。

［35］文学学会（Société des Bonnes Lettres），1821 年 1 月成立，开始时范围不大，由极端保王派文人组成，教会势力操纵，得到正统派报纸、法兰西学院支持，攻击资产阶级自由派思想。浪漫派诗人如雨果、拉马丁、维尼等，都是其中成员。自由派报纸如《立宪报》《镜报》讥讽它是"文学好人会"（les bonshommes de lettres）。1824 年文学学会并入《法兰西诗神》，打出拥护君主政体和天主教会的旗号，成为复辟时期浪漫派机关刊物，雨果（当时 21 岁，初发表作品）、苏梅、维尼、诺及耶、吉罗等是这个刊物的合作者。因此，司汤达在本书第二部分《复信》中有"好人吉罗和他那一派"这样的说法，直译应为"好人吉罗公司"（见本书第 108 页）。

［36］多尔托尼咖啡馆，当时巴黎政客、文人聚会的场所，很有影响，成为文化界活动的一个中心，大小报纸频频报道。司汤达认为多尔托

尼咖啡馆是所谓"法国精神"最可憎的表现的象征。

[37] 见达兰瓦尔（D'Allainval，1700—1753）的喜剧《布尔乔亚学校》（1728）。剧本写蒙卡德侯爵娶一位银行家的孀妇阿布拉罕夫人的女儿班雅明娜小姐的故事。资产阶级社会有了贵族亲戚因此光彩大增，也使阿布拉罕夫人的襟兄、正人君子马希厄先生感到分外风光。圣佩拉其监狱今已不存在，但在十九世纪时在巴黎十分出名，专门用来关押涉及债务纠纷者、文人、报人等，作家如贝朗瑞、茹易就曾被关进这座监狱，报上对有关这类案件大量报道，当时文人、报人也写有大量有关这个监狱的小说、戏剧、歌曲，风靡一时。

第三章

浪漫主义

浪漫主义是为人民提供文学作品的艺术。这种文学作品符合当前人民的习惯和信仰，所以它们可能给人民以最大的愉快。

古典主义恰好相反。古典主义提供的文学是给他们的祖先以最大的愉快的。

索弗克勒斯和欧里庇得斯[1]都曾经是卓越的浪漫主义者；他们为聚集在雅典剧场的希腊人创作悲剧；他们的悲剧是按照当时人民的道德习惯、宗教信仰，对于人的尊严的固定看法创作出来的，它们当然也给人民提供了最大的愉快。

主张今天仍然模仿索弗克勒斯和欧里庇得斯，并且认为这种模仿不会使十九世纪的法国人打呵欠，这就是古典主义①。

---

① 参见梅达斯塔斯对希腊戏剧的分析[2]。——司汤达原注

我要毫不犹豫地进一步指出，拉辛也是浪漫主义者。拉辛曾经为路易十四宫廷的侯爵们描绘种种激情的图画，可是**极端的尊严感**是当时的风尚，因此拉辛所描绘的激情图画不免受到了节制。一六七〇年的一位公爵，哪怕他的爱子之情达到了极点，这种**极端的尊严感**仍然会使他绝不忘记称自己的儿子为**先生**。

《昂多玛克》中的毕拉德永远称奥列斯特为大人；可是毕拉德同奥列斯特的友情却是怎样一种友情[3]！

这种尊严感并不见之于希腊人，这种尊严感对我们今天来说也是冷冰冰的。拉辛正因为这种**尊严感**，他才是浪漫主义者。

莎士比亚是浪漫主义者，因为他首先给一五九〇年的英国人表现了内战所带来的流血灾难，并且，为展示这种种悲惨的场面，他又大量地细致地描绘了人的心灵的激荡和热情的最精细的变化。一百年的内战和几乎连绵不断的骚乱，无数的阴谋背叛、严刑峻法、勇敢献身，教化了伊丽莎白女王的臣民，使他们能够欣赏这种悲剧。这种悲剧对于宫廷生活以及处于安定环境下人民文化生活中那种**虚文伪饰、矫揉造作**几乎是毫无表现的。一五九〇年的英国人，幸而是相当无知，他们喜欢在剧院里欣赏悲惨不幸的形象，这种悲惨不幸是他们性格坚强的女王前不久才从现实生活中给排除出去的。我们的亚历山大诗体所傲然拒绝的恰恰就是这些朴素真实的细节，人们今天在《撒克逊劫后英雄略》和《罗伯·罗伊》[4]中欣赏的恰恰也正是这些细节。这些细节在路易十四的傲慢的侯爵看来，认为是缺乏尊严的。

这些细节当真会把自作多情、浑身熏满麝香的玩偶们吓得魂不附体。他们在路易十四统治下，只要看到一只蜘蛛就会昏厥过去。请看，这又是一句缺乏尊严感的话，我知道。

要做浪漫主义者，就必须勇敢，因为，这是必须**冒险**的。

谨小慎微的**古典主义者**却相反，倘使没有荷马某些诗句，或者没有西塞罗[5]《论老年》中某一哲学论点暗中作为依据，他们是不敢前进一步的。

我觉得，作家必须同战士一样勇敢；作家不必总想到新闻记者，就像战士不要总是念念不忘伤兵医院一样。

拜伦勋爵写过一些意境崇高的英雄颂诗，但写得千篇一律，他还写过许多悲剧，都写得极为沉闷，他根本不是浪漫主义者的领袖。

如果有这样一位作家，在马德里、斯图加特、巴黎和维也纳等地，够标准的翻译家都争相翻译他的作品，那么，这位作家可说是已经探察到时代精神的趋向了①。

在我们这里，十分受人欢迎的作家毕高-勒布朗远比《特里勒比》的敏感的作者[7]更是浪漫主义者。

在布勒斯特，或者是在佩皮尼扬[8]，谁还要读《特里勒比》呢？

诗人把一个漂亮角色给予魔鬼，这是现代悲剧中浪漫主义因素之所在。这个魔鬼讲起话来，雄辩有力，观众十分欣赏，很感兴趣。人们是喜爱对立现象的。

勒古维先生是反浪漫主义的，他在他的悲剧《亨利第四》中[9]，连亨利第四这个热爱祖国的国王讲的最漂亮的一句话——"我希望我的王国的最穷苦的农民至少在礼拜日能吃到炖鸡"——也没有能够表达出来。

这是真正法国人讲的话，让莎士比亚最差的学生去写，可能会写出一场动人的戏来。然而**拉辛式**的悲剧却要用这种高贵语气表白：

> 总之我希望：在标志着休息的日子里，
>
> 住在贫苦村庄里一位勤劳的主人，
>
> 多亏我的善举，在他那不太寒酸的餐桌上，

---

① 这种成功不可能是有关政党的事，或者是出于对个人的爱戴。对于所有的政党来说，实质上永远是金钱利益问题。在这里，我所能发现的仅仅是有关艺术欣赏的愉快的问题。关于此人，是没有什么值得爱戴的，如与不名誉的《烽火》的合作关系，以及关于乔治第四喝过的酒杯的可笑的逸事[6]。——司汤达原注

能陈列几盘专为享乐而设的佳肴。

——《亨利第四之死》，第四幕①。

浪漫主义喜剧首先不让我们看到它的人物穿上绣花服装；剧本结尾也并不永远都是情人和结婚；人物也并不一律要在第五幕改变性格；人们有时看到戏里写了爱情；但不是一律都以美满姻缘告终；就是结婚，也不因为押韵而称为"伊美内"[11]。在社会生活中，把结婚说成"伊美内"，岂不是笑话？

法布尔·戴格朗丁[12]的《家庭教师》，把检查制度所封闭的广阔天地打开了。在他的《马耳他岛的柑橘》中，据说有一位主……居然怂恿他的侄女去接受国王的情妇的地位②。二十年来，我所看到的惟一有力量的剧情是《品行端正的达尔杜夫》中"屏风"那一场戏[14]，这场戏其

---

① 意大利诗句和英国诗句都可以做到畅所欲言；亚历山大体诗句因为是专门为一个傲慢的宫廷制作的，所以具有这个宫廷的一切可笑之点。

诗体可以唤起读者大部分的注意力，用于讽刺非常出色。其实只有在指斥谴责的时候，人们才感到优越感；可见讽刺喜剧是要求用诗体写的。

作为题外议论，我还要说，我们这个时代比较令人满意的悲剧是意大利的悲剧。不幸的佩里科的《里米尼的佛兰切斯卡》，其中确有动人之处，也有真正的爱情；这是我看到的与拉辛最相似的作品。他的《墨西拿的欧非米欧》也很好。孟佐尼先生的《卡玛诺拉》和《阿德尔齐》显示了一位伟大的诗人，如果不是大悲剧家的话。三十年来，我们的喜剧同罗马的齐罗伯爵的《左右为难》相比，简直没有提供什么真实的东西[10]。——司汤达原注

② 过去曾经有人对彭帕杜尔夫人说：您所处的地位。事见贝臧瓦尔、玛尔蒙代、哀皮乃夫人等的回忆录。这些回忆录充满强烈的戏剧情境，而且丝毫也不粗陋，只是我们胆小的喜剧不敢表现。参见贝臧瓦尔的故事《烦忧》。[13]——司汤达原注

实仍然是得自英国戏剧的。在我们国家里，一切强有力的东西，都被称为**粗鄙的**。即使是莫里哀的《守财奴》，因为写了儿子不尊敬父亲，也被喝了倒彩（一八二三年二月七日）。

我们这个时代最富于浪漫主义精神的喜剧，并不是那些五幕大戏，例如《两女婿》，难道今天还有什么人肯把自己的财产白白送掉不成？我们这个时代最富于浪漫主义精神的喜剧是：《谋事者》、《被剥夺了青年资格的青年》（加立克的《奥格拜勋爵》的改编本）、《米歇尔与克丽斯丁》、《卡诺勒骑士》、《诉讼代理人事务所》、《卡里可》、《贝朗瑞之歌》等等[15]。阿尔诺先生动人的通俗笑剧《鲟鱼》问口供那一段[16]，滑稽之中含有浪漫主义精神；**包非思先生**[17]也是如此。请看，这就是我们时代的**推理癖好**和**文学上的时髦主义**。

教士德利勒先生[18]，对于路易十五的世纪来说，是一位出众的浪漫主义者。他的诗完全是为在丰特努瓦作战的人们写的，这些人在丰特努瓦，面对着英国军队，摘下帽子来，行礼如仪，说："先生们，请先开枪吧。"这种气派无疑是高贵的，可是像这样的人，又怎么敢于承认他们欣赏荷马呢[19]？

古人一定会耻笑我们的荣誉观念的。

人们竟然想要一个从莫斯科撤退回来的法国人[20]也去

喜爱这种诗！[①]

根据历史学家的记载，人民在他们的风俗和娱乐方面，从来没有感到比一七八〇年到一八二三年这些年代的变化更为急骤更为全面的了；可是有人却企图投给我们一种一成不变的文学！请我们庄严的论敌看看他们周围的情况：一七八〇年的蠢材制造了愚蠢而平淡的笑谈；他永远笑下去；一八二三年的蠢材又制造了空泛的哲学推理，老调重弹，令人昏昏欲睡，并且永远把面孔拉得长长的；这真是一个了不起的革命呵。一个社会中有那么一种成分，同上述的**蠢材**一样，既是本质的，又是经常重复出现的，这种成分已经演变到了这种地步，以致对于上述那种**可笑**和那种**可悲**，这个社会是再也不能忍受了。在过去，大家都想使旁人笑；在今天，人们却企图去欺骗别人。

一个不信教的诉讼代理人总要给自己购置一部装帧华丽的《布尔达鲁著作集》[22]，他说：在律师事务所那些职员面前，有此物在才像个样子，才成体统。

但丁[23]是出类拔萃的浪漫主义诗人；他崇拜维吉尔[24]，可是他创作的是《神曲》，并且写了于高兰的故事，这是与维吉尔的《埃涅阿斯纪》毫无相似之处的作品；因为

[①] 代表这个时代的诗，勒麦尔西埃的《潘侬波克里齐亚德》可说是一部，如果它还不算太坏的话。请想象布瓦洛或教士德利勒先生所译的《帕维亚战场》。在勒麦尔西埃长达四百页的诗作之中，有四十行诗，比布瓦洛的诗要动人得多，优美得多[21]。——司汤达原注

但丁深深懂得：他的时代的人是害怕地狱的。

浪漫主义者并不劝人直接模仿莎士比亚的戏剧。

我们应该向这位伟大人物学习的是：对我们生活于其中的世界的研究方法，和为我们同时代人创作他们所需要的悲剧的艺术。我们同时代的人对这种悲剧尽管需要，但是他们慑于拉辛的声名，不敢大胆提出他们的要求。

法国的新悲剧，偶或也有十分像莎士比亚的悲剧的。

这主要是因为我们的社会环境同一五九〇年英国的环境一样。我们今天也有政党、酷刑、阴谋。坐在客厅里笑着阅读我这本小册子的人，在一星期之内就会被捕入狱也未可知。同他一起开玩笑的另一人，也许会去任命法官将他判罪。

如果我们从事文学而又安全无虞的话，我敢预言：法国的新悲剧不久就会出现；我所以要讲到安全，这是因为想象受到威胁，被损害的仍然是想象。我们今天在乡间，以及在那些公路上，是平安无事的，这在一五九〇年的英国倒是大可惊奇的事。

在精神上，我们比那个时代的英国人要站得高些；因此，我们的新悲剧应该更加质朴。凡是莎士比亚过多运用文词修饰的时候，只是他感到要让他的粗野、勇敢多于纤细的观众懂得他的戏剧的某种情境的时刻。

我们的新悲剧可能很像勒麦尔西埃先生的杰作

《潘托》。

法国人的精神对于德国式的艰深晦涩是难以接受的，可是很多人却把它称做今天的**浪漫主义**。

席勒[25]曾经**抄袭**莎士比亚以及莎士比亚的辞藻；他没有给他的本国人创作他们的风俗所要求的悲剧，他缺乏这种精神。

我忘了**地点整一律**；它将要同**亚历山大诗体**一起归于瓦解。

彼卡尔先生的优美的喜剧《说谎家》[26]，写得隽永有致，也许只有博马舍[27]或谢立丹才能写出这样的喜剧。这样的喜剧会使观众养成良好习惯去理解：对于某些动人的题材，换景是绝对必需的。

在悲剧方面，我们也同样有了进步。试想，《希纳》[28]中的爱弥丽偏偏跑到皇帝的大办公室去图谋起事，这怎么可能呢？上演《西拉》[29]而不更换布景，这又叫人怎么去想象呢？

倘若舍尼埃先生还活在人世，这位有才华的作家一定会把**地点整一律**从悲剧中排除出去，**使人厌烦的交代故事情节的台词**也可以避免了；由于地点整一律，像**蒙特卢的谋杀、布卢瓦三级会议、亨利第三之死**这类巨大的民族主题在戏剧中根本就不可能了。

对于亨利第三这个人物，一方面绝对需要：巴黎，孟帮西叶公爵夫人，圣雅克派的修道院；另一方面，也绝对需要：圣克卢，犹豫不决，软弱动摇，纵情淫乐，以及成为所有这一切的结局的突然来到的死[30]。

拉辛式的悲剧只能选取事件的最后三十六小时，所以它从来不写激情的发展过程。一桩阴谋事件，难道在三十六小时之内就能秘密准备完成吗？人民革命运动，难道在三十六小时之内就能展开吗？

《奥瑟罗》第一幕是爱情，第五幕把妻子杀死，看《奥瑟罗》这样的戏叫人发生兴趣，的确优美动人。如果把剧情变化限制在三十六小时之内，那将是荒谬的，而且我会憎恶奥瑟罗。

麦克佩斯在第一幕中是一个正直的人，在他妻子的教唆下，他竟然杀害了他的恩人和国王，终于变成一个嗜血的怪物。要么是我完全误解了；要么剧中所表现的这种人类心灵的热情变化就是诗人在人们面前最辉煌的展示，而且，这种诗深深地打动了人，教育了人。

---

[1] 索弗克勒斯（Sophocle，公元前496—前406）、欧里庇得斯（Euripide，公元前480—前406），古代希腊悲剧家。

[2] 梅达斯塔斯（Métastas，1698—1782），意大利诗人，并著有传奇剧多种，浪漫主义运动的鼓吹者。此处指梅达斯塔斯《亚里士多德诗学摘要兼论三一律》一书，特别是其中抨击三一律部分。

［3］毕拉德、奥列斯特是《昂多玛克》剧中人物。毕拉德与奥列斯特有终生不渝的友谊。

　　［4］《撒克逊劫后英雄略》（一译《艾凡赫》，1820）、《罗伯·罗伊》（1818），瓦尔特·司各特的历史小说。

　　［5］西塞罗（Cicéron，公元前106—前43），拉丁作家、政治家，有演说集、哲学和修辞学著作，古典主义者奉为圭臬。

　　［6］指瓦尔特·司各特。司汤达在政治上，对于司各特曾是保王党一节，特别是他津贴仇视辉格党的托利党报纸《烽火》（Beacon，1821），非常反感（见1823年6月23日致拜伦信）。关于乔治第四喝过的酒杯，司汤达在一篇题作《瓦·司各特与〈克莱芙公主〉》的文章中说："乔治第四访问爱丁堡时，有一人应邀与乔治第四同桌进餐，正是此人热烈恳求国王将刚才向人民祝酒的酒杯赏赐给他。瓦尔特爵士获得这只小酒杯，视同珍宝，即深藏在大礼服下，酒杯被压碎了；他大为失望。"

　　［7］毕高-勒布朗（Pigault-Lebrun，1753—1835），法国喜剧作家；司汤达曾在一封信中说，如果他必须到一个荒岛上过几年的话，他就把毕高-勒布朗的作品带去（1821年12月29日，书简卷二，第238页）。《特里勒比》（Trilby）的作者即夏尔·诺及耶（Charles Nodier，1780—1844），保王党，法兰西学院院士，《法兰西诗神》编者之一，故事作者、诗人；司汤达在政治上与在文艺上，对这一派浪漫主义作家持对立态度；《特里勒比》是取材苏格兰事迹的中篇故事（1822年发表），后改编为剧本上演。

　　［8］布勒斯特在法国西部，临大西洋；佩皮尼扬在法国东南部，靠近西班牙，临地中海。

　　［9］《亨利第四》（1806），即《亨利第四之死》，法国诗人、剧作家勒古维（Legouvé，1764—1812）所作悲剧。下面引的四行诗，见剧本的第四幕第一场。

[10] 佩里科（Pellico，1789—1854），意大利浪漫主义作家，《里米尼的佛兰切斯卡》(1815)、《墨西拿的欧非米欧》(1820)是他的著名悲剧。孟佐尼（Manzoni，1785—1873），意大利浪漫主义诗人、作家，《卡玛诺拉》(1820)和《阿德尔齐》(1823)是他的两部悲剧。罗马的齐罗伯爵，即乔瓦尼·齐罗伯爵（Giovanni Giraud，1776—1834），意大利作家，他的喜剧《左右为难》(*Ajo nell' imbarazzo*，1807)于1823年译为法文，题名为《左右为难的家庭教师》；司汤达称齐罗是意大利的博马舍，赞扬《左右为难》"天才地描绘了一位50岁意大利的做父亲的人"，剧情大致说：乔里奥·昂第瓜替侯爵，一个严厉无比的老人，管束两个儿子极严；长子昂里科背着父亲娶了某上校的女儿吉尔达·奥诺拉悌，和她生了孩子；小儿子皮波托，是糊里糊涂的青年，完全听从老女仆莱欧娜达摆布。昂里科后来向教师堂格来高里欧·卡特波诺吐露了爱情的秘密，教师很感为难，不得已将昂里科的妻子藏在自己房内，再去找他们的孩子。孩子找来，侯爵难免大发雷霆，教师只好不顾一切抱着小孩去见侯爵。最后真相大白，侯爵深感家教过严也非好事，于是既往不咎。小儿子此时乘机宣告他爱上了老女仆，要求父亲准许娶她为妻。

[11] 伊美内，希腊神话中的婚神。古典主义诗人用来代替结婚一词。

[12] 法布尔·戴格朗丁（Fabre d' Eglantine，真名 Philippe François Nazaire，1750—1794），法国剧作家、诗人，积极参加法国资产阶级大革命，丹东的朋友，死于断头台。《家庭教师》(喜剧)，在戴格朗丁死后1799年才在法兰西剧院上演，直到1807年，共演出40余场。在复辟时期，1823年，原拟在奥代翁剧院再度演出，至时奉命停演。《马耳他岛的柑橘》(喜剧)，据说戴格朗丁被捕后原稿被窃，始终没有找到。1805年同时上演艾坚纳和高吉朗·襄德易（Gaugiran Nanteuil）合写的《恩宠有望》(*L'Espoir de la faveur*)和沙泽（Chazet）、屈拉夫

瓦（Dieulafoi）与茹易三人合写的《恩宠的后果，或托玛斯·缪勒》（*Les effets de la faveur ou Thomas Müller*），据说这两个剧本与《马耳他岛的柑橘》近似，但这两个剧本也失传了。《恩宠有望》大致写一个德国贵族家庭，忽然对一个一向看不起的穷亲戚，成为大公情妇的女子百般关切、殷勤无比，这个家庭一个当神父的族人尤其热心促成这个女子去当外室。下文司汤达说"有一位主（教）居然怂恿他的侄女去接受国王的情妇的地位"，就是指这件事。司汤达对这一题材十分看重。

[13]彭帕杜尔夫人（1721—1764），法王路易十五的女宠。贝臧瓦尔（Pierre-Victor, Baron de Besenval, 1722—1791），回忆录1808年出版，《烦忧》收在回忆录第四卷。玛尔蒙代回忆录在1801—1806年陆续出版，其中有许多关于大革命前法国生活和有关文学史的材料。哀皮乃夫人（Epinay, 1726—1783），曾经是卢梭的保护者，回忆录1818年出版。

[14]《品行端正的达尔杜夫》，奢隆（Chéron）所作喜剧，其实是谢立丹《造谣学校》的模仿之作，最早演出于1789年，1823年又在法兰西喜剧院上演。"屏风"一场戏，见第四幕，剧情大致是：主人公瓦尔散把他前保护人的妻子奢尔古太太引到家中向她求爱；她的丈夫来到，瓦尔散急忙把她藏在屏风后面；她在屏风后差点两次被发现；瓦尔散和她丈夫的谈话，她在屏风后听得清清楚楚，终于明白丈夫品行良好、心地宽宏，而瓦尔散是一个伪君子；她刚才险些被他打动，现在才坚定起来。

[15]《谋事者》，依姆贝尔（Ymbert）、司克利布和瓦尔内（Varner）合写的喜剧，1817年上演。《被剥夺了青年资格的青年》，梅尔勒（Merle）和勃拉洁（Brazier）根据英国大卫·加立克（David Garrick）和考尔曼（Colman）的剧本《秘密结婚》部分情节改编的喜剧，奥格拜勋爵是《秘密结婚》中的主人公，1812年上演。《米歇尔与克丽斯丁》，司克利布和杜班（H. Dupin）合写的喜剧，1821年上演。《卡诺勒骑士》，苏格（Souque）写的喜剧，1816年上演。《诉讼代理人事务所》，可能是指司克

利布和杜班合写的《法律事务所内幕，或诉讼代理人与辩护士》，1821年
上演。《卡里可》，可能是指1817年上演的司克利布与杜班合写的通俗笑
剧《山中战斗》(*Combats des Montagnes*)，剧中人物卡里可是贩卖时髦商
品的商人，这个人物与剧中插曲《卡里可》风行一时，此处可能是以剧中
人物指剧本。《贝朗瑞之歌》：汪德尔布斯（Vanderbursch）和郎格雷（F.
Langlé）合编的《裁缝与仙女，或贝朗瑞之歌》，但剧本1831年才上演，
此处显然不是指这个剧本，或可能指诗人贝朗瑞的作品，1821年出版，
司汤达一向认为贝朗瑞的作品是浪漫主义的。

　　[16]《鲟鱼》，根据德拉利涅（Delaligne）通俗笑剧改编的两幕滑稽
歌舞剧。德拉利涅是戴佐日耶（Desaugiers）和阿尔诺两人共同的笔名。
剧本第二幕第六场便是所谓问口供的一段：青年鲁塞尔装扮成一条大鲟
鱼，被拉到集市上来，这时他在一群时髦青年的簇拥中认出了他的老婆。
于是法官上场：

> 法官　这条鱼不是淡水鱼，
>
> 　　　从它的叫声我可以断言。
>
> 　　　……
>
> 　　　请众人保持秩序！大家都站到原位上去，渔夫去打
> 　　　鱼，鱼也应该放到水里去。
>
> 众人　放到水里去！放到水里去！
>
> 青年　我不是鱼！……
>
> 法官　是鱼或者不是鱼，最后还是得低头服从。你看我可是和
> 　　　和平平跟你讲话，我的朋友，你好好回答：你是不是
> 　　　鱼，是，还是不是？
>
> 青年　哎呀！法官大人，好比说，如果您应该是……
>
> 法官　没有人问你我是什么，是问你：你究竟是什么。

丑　　他是鱼！他是鱼！

青年　啊呀！真够呛，我要是不说话，那我就是说……

法官　错不了，你要是不说，那你就什么也没有说。其实也
　　　不关……

丑　　法官大人，说他是鳕鱼倒挺合适。

法官　好哇！你说什么？你是鳕鱼，那你说你不是鱼……招
　　　呀！你说你算是鲟鱼啦？好呀，走哪一条路都行，我可
　　　是像朋友一样好心劝告，你就给我回到水缸里去，反正
　　　你终归要回到水里去的，你回到水里去就一了百了，不
　　　就是没事了。

青年　（要逃）活见鬼！滚你的水缸。

法官　啊！啊！反叛，给我拿下这条鱼。

青年　看谁敢靠近我？

法官　给我抓住他的尾巴！

青年　没有尾巴哟！（有人抓住他的尾巴，尾巴掉下来）

法官　抓住须子！（须子落下来）抓住头发！（头发落下来，青
　　　年现出原形）

青年　唉！现在我还是一条鱼吗？

[17] 包非思先生，茹易的《包非思先生，或先学会谈吐不凡》
（1806）和《包非思先生的结婚，或借来的名誉》（1807）中的主人公，一
个漫画式的外省小地主，为了想在巴黎上流社会取得成功，事先把上流人
士在客厅的谈吐言词熟记在心、倒背如流，结果当场出丑；他后来娶了一
个同他一样可笑的冒牌女文人。

[18] 德利勒（Delille, 1738—1813），维吉尔和弥尔顿的法文翻译者，
路易十五在位时，被认为是一位天才诗人，他的诗不过辞藻精美而已。

［19］1745 年，在法王路易十五统治下，法国军队曾在比利时的丰特努瓦大败英、荷、奥联军。在丰特努瓦战场上，交战双方彬彬有礼地请对方先开枪，表现了当时风尚。这种风尚对于荷马描写古代希腊战争场面当然是南辕北辙的。

［20］司汤达 1812 年随拿破仑军队远征俄罗斯，目击莫斯科大火，撤退时他担任法军后勤供应工作，就是在败退途中，他也修面整容，从容自若。这是司汤达一向引以自豪的。

［21］勒麦尔西埃的《潘依波克里齐亚德》，全名是《潘依波克里齐亚德，或 16 世纪的地狱景象，史诗式喜剧》，1819 年作，1832 年写出续集。其中第四曲写意大利帕维亚战场的战后景象。布瓦洛或德利勒所译《帕维亚战场》，不知是否指所译维吉尔的史诗。布瓦洛（Boileau，1636—1711），法国古典主义诗人、理论家，著有《诗艺》等。

［22］布尔达鲁（Bourdaloue，1632—1704），法国耶稣会教士，他的布道和说教在当时是著名的。

［23］但丁（1265—1321），意大利诗人，他的《神曲》写到天堂、净狱和地狱。于高兰是意大利十三世纪时的暴君，他与两个儿子、两个孙子一起被囚禁在塔中，在饥饿煎熬下于高兰几乎想吃掉自己的孩子。但丁在《神曲》地狱篇第三十三曲写了这一事迹，并写到于高兰在地狱中复仇，亲口咬死敌人。

［24］维吉尔（Virgile，公元前 70—前 19），拉丁诗人，《埃涅阿斯纪》（Ênéide）是他的史诗。

［25］席勒（Schiller，1759—1805），德国浪漫主义诗人、剧作家，悲剧《威廉·退尔》（1804）是其代表作。

［26］彼卡尔的《说谎家或两驿站》1794 年开始上演。写拐骗故事，剧情发展被认为处理得很好，第一幕场景是在城堡，第二幕在第一站的驿店，第三幕在第二站的驿店，每一幕都更换地点，另换布景。

［27］博马舍（Beaumarchais，1732—1799），法国喜剧作家，《塞维利亚理发师》、《费加罗的婚礼》是其名作。

［28］《希纳》，法国十七世纪古典主义悲剧作家高乃依（Corneille，1606—1684）的五幕悲剧（1640）。剧情大致是：罗马皇帝奥古斯都将爱弥丽的父亲判罪放逐；希纳爱爱弥丽；爱弥丽宣布：希纳杀死奥古斯都，替她报父仇，才肯同他结婚；希纳于是同马克西姆密谋谋杀皇帝；可是马克西姆也爱爱弥丽，出于嫉妒，他让他手下泄露了秘密；最后，奥古斯都知道了前后原委，把他们都赦免了。

［29］《西拉》，茹易写的悲剧，1821 年首次上演，写罗马共和时期独裁者西拉事迹。悲剧上演时政治上很成功，被认为西拉影射拿破仑。这里主要说明悲剧不应受地点整一律的限制。

［30］以上有关法国历史人物与事迹，可能指舍尼埃的悲剧《查理第九》所涉及的史实，或是泛指这一类历史题材。蒙特卢的谋杀指法国布尔戈尼公爵即无畏的让 1419 年在蒙特卢的桥上被杀身死，他曾遣人杀死其兄国王查理第六，因而引起内战。继之，在十六世纪到十七世纪，在查理第九、亨利第三、亨利第四统治时期（1560—1610），法国处于新教与天主教的宗教战争时期，各封建势力间斗争十分尖锐，农民起义时起时伏；1576 年及 1588 年两次在布卢瓦地方召开三级会议，便是当时重要的政治事件。亨利第三是宗教战争时期的中心人物。孟帮西叶公爵夫人是亨利第三的仇人，据说她是谋杀亨利第三的主谋。圣克卢在凡尔赛附近，此处所举各点，均与上述历史人物和史迹有关。

拉辛与莎士比亚（二）

或

对奥瑞先生在研究院大会上发表的

反浪漫主义宣言的回答

（一八二五年）

对话

老人——"让我们继承下去吧。"

青年——"让我们检查一切。"

十九世纪就是如此。

说　明

奥瑞先生[1]与我，彼此互不相识；我竟写出这本小册子，只有徒唤奈何了。其次，奥瑞先生对浪漫主义的讨伐，既是张大其词，也是空洞无物，对此我已经作出回答，这是九个月或十个月以前的事了。奥瑞先生是以法兰西学院的名义说话的；而去年五月二日我写成反驳的时候，由于对过去曾经如此受到尊敬的团体[2]大有不敬之处，而拉辛和费纳隆又曾经是它的成员，我深感惶愧不安。

在法国，我们在内心深处都怀有某种异样的感情，不论我对美国政治学说多么盲目遵从[3]，有这种感情存在，我却毫不怀疑。一个人为要谋得一个地位，不惜在报纸上散布诽谤；你只要摆出事实真相，诽谤也就不攻自破，他会再度发誓赌咒，说他的诽谤全是真理，大胆地在他的文章上署名签字；因为名誉尽管脆弱娇嫩有如花朵，于他又有什么可损失的呢？他非逼着你在你的答辩上签字不可，正是在这里，困难开始了。种种不容置辩的理由都归于徒劳无用，他总是要出面回答；于是不得不再写文章，再签字，因此，你在不知不觉中一步一步陷入泥潭。公众又总是坚持从你的论敌那方面来看待你。

呜呼！敢于嘲笑法兰西学院，嘲笑法兰西学院领导人发表的演说，那演说里的恶意又是法兰西学院亲自放到他的口里的，我恐怕要被看做是胆大妄为之辈了。我可不愿意参加这类人的行列，他们对上等人士在社会上欣然默许的诸般可笑事物大加攻击。

正是去年五月，对我发表浪漫主义小册子发出的攻击，我未见有回击。可庆幸的倒是自此以后，法兰西学院让自己作出如此别具一格的抉择，并透露出烹饪学的影响 [4] 是如此之大，以致又给它自身招来了一场嘲笑。我将不是持这种意见的第一人：在一个存在着**反对派**的国土上，法兰西学院在事实上就根本不可能存在；因为政府从来不允许属于反对派的具有伟大才能的人士进入学院；可是广大公众是永远固执己见的，公众对于部长所收买的高贵作家们也很不公正，于是，法兰西学院就变成他们的残废军人养老院了。

［1］奥瑞（Auger, 1772—1829），法国十九世纪王政复辟第二年（1816），王室下令恢复各原有学院，法兰西学院指定原院士三十八人恢复（按照规定，法兰西学院院士名额限定四十人，院士死后空位另选补入），另二名待补。因此剧作家阿尔诺和艾坚纳撤销院士资格，成为复辟的牺牲品；另补入奥瑞与天文学家拉普拉斯。奥瑞除有古代著作注释外，在文学上并无声望，所以当时出版的小册子称他为"注释人奥瑞"。奥瑞进入法兰西学院后，势力日渐膨胀，成为极端保王派的头目，俨然是法兰西学院的义务主席，主持接纳新院士仪式，有"文学教皇"之称。奥瑞是复辟时期封建势力和文学上古典主义的代表人物。

［2］此处"受到尊敬的团体"，指法兰西学院。法兰西学院原在十七世纪法王路易十四统治下正式建立，近两百年来，有不少贵族阶级、资产阶级文化名人是其成员。复辟时期，法兰西学院成为王权与宗教的支持者。资产阶级自由派报刊在整个复辟时期，如本书经常提到的《立宪报》、《法兰西邮报》《潘杜拉》等，以及当时出版的大量小册子，往往将锋芒集中在学院，对它的倾向、院士人选、院士以及种种幕后新闻，广为播扬，嘲笑抨击，从一个方面反映了复辟时期政治斗争、阶级斗争的情况。浪漫主义与古典主义之争，与法兰西学院密切相关，同时也是思想领域的一场尖锐斗争。

［3］司汤达一向以共和主义者自命。此处所谓美国政治学说，即指共和政体，美利坚合众国式的资产阶级共和国。司汤达认为这个共和国，有一套规章制度，有一套道德规范，有种种可爱的沙龙，都很好，但认为剧院不足，新教使他感到是一种压在社会之上的沉重阴郁气氛。

［4］烹饪学的影响，指1824年12月德罗兹（Droz, 1773—1850）入选法兰西学院一事。德罗兹是法兰西学院院士奥瑞、康伯农、罗热、彼卡尔、雷蒙泰等的好朋友，这些院士组织了每周聚餐会，所谓"叉子会"，

德罗兹虽非院士，却是聚餐会中一员。文学批评家圣伯夫（Sainte-Beuve，1804—1869）对此写过一段文字，说："他们定期会晤，他们每个星期都在一起，颇有节制而又乐此不疲地共进午餐，共进晚餐，……参加这个聚餐会的人士中有多人已经是法兰西学院的院士；于是，不久，这当中就有一些人被请到学院里面去了。德罗兹1824年进法兰西学院，便是聚餐会最新进入学院的一位。"（见《星期一丛谈》卷三）。司汤达在1829年11月5日一封信中写道："聚餐会不是已经把它八或十个会员输送到法兰西学院去了吗？"（书简卷二，第505页）

序　言

　　法兰西学院在继续推动那几乎不可察觉的缓慢步伐，这步伐又缓和轻柔、畅通无阻地引导它那桩单调的持续不断的辞典编纂工作走向终点；除了终身任职的学院秘书兼辞典编纂人奥瑞[1]以外，一切都昏昏沉睡。这样已有五六个月的时间了。不料有一天，一个幸运的偶然，召来了这么一个词：浪漫的（Romantique）。

　　来自肆无忌惮的破坏派的这个致命的字眼一出现，学院的普遍的无精打采立即被异常活跃的情绪取而代之。这不禁使我想到某种相类似的情景：西班牙宗教裁判所大裁判托格马达，在他四周站立着宗教裁判所审判官和亲信，由于某种极有利于维护教义的偶然时机，将路德或加尔文出其不意地带到他们面前来。此时此刻，在这许多完全不同的面孔上，人们看到了一个共同的思想；所有的人都说：采取哪一条足够残酷的刑罚来将他处死？

　　我所以愿意选取这样一幅残酷可怖的图画，除了因为法兰西学院四十位庄严可敬的大人物那种纯洁无罪的情况可以与之相比拟以外，实在无法再作其他设想。法兰西学院四十位庄严可敬人物是他们的信仰的祭司，有谁宣讲新的信仰，他们摇身一变变成审判官，**公正不偏地**审判宣传新信仰的人。不错，他们问心无愧地诅咒亵渎者，说他们败坏降福于人的信仰，这种信仰将它的细微琐碎的思想包藏在华丽的词句之中，对他们是价值很高的，足以交换一个伟大民族的政府所能贡献的种种好处：勋位绶带，俸禄金钱，荣誉地位，官方检查官的头衔，如此等等。人们通常都谨言慎行，尽管如此，人们还是要想到天才人物中一位最伟大的天才的一句名言。他们尽管采用荒唐滑稽的方式按期举行说教以歌颂这位伟大天才，可是天才是自由的，不受约束的，他对**可笑的事物**并不那么尊敬，以致法兰西学院在整整一个世纪之内虽不敢拒绝其人，却只好拒绝悬挂他的画像。这位伟大的天才不是别人，就是举世推崇的莫里哀。他曾经让一个人物对一位金器商讲过一句名言。这位金器商认为：世界上再没有什么东西比在病人居室内摆设贵重金银制品更能使病人赏心悦目以有益于治疗疾病。**"若斯先生，您不愧是金器商。"**这就是那句名言[2]。

这么一句笑话，尽管是古典的，也并**不新颖**，仍不失其为使人陷入备受攻击境地的万无一失的方法。法兰西学院被它的辞典编纂人在 Romarin 和 Romaniste 这些字之间突然叫出 Romantique 这个致命的字眼，从它习以为常的消沉麻木中给惊醒那一天起，人们就又想起这个笑话来了。当奥瑞先生宣读这个字的释义的时候，大厅之内立即喧声四起，把他的声音都淹没了。人人都急不可耐地要讲出一些强烈有力的词句，以便将这个妖魔打倒在地。不过，他们叫出口的词句并不属于贺拉斯或布瓦洛的风格，而是属于虞维纳勒的风格 [3]，这是千真万确的。其中心意思是要明白指出这批放肆的革新派竟然疯狂要求（唉，甚至也许就在今天）创作出比这些学院先生们的著作更有趣而不讨厌的作品来。辱骂毫无自卫的敌人这种高贵的乐趣把这些院士带往具有诗意的狂热境界之中。散文在这里已经不能满足他们那昂扬的激情了；《莽撞人》及其他许多冷冰冰的喜剧的可敬的作者 [4]，被请了出来，当众朗读了一首讽刺诗，这是他最近反对浪漫主义的新作。这首诗哪一处哪一句写得成功，我以为是无需谈的。总之，文学元老院新就任的元老们对不在场的论敌肆意辱骂，使这些伟大心灵升起了那永不熄灭的笑意，待这一派笑意稍稍平息以后，他们又庄严郑重地继续他们的公务。首先，他们一致宣布他们有权裁判浪漫主义者；其次，委任三位最激烈愤懑的成员为辞典起草**浪漫主义**的定义 [5]。人们希望这个条目在学院辞典中谨慎拟订；因为一条十二行文字的释义也许将是这三位文士的第一部著作亦未可知，这种偶然性是存在的，不足为奇。

　　这是一次具有纪念意义的会议，人们当然讲到某种有意思的事物，在会议将要结束的时候，四十位院士中有一位站起来发言道："可笑的诗人，野蛮的莎士比亚，他的游荡不定的缪斯，每时每刻无孔不入地传播伦敦布尔乔亚的思想、风尚①和语言。诸位先生，野蛮的莎士比亚煽动起来的蛮人、文学上的侏儒、种种荒谬乖张，刚刚已经暴露在光天化日之下。这种揭露，其雄辩合理，正与诸位的公正无私交相辉映。只有你们才是艺术趣味的捍卫者，你们将为它复仇雪耻。但是，美妙的复仇时刻何时到来？也许要在四五年之后，我们这部全欧洲心怀敬仰翘盼已久的学院辞典问世的时候。诸位先生，我要问一问你们：一个国家，近来举国上下沉溺于将一切都拿来争论不休，不仅国家大法拿出来争论，而且更为严重的是国家的各个学院的荣誉也成为聚讼纷纭争论不休的题目，试问，在四年之中，在这样的国家里，谬误和虚伪的趣味难道不会大大发展而泛滥成灾？我要求在即将到来的四月二十四日四大学院召开大会的庄严的日子里，请你们委任你们中间的一位，向迫切期待听从你们意见的人民，宣告我们对于浪漫主义的禁令。诸位先生，请不必怀疑，这项禁令将一举而将这一妖

---

　　① 见宣言第 14 页 [6]。——司汤达原注

魔置于死地。"

一致热烈鼓掌，淹没了演说者的声音。各种清规戒律的崇拜者、一个严格的人、一无所能的法兰西学院院士奥瑞先生，被一致通过由他来担任摧毁**浪漫主义**的重任。

一周过去之后，奥瑞先生出现在讲坛上；大厅内人头攒动，座无虚席；有人计算，法兰西学院有十三位院士出席会议；其中有好几位穿上了院士礼服。法兰西学院这位领导人在正式宣读论文之前，首先向光荣可敬的出席人致辞，他发言道：

"诸位先生：任何极端的步骤，无不接近于极端的危险。迄今为止，这个妖魔的名字一直没有窜入这个大厅，现在我们在这里指名道姓提出这些浪漫主义者，那是抬高了他们的声誉。你们要让人们认识到：某些可敬的沙龙就有这个荒谬可憎的宗派存在。这个危险，不论你们把它估计得多么严重，但在我看来，目前，还只是极端危险的先兆。但是，各位先生，面对着这种危险，我敢于直言无讳地指出，为法国人民免除这一危险，你们应该果断地采取决定，因为你们正在为四月二十四日的庄严会议提出你们业已为人民准备好了的具有伟大意义的教训。半个世纪前，英国出了一个著名的约翰生[7]；在同一时期，意大利出了梅达斯塔斯；在我们今天，又出现了维斯孔第侯爵；在德国，有施莱格尔先生，这个德国人如此闻名于世，而又如此之危险，曾使斯达尔夫人自命为某种学说的传道士，这的确是国家的不幸，更是法兰西学院的灾祸。我还可以举出二十个名字来，如果我不怕一一列举敌人的姓名而不使你们感到厌倦的话。他们对于一般所谓**浪漫主义**，特别是对于所谓戏剧幻想的性质，都曾经发表过一些所谓理论。可叹的是，这些理论事实上今天已是有目共睹的东西了。这种理论是专门用来使上流人士发生混乱的，其目的就是使他们每日去剧院所获得的印象有朝一日陷于危险境地。诸位先生，这种理论针对的目标不在别处，恰恰就在把著名的**地点整一律**，我们整个古典主义体系的基石，置于可笑的境地。反驳这种理论反而有为它张目的危险；我采取明智的立场，按照我的办法，我只能把它看做是**根本不存在**；在我的演说里，我一个字也不提到它……"（停顿，全场鼓掌。）场内四面八方高呼："伟大的步骤！深刻的政治！"一个耶稣会教士低声说："再好的办法也没有了。"演说家继续讲道："诸位先生，绝对不能把宣传危险学说的权力给予资产阶级。这种学说曾经使约翰生[①]、维斯孔第之流，《爱丁堡评论》[8]的作家们，以及一百个别的什么人大出风头，惟一的办法就是把这一批人从整体上加以谴责，而不要指出他们的姓名，以便让他们成为嘲笑的对象，被埋没在黑暗之中。也不要像一般人说什么普鲁士人、撒克

[①] 见其著名的 1765 年《莎士比亚戏剧集序言》；其中论及"戏剧幻想"问题。——司汤达原注

逊人，我们称他们布鲁克台尔人和西康勃尔人 ① [9]。一切拥护健全学说的人都会称许这种学识渊博。这里顺便嘲笑几句德国的优秀作家十分可笑的贫乏无知；在整整一个世纪中，对古典作家的**注释**是按黄金论价出售的，**研究报告** [10] 是支配一切的，可是德国作家**因其忠实性而陷于谬误** ②，他们有着这样一种趣味——我要说这是一种狭隘鄙陋的趣味——只知满足于淡泊、退隐的生活，远避宫廷的豪华场面，在这里本来只要知机趁便、灵活巧妙便可毫不费力地得到显赫的职位，而他们却避之惟恐不及。这些不幸的人，在中世纪经典中广征博引，学院的言论偏偏极少引证，他们想保留这样的特权，把他们认可的事物宣布为真理，这些不幸的西康勃尔人，他们从来不接受任何制度的限制，即使是**检查官**或官府首脑 [11] 也不能对他们加以约束，他们还要加上这样一条把文学领域一切既定原则全部推翻的危险格言：RIDENDO DICERE VERUM QUID VETAT? **既然我们认为是真实的，为什么不能笑着把它说出来？** 诸位先生，听到这样一句针对可笑事物的言词，我发现你们一向容光焕发的脸上也立即笼罩了重重阴影。我可以猜出你们头脑中有怎样的思想闪过，你们一定想到某一位**维涅龙** [12] 发表的一些小册子，企图一举而否定世界上受到尊重的一切，和一切受到尊敬的人。我想

---

① 见宣言第 20 页。——司汤达原注
② 奥瑞先生演说词第 5 页。——司汤达原注

说的是考古学院入选院士的决定，以及若玛尔先生和勒泼来渥·狄赖先生选进这一学者团体这样具有纪念意义的事件[13]。诸位先生，请不要有丝毫怀疑，浪漫主义这个妖魔是不会尊重任何尊严体面的。对于前所未有的事，他得出的结论不是认为应当慎重从事，好自为之，而是相反，认为那是促使他跃跃欲试的兴趣所在，这真使我为之毛骨悚然；不论一位文学家达到了什么地位，穿上何等令人肃然起敬的服装，他也敢于对之妄加嘲笑。倒霉的浪漫主义者出现在文学领域，就是为了打乱现存的一切。勒泼来渥·狄赖先生已经进入学院了，有人要求他把他那发誓永不出版、学院推荐的学术著作公开发表，现在谁还会向我们这位同事提出呢？

"诸位先生，如果有一位浪漫主义者在座的话，我毫不怀疑，他一定要在一本小册子上对我们从事的关系国家光荣的工作评价为荒谬可笑。我知道我们一定要说：在我们从事的工作中那令人气愤的恶劣趣味是没有的，我们说，他们是**恶俗的**。按照公认的权威性说法，我们甚至可以把他们当做**犬儒主义**来对待[14]。但是，诸位先生，今天一切都已发生变化了；在四十年前，这样一个字眼就足以断送一部苦心经营的著作，甚至这部著作的不幸的作者。可是在今天，**犬儒**两个字加到那个没有地位、没有马车的**维涅龙**头上，反使他的小册子销行两万册，真是可叹！诸位先生，请看，公众就是这样无法无天，这也是我们处境危险的所在。必须懂得：

万万不可贪图报复的一时快乐，对所有这些浪漫派作家只能投之以轻蔑的沉默。浪漫派作家自命是应革命世纪的需要而写作，毫无疑问，他们认为学院四十位庄严人物因为无所事事才定期开会，互相吹嘘是国家最卓越的人物，因此浪漫派只能把他们看做是**教堂中胡闹的顽童**。"

讲到这里，欢呼声打断了奥瑞先生。法兰西学院著名的院士们是抱定宗旨尽量少写，加倍地用嘴多说。演说家太多了，所以奥瑞先生起草的宣言连续召开四次会议才算通过。在名词之前或其后放怎样一个形容词，用这个形容词把它**弄得温柔敦厚**一些，形容词的位置更动了七次，又反复推敲润色五次。①

我承认，这个宣言使我感到进退两难。法兰西学院的先生们为使宣言免受攻击，采取了别出心裁的巧妙手段，这种手段既与巴黎受人敬畏的人士的身份相称，又有助于在私人利益方面取得政治上的成功。倘若法兰西学院的先生们仅仅是具有光辉思想的作家，仅仅是伏尔泰、拉布吕耶尔[15]、布瓦洛的后继者，他们就应该致力将无懈可击的理由写进他们的著作，用朴素鲜明的风格加以说明，使他们的论述易于被人接受。要是这样，会出现什么情况呢？人们就会用反对的理由去反驳他们的理由，由此展开争论；这样一来，学

---

① 有案可查。——司汤达原注

院万无一失、永远正确的局面就会动摇，学院受到的尊敬，在那些领取年金和收到金钱并在沙龙中居于重要地位的人士中间，就不免要蒙受某些损失了。

我作为**浪漫主义者**，当然不需要模仿任何人，更不需要模仿法兰西学院。我的宗旨是要使这一所谓无关宏旨的争论再次展开，因为它是有意思的、难得一遇的，而且**还有那么一点善意和真诚**。我愿意把奥瑞先生的宣言重印发表，就从反驳这个宣言开始。遗憾的是，我的善意也几乎使我陷入危险境地；今天要对付的，的确是最危险的毒药。我的文章已经写成，我读给别人听，或者说，我读给几位急于非难我的好朋友听 [16]。他们在我的小客厅里坐下，我打开我的稿本，原稿是从学院的宣言写起的。我刚刚读到第六页，一股难堪的冷气弥漫在我的小客厅中。我注视我的稿本，聚精会神地读下去，只求读得快一些。这时，一位朋友打断了我。这是一位年轻的律师，气质强悍，是诉讼过程中审读各种**诉讼文件**的老手，哪怕处境艰险，他也有力量站起来讲个滔滔不绝。其他的人，都以手覆额，专心倾听，当我被打断时也没有人动一动。我惶惑地看着这位青年律师。他说：

"你给我们读的这些漂亮词句，到庄严的大会上宣读倒很不错，但是，在一次小小的聚会上，至少要有合理的和善意的形式，你怎么会不懂？这里只有七八个人，还要追求效果，那就不可原谅了。谁都十分清楚，这里不会有人受骗上当。在巴黎，在人数众多的大会上，人们认为会议大厅一侧是受骗的对象，他们是来瞻仰崇拜的。学院会议不过是一种仪式。人们去参加会议惟恐找不到席位；在法国，受到尊敬是比什么都要紧的。否则怎么会有那么多人急于去看那无聊讨厌的东西？那种集会一开始，公众注意姗姗来迟、纷纷入座的衣着华丽的女人；接着，公众又以辨认俯就学院的前任部长和现任部长来取乐；他们还仔细观察各种绶带和勋章。总而言之，挽救学院那些演说的，就是这一番光华耀眼的盛大表演。但是，我的亲爱的朋友，如果不引证奥瑞先生作为你的文章的开端，就没有别的更好的办法的话，那你注定是要完蛋了。"

有两位朋友听到我们激动的声音，才从梦中惊醒，他们也加上来说："啊！这是千真万确的。"律师又说："你应该懂得，学院那种词句都是名正言顺的官方语言，从一开始就是为了**欺骗什么人**的；所以在小型聚会上也讲这类词句，很不相宜，尤其在财产平等的人中间，更不妥当。"

啊！我回答说，《立宪报》早就警告过我，如果我真正弄懂了它的含义，它是说：奥瑞先生是一位**贤明而冷漠**的批评家（见四月二十六日该报），根据他在你身上引起的反应看，他**应该是非常冷漠**的了；总之，先生们，刚才我读的，除开我的文章的题目以外，我自己的意见一句也没有读到；我不准备再读下去，既然我的反驳意见还没有展开就已经使读者昏昏欲睡，我看全部反驳也都站不住脚。咱们还是走吧，到多尔托尼咖啡馆去，我负责把你们从睡眠状态唤醒，我决不跟你们再谈文学；我既没有美丽的女人，也没有伟大的绶带，我不能吸引你们的注意力。

四天辛勤写作，全部付诸东流。不料动笔之初，许多论点我觉得那么美妙，可是我被它们愚弄了，这叫我感到不快。所以我才悻悻然讲了上面那样一些话。律师于是又说："我看你永远不会成功。你在巴黎十年，还没有进基督教道德学会或地理学会 [17]！谁说你的文章要一笔勾销？昨晚你给我看你的一位**古典主义派**朋友写给你的一封信。你这位朋友短短四页就给你写出了奥瑞先生在他那本四十个人出面的小册子上提出的同样理论。你就把这封信连同你的回答一起发表；再写上一篇序言，最好让读者能看出学院为了对付一个反对它的宣言的不知谨慎的人所采用的耶稣会教士玩的那一套狡猾手段。"

欧洲这个居于首位的文学团体的成员们，他们彼此已经商量好了：那个名不见经传的人物来反驳我们，如不公开点我们的名，那我们就对他痛加声讨，毫不留情；如果他摘引可怜的奥瑞写的小册子，他的文章就写得冗长沉闷难以卒读；二者必居其一。我们是四十人对付一个人，我们可以到处张扬：请看浪漫派和浪漫派的这种辩驳，是多么可厌，多么粗俗愚蠢。

为此，在奥瑞先生奉命公布宣言后两天，我就把我收到的古典主义者来信呈献于公众之前。这封信已经包括了奥瑞先生所制定的全部反对论点。这样，我反驳这封信，无异也就是反驳了宣言：正是这一点，是我希望让不大留心的人感到的，所以我在论辩过程中也引用了奥瑞先生很多词句。

人们是否会责备我在这篇序文中采取这样的语气态度？在我看来，这是十分自然，也是十分简单的。不论奥瑞先生或我，我们什么都没有做，这里所发生的不过是我们之间一次无关大局的争论，对于国家安全并无重要关系，而我们所争论的也不过是这么一个困难问题：**在今天为创作一部在第四次上演时仍不使人感到厌倦的悲剧，应该走一条什么道路**？

在我考虑反驳奥瑞先生之前，已有四天他的文字一行也没有读到，我与奥瑞先生不同的是：社会上有四十位先生发出雄辩而可敬的呼声，为他的著作赞不绝口，处处为之张扬。至于我，我宁愿因为文体生硬锐利受到责备，但不愿内容空虚；如果我有错误的话，那我的全部错误不在不圆滑，而在棱角容易被磨平。

我十分尊敬法兰西学院这个**合法机构**（见一八二一年法令）[18]；法兰西学院既然**揭开**一场文学论战，我相信我是能够奉陪的。至于我提到法兰西学院的某些先生，我还没有得到一睹他们的光荣。其实我并不想对他们有所冒犯，如我讲到魏乐曼先生，称他是**著名的**，实在是我在《辩论报》上 ① 在他的大名之旁见到有这样的字眼，而魏乐曼先生本人就是这家报纸的主编。

---

[1]奥瑞进法兰西学院后，又担任了学院的终身秘书之职。法兰西学院自建立时起，编纂《法兰西学院辞典》是其主要任务。此处奥瑞，还有本书多次提到的如魏乐曼、昂德里厄、阿尔诺等，都是这部辞典第六版的主编。

[2]指莫里哀三幕散文体芭蕾喜剧《爱情是医生》(*Amour médecin*, 1665)，第一幕第一场写斯加纳来勒独养女忧郁成疾，父亲向邻人求教，挂毯商吉约姆劝告给病人买挂毯，金器商若斯献策说买珠宝首饰给病人，斯加纳来勒于是说："若斯先生，您不愧是金器商。"这句台词后来就成了一句格言。

[3]贺拉斯(Horace，公元前65—前8)，拉丁诗人，他的《诗艺》对欧洲文艺思想的发展，特别对古典主义影响极大。布瓦洛的《诗艺》是十七世纪法国古典主义的立法之作。虞维纳勒(Juvénal，约60—130)，拉丁讽刺诗人，他的讽刺诗抨击罗马社会风俗败坏，只是攻击个别人、个别事件，并不触及社会本身和当时的政治。

[4]指法兰西学院院士、喜剧作家昂德里厄(Andrieux，1759—1833)，《莽撞人》，1878年上演。昂德里厄是反对浪漫主义的急先锋，本书第六封信中讲到他"在《评论》上写匿名文章，一举把我们(即浪漫主义)化为齑粉"，是再一次指出他凶恶地攻击浪漫主义。

[5]1835年《法兰西学院辞典》第六版，仅收"浪漫的"一词，释

---

① 见《辩论报》1823年3月12日。——司汤达原注

义是"浪漫的，指自称摆脱了根据古典作家范例建立起来的文章结构与风格的规则的束缚的某些作家，亦指这些作家的作品……作为阳性名词，指浪漫的样式。浪漫的是一种新的样式。"1879 年版新定义是"浪漫的……与古典的相对而言，指革新文学形式的作家流派，亦指这些作家的作品。浪漫主义：浪漫作家的思想体系、文学流派。"

〔6〕即奥瑞的反对浪漫主义的宣言。下同。

〔7〕约翰生（Johnson，1709—1784），英国作家、批评家，有《英国诗人传》（1777—1781）、《莎士比亚戏剧集序言》（1765）等。司汤达称约翰生为"浪漫主义之父"。

〔8〕《爱丁堡评论》（*Edinburg Review*），1802—1829 年刊行，英国自由派的一种综合性季刊，撰稿人有瓦尔特·司各特、麦考莱、赫兹力特等。司汤达在 1808 年就注意这份英国刊物，1826 年在意大利成为他认真阅读的刊物之一，他说："一个极为幸运的偶然使我认识了四五位第一流的和聪明的英国人（Englishmen of the first rank and understanding）。他们使我茅塞顿开，恍然有悟，他们设法让我阅读了《爱丁堡评论》，这一天，应是我精神史上一个伟大时期的开始。"（书简卷二，第 8 页）。1824 年，在写作本书的时期，司汤达尤其重视《爱丁堡评论》对所谓"法兰西精神"和古典主义文学所持的对立态度。

〔9〕布鲁克台尔人（Bructères），居住在埃姆斯（Ems）河两岸的古代日耳曼人；西康勃尔人（Sicambres），原居住在莱茵河中游一带的古代日耳曼人。奥瑞认为浪漫主义来自所谓野蛮落后的日耳曼人。

〔10〕对古典作家的注释、研究报告，暗示靠注释古典作家起家的奥瑞。

〔11〕检查官、官府首脑，暗示奥瑞在 1820 年任王室检查官，兼任军粮行政长官，后又进入内务部当官。

〔12〕维涅龙（Vigneron），意曰无名之辈，参见 P084 注 13。

［13］若玛尔（Jomard，1777—1862），法国地理学家、考古学家；勒泼来渥·狄赖（Le Prévost d'Iray，1768—1848），文学家，写有剧本，路易十八封他为贵族。此处指1818年勒泼来渥·狄赖因为有贵族身份入选法国考古学院，而保罗–路易·顾里埃因此没有入选，顾里埃在1819年发表小册子《致考古学院诸先生书》讨论此事，小册子署名保罗·路易·维涅龙·德·拉沙渥尼埃尔（Paul Louis Vigneron de la Chavonnière）。所谓某一位维涅龙，其来由便是如此（关于顾里埃，参见《复信》P112注17）。

［14］把他们当做犬儒主义来对待，仍指上述顾里埃事。1822年，轻罪法庭审理顾里埃《为解除禁止村民跳舞事致下院的请愿书》的案件，王室律师指控顾里埃犯有"扰乱治安和违法行为的犬儒主义"罪，连同轻罪法庭的判决，一并定罪。"犬儒主义"一词的含义在当时是很严重的，是犯法的。

［15］拉布吕耶尔（La Bruyère，1645—1696），法国古典主义作家。

［16］司汤达曾经在艾坚纳家中一次聚会上宣读《拉辛与莎士比亚》，没有取得大的反响。批评家让·德来克吕兹（J. Delécluze，1781—1863）在他的《六十年回忆录》（1862）中对此事有记述。

［17］基督教道德学会，1821年拉罗什福考–利昂古尔公爵创办，宗旨是"将基督教的法规应用于社会关系之中"；地理学会1821年建立。两者都是所谓名流学者的团体。

［18］此处所指是1821年12月送交议会、1822年3月25日通过的关于取缔新闻报刊违法行为的法令，犯有诽谤、侮慢"法庭、法院、合法机构、政府机关"条款，科以5—15日直至两年的监禁，和150—5000法郎的罚款。

第一封信

古典主义者致浪漫主义者

一八二四年四月二十六日

先生，承蒙惠寄你的著作，我一千次向你致谢。一俟补偿金法案以及议会诸般事务告一段落，我即尽早拜读你的大作[1]。

我衷心企盼歌剧院领导方面给我们艺术爱好者（dilettanti）的耳朵提供一些如你所说的那种愉快享受，你把它说得那么好，我却很有些怀疑；法国人的呼声（urlo francese）毕竟比罗西尼的鼓声更其洪亮有力；可是观众到剧院看戏只是为了消闲解闷这种习惯，却是再顽固也没有了。

在你的著作中，我是否发现了**浪漫主义**，暂且不谈。不过，应当首先了解什么是浪漫主义。我认为，为弄清这一问题，是抛开那对具体可感事物提出空泛抽象的定义的时候了。让我们舍去词句，寻求实例吧。究竟什么是**浪漫主义**？

那个好人雨果的《冰岛的汉》，是吗？晦涩难懂的诺及耶的那部充满响亮词句的《让·斯波加尔》，是吗？著名的《孤独者》，写历史上最剽悍的战士在战场上被杀身死，不惮其苦，死而复生，跑到一个十五岁少女面前大谈爱情，是吗？那部倒霉的《法里哀洛》，法国人看了气愤不满，毕竟还是从拜伦勋爵那里抄过来的东西，是吗？勒麦尔西埃先生的《克利斯托夫·哥伦布》，如果我记得不错的话，观众在第一幕登上热那亚航海家的大帆船，第三幕在美洲海岸下船，是吗？同一位诗人的另一部作品《潘依波克里齐亚德》，虽然有一些写得很好而且富有哲理的诗句，也无法弥补那种单调乏味的怪诞和神奇诡异，是吗？普·拉马丁的《苏格拉底之死》，于勒·勒费弗尔先生的《忤逆》，或者维尼伯爵写的从耶稣基督的一滴眼泪诞生的女天使《埃洛阿》，是吗？一批竭力开辟写**梦幻的类型**、**灵魂的神秘剧**的青年诗人，他们锦衣美食、收入甚丰，却要为人类的苦难和死亡这种快乐而吟唱不止，难道他们这种虚伪的感情、矫揉造作的优雅、故作多情的悲哀，就是浪漫主义？这类作品一出现，无不轰动一时；所有这些作品都被称做**新样式**；所有这些作品在今天看来都是可笑的了 [2]。

某些确实不堪入目的作品，虽然它们问世之时也取得某种成功，这些我都没有对你谈到。报纸的沆瀣一气，作者们的玩弄狡猾手法，一版限印五十册的版本，欺世盗名的书名，翻版伪造的封面①，改头换面的剧中人物，等等，等等，这是人所共知的；这类小小的骗术早已不是什么秘密了。浪漫主义派与古典主义派的论争应当是光明磊落的：或此或彼，有时出现了辱没他们所为之效命的事业的代表人物也在所难免；至于风格，不论指摘你们一派有那位著名的**倒装子爵**[3]，或者你们方面责难古典主义曾经有夏泼兰或普拉东[4]，都同样是不公正的。上面我向你指出的那些作品，如果不是它们大部分作者以一种使你大为失望的自信用**浪漫主义作家**美名自命的话，我或许就不把它们归于浪漫主义一派了。

让我们研究研究二十年来每日都得到肯定的为数不多的成功作品吧。让我们研究《赫克托》[5]《迪拜尔》《克利泰奈斯特》[6]《西拉》《老人学校》[7]《两女婿》，以及彼卡尔和杜瓦尔的一些剧本[8]；让我们研究从科丹夫人的小说到贝朗瑞的歌谣[9]之间各种不同的文学样式；我们就可以看到：所有这些作品中好的、美的和得到赞赏的东西，不论风格或是结构，无不与优秀古代作家的规范相符合；优秀的古代作家所以万古长存，成为古典作家，就因为他们追求新主题而不忘遵从"古典学派"的权威性。据我所见，只有获得不竭的光荣的《柯丽娜》[10]不是按照古人范本创作的；但是，

---

① 见《潘杜拉》某期所载《冰岛的汉》的作者与出版商拜尔桑的争执。——司汤达原注

如你所知，一个例外却也可以证实规则。

我们不要忘记法国公众对他们的欣赏爱好的固执，更甚于作家对于他们的原则的固执己见；因为最坚决的古典主义者，如果实践一旦证明舍去拉辛和维吉尔也是获得天才的途径，他们也会不惜抛弃拉辛和维吉尔的。《麦克佩斯》没有上演，你深感遗憾。曾经上演过，但是观众不愿去看；这是真的，人们不要看女巫的午夜聚会，像通俗剧那样在舞台上两军对垒，武士扭打厮杀，最后马克德夫爵士手提麦克佩斯的头颅上场。

先生，这就是我的理论或我的偏见的内容。这并不妨碍**浪漫主义者**自行其是，继续前进。但是我热切期望像你这样实事求是、见多识广的作家不吝赐教，给我们证明究竟什么是或毋宁说什么可能是法国文学中的浪漫主义，以及与之相应由这种文学所形成的趣味。我比你更不喜欢那种虚构的伟大，贵妇人聚会中的怪腔怪调，还有头戴价值上千金币的假发的侯爵 ①；我和你的看法一样，法兰西学院一百五十年来已经使我们厌烦透顶。不过，古人作品中好的和美的东西难道不是万古长存的？你还说过，我们今日需要"**一种明朗、活泼、朴素、目标明确的文学样式**"。我认为这正是古典主义的规则之一，我们要求于诺及耶、

---

① 见《拉辛与莎士比亚》第一部序言，博桑热（Bossange）版，1823 年。——司汤达原注

拉马丁、吉罗、雨果、德·维尼以及这一派的，也并非其他。先生，你看，说到这里，我们比当初人们所说的是更加相互了解了，其实我们是在同一旗帜下战斗的。请原谅我的刺刺多言，并请接受我最崇高的敬意。①

Le C.N. [12]

---

[1] 指司汤达 1823 年 11 月出版的《罗西尼生平》一书，书中对法国当时的音乐、公众音乐欣赏中的庸俗趣味都有评论。罗西尼（Rossini，1792—1868），意大利作曲家，歌剧有《塞维利亚理发师》(1816)、《威廉·退尔》(1829) 等。

[2] 雨果（Hugo, 1802—1885），法国浪漫主义诗人、小说家、剧作家，《冰岛的汉》1823 年出版，"好人"，暗示雨果参加"文学学会"事。诺及耶的小说《让·斯波加尔》，1818 年出版，1820 年再版，写一个匪徒的故事，轰动一时，被看做是当时浪漫派的样板作品。《孤独者》，阿兰古尔子爵（Vicomte d'Arlincourt, 1789—1856）1821 年出版的小说，立即印行十一版，译成各种文字，并改编为剧本上演，其怪诞奇特一时认为是浪漫派的代表作。《法里哀洛》，高斯（Gosse，1773—1834）的剧本，

---

① 1824 年 3 月 29 日《潘杜拉》谈到我上面转录的这封写得彬彬有礼、不乏才智的信所表达的内容并加以谩骂。[11]

"什么是**浪漫主义**？除开荒诞不经、混乱失常和冰冷的狂热之外，还能不能创作出某种文学样式的作品来呢？这种幼稚的划分有什么意义？实质上，根本就不存在什么古典样式、浪漫样式……让我们说明白吧，有人试图把这种区分引进文学，这种区分完全是平庸无聊的产物，上天不是赋予你公正的精神吗？……难道他激动得头脑发昏了？……只要你头脑清楚，保持文雅优美，那么你就大可放心，你决不会遇到发明这种荒谬透顶的区分的那些人。——茹易。"

我承认，茹易先生所使用的许多字眼不属于我所使用的字眼的范围；而且，我也没有一部《西拉》需要亲自加以维护！——司汤达原注

1821 年在法兰西剧院演出，是拜伦的《玛里诺·法里哀洛》的模仿之作。《克利斯托夫·哥伦布》，1809 年首演，不遵守三整一律，被看做是"莎士比亚式的新喜剧"，一时引起极大的争论，1824 年又行上演。普·拉马丁（Lamartine, 1790—1869），法国浪漫主义诗人，《苏格拉底之死》1823 年发表。于勒·勒费弗尔（Jules Lefèvre, 1797—1857），法国诗人，诗作《忤逆》1823 年发表，模仿拜伦的作品。维尼（Vigny, 1797—1863），法国浪漫主义诗人，神秘剧《埃洛阿》1824 年发表。

［3］指阿兰古尔子爵，因为他喜欢倒装句法，有"倒装子爵"之称。巴黎文学界著名的吉拉丹夫人曾经说："上帝啊，怎样的倒装句呀！他写的每一个句子，都好像经地震震过似的"（《巴黎书简》）。

［4］夏泼兰（Chapelain, 1595—1674），法国古典主义诗人、批评家；普拉东（Pradon, 1632—1698），法国戏剧诗人。

［5］吕斯·德·朗西瓦尔（Luce de Lancival, 1764—1810）所写的悲剧，1809 年在法兰西剧院上演。

［6］《克利泰奈斯特》，苏梅（Soumet, 1788—1845）所写的悲剧，1822 年在法兰西剧院上演。

［7］《老人学校》，德拉维涅的喜剧，1823 年上演。

［8］司汤达在 1825 年 4 月 21 日一封信中说："彼卡尔先生在他的小说一如在他的喜剧中，使他所看到的一切成为一面镜子"（书简卷二，第 370 页）。杜瓦尔（Alexandre Duval, 1767—1842），法国喜剧作家。

［9］科丹夫人（Madame Cottin, 1770—1807），司汤达在 1825 年 11 月 1 日的一封信中写道："这是一位巴黎有地位的妇人，已死去十或十二年了，据说她面貌很丑，虽然如此，也无碍于她能够激发人们的激情，……她的小说对于年龄在二十五岁以上的男人是难以卒读的。"（书简卷二，第 394 页）她的小说在十九世纪初取得很大成功，在 1817、1823 年再版，仍然风行。贝朗瑞（Béranger, 1780—1857），法国诗人，他的

歌谣富有进步思想。《贝朗瑞歌谣集》第二辑 1821 年出版，《新歌谣集》1825 年出版。司汤达对于这位诗人的进步观点和作品的"现代性"评价很高，认为是法国的伟大诗人。

［10］《柯丽娜》(1807)，斯达尔夫人的小说。

［11］《潘杜拉》1824 年 3 月 29 日发表茹易《古典派与浪漫派》一文，注中引的一段文字是这篇文章的主要部分。

［12］假托的署名，C. 可能是 comte (伯爵) 或 chevalier (骑士) 的缩写，即 N 伯爵，或骑士 N。

复　信

浪漫主义者致古典主义者

四月二十六日 [1]

先生，

如果有人出面说："我有极好的制造美的东西的方法"，人们就会对他讲：**去制造吧**。

倘若这个人是外科医生，名叫弗尔朗茨 [2]，倘若他是对先天盲人讲话，他为了给他们的眼翳施手术，对他们说：动过手术你们就会看见美的东西，例如太阳……盲人一定会纷纷打断他说：**请指出我们当中谁曾看见过太阳**。

我并不想过分强调这样一个小小的类比。在法国至今没有人按照浪漫主义体系进行创作，好人吉罗和他那一派 [3] 也没有人这样做过。我怎么能给你举出实例来呢？

我绝不否认在今天按照**古典主义**体系也可以创作出美的作品来；但是，这样的作品将是**令人讨厌的**。

因为这样的作品从一开始就必须预计符合一六七〇年

法国人的要求，而不是适应一八二四年法国人的精神需要和主要的激情。我认为《潘托》[4] 是为现代法国人创作的作品。如果警务部准许《潘托》上演，不需六个月观众也将无法忍受亚历山大体诗句表现阴谋事件。为此我劝古典主义者，要热爱警务部，否则，那就太忘恩负义了。

至于我，我的天地极为狭小，而且同《潘托》和观众欢迎的任何作品有如云泥之隔，所以首先我要承认我自一八一四年失去正当职业以来 [5]，我的写作犹如人家吸雪茄烟，不过借以消磨时光而已；凡是写一页使我觉得有趣的文章，对我来说，就永远是一页好文章。

我与享有公众的尊敬和高踞于法兰西学院的作家们是有区别，有极大距离的，我十分珍视这种距离，如同我所应该的那样，而且我比任何人都更珍视这一点。总之，倘若魏乐曼先生 [6] 或茹易先生从小邮局 [7] 收到《罗西尼生平》原稿的话，也许他们认为这是**用外文写的作品**，也许还要用学院式漂亮文体按照魏乐曼先生的《西塞罗共和国》序言或司特法努斯·昂赛斯托书简的旨趣对它重加翻译也未可知。对书商来说，这可是一次不算坏的冒险，书商也许在报刊杂志上弄到二十篇评论，现在也许准备把书印刷第六版了。不过，要我试用学院式的漂亮文体写这本书，我感到厌恶。你也许会坦率承认我是在干欺骗勾当吧。这种规格化、僵化、充满刺耳的句尾降调的文体，如果必须把我心里话都说出来，这种**装腔作势**的文体，我看很对一七八五年的法国人的胃口；德利勒先生就曾经是这种文体的翘楚。但是我的文体，我一向**努力**使它适应大革命的后代，适应寻求思想而不是寻求美丽文字的人，适应那亲身参加莫斯科远征军并目击一八一四年惊人事件的人们，而不是阅读甘特-居尔斯和研究塔西佗[8]的那些人。

在一八一四年那个时代，我曾经听人讲过许多小小的阴谋事件。从此以后，我鄙视用亚历山大诗体描写阴谋勾当。我热切希望看到**散文体悲剧**：例如**亨利第三之死**，悲剧的前四幕地点在巴黎而且时间经过长达一个月（雅克·克莱芒被收买需要这么长的时间）[9]，最后一幕地点在圣克卢；我认为上述一切远比克利泰奈斯特或雷格吕[10]念出用八十行诗和**官方**思想写成的台词更能引起我的兴趣。拉辛戏剧体系中这种长段台词也许是**最反浪漫主义**的东西；倘若必须二者取其一，那么我宁可保留那两个整一律，而不要这种**台词**。

先生，你不相信我能回答什么是浪漫主义悲剧这个简单的问题吗？

我要大胆地回答：这就是时间经过几个月、地点变更多次、用散文体写的悲剧。

不能理解这个颇为困难的争论的诗人们如维耶内先生[11]，以及根本不愿去理解的人们，大声疾呼要求把观点解释清楚。我以为下面这样的说明是再明白不过了：**浪漫主义悲剧是用散文体写的，剧中情节发展在观众看来经过几个月，在一些不同的地点发生**。但愿上天给我们降生一个有才能的人，创作出这样一部悲剧；但愿他给我们写出一部《亨利第四之死》或《路易十三在苏兹隘口》。我们将会看到神采奕奕的巴松皮埃尔对国王——这个真正的法国人，那么了不起，又那么软弱——说："陛下，跳舞的人都在等候；陛下什么时候愿意，舞会就可以开场。"[12] 我们的历史——无宁说我们的历史记载，因为我们没有历史——就充满着这一类朴素动人的语言，只有浪漫主义才能提供的语言①。自从同样属于莎士比亚《理查第三》[14]那种趣味的浪漫主义悲剧《亨利第四》出现以后，你知道发生了什么事情吗？人们对**浪漫主义样式**一词的涵义立即取得了一致意见；除高乃依、拉辛、伏尔泰的剧作以外，古典主义样式已没有什么剧本可供上演了，可是伏尔泰在《穆罕默德》、《阿尔济尔》等悲剧[15]中感到运用史诗风格比保持拉辛的高贵、往往是动人的单纯，更容易些。在一六七〇年，路易十四宫廷的一

---

① 请参阅《弗瓦萨编年史》第二卷，毕松版，有关爱德华第三加来之围的叙述，以及俄斯达什·德·圣皮埃尔的献身；读过"加来之围"后，请阅读杜倍罗瓦的悲剧；如果上天赐予你那么一点心灵的敏感的话，你将如同我一样热切期待**散文体民族悲剧**早日出现。我说那是极其卓越的**法国式**的，倘若法国式这三个字不是让《潘杜拉》给败坏了的话；因为，世界上没有一个民族像我们有这许多如此使人感兴趣的关于中世纪的回忆录。不应当去模仿莎士比亚，而应当效法他的艺术，应当效法他的描绘的方法，而不应当抄袭他所描写的对象[13]。——司汤达原注

位公爵和廷臣在同儿子谈话，称他们的儿子为"侯爵先生"，于是拉辛在戏剧中让毕拉德称奥列斯特为"大人"，这是有根据的。在今天，父亲对他的孩子以你相称；在这样的情况下，模仿毕拉德和奥列斯特对话那种尊严气派，这就是**古典主义**。在今天，像这样一种情谊，我们觉得完全可以你我相称。但是，如果说我不敢对你解释题名叫做《亨利第四之死》的浪漫主义悲剧是什么的话，那么，我可以无所顾忌地向你说明题名叫做《郎弗朗或诗人》五幕**浪漫主义喜剧**的内容[16]。这就不免要让你感到厌烦了。

郎弗朗或诗人

五幕喜剧

第一幕，郎弗朗，即诗人，怀着一个天才人物所特有的那种单纯，前往黎世留大街，向法兰西剧院提出他新创作的喜剧；人们看到我设想郎弗朗先生是天才，但写起来我不免踌躇不决。他的喜剧被拒绝了，看来是理所当然的，甚至人们嘲笑了他。在巴黎，即使是在文学方面，一个男人在新年这一天竟然连两百法郎的支票也开不出，这实际上意味着什么呢？

第二幕，有些行为不检的自由派朋友给他出谋划策，郎弗朗于是玩手段搞诡计，他上午去拜谒有权势的人物；可是作为一个天才，搞阴谋诡计又很不内行；他讲的一大篇议论反把他所祈求的名人弄得惊惶失措。

在圣日耳曼城区几次拜访的结果，他被人家当作一个危险的疯子，遇到的一律是婉言谢绝。可是他自以为他高雅的设想打动了所有女人的心，他的深刻的见解也说服了那些男人。

经过千辛万苦、种种失算上当，尤其是同两眼只见金钱和勋章的人物相周旋，使他厌恶无比，终于在第三幕一怒之下把他的喜剧付之一炬；但是在钻营追求过程中，他对法兰西剧院一个美丽的女演员产生热烈的爱情，女演员也报以温存深情。

一个爱上了法国女人的天才人物种种异乎寻常的可笑行为，充满了第三幕和第四幕一部分。在第四幕中间，这个天才人物的美丽情人不爱他而爱上了一个英国青年，约翰·培克斯达夫爵士的亲戚，拥有年金三百万。一天夜里，**郎弗朗**失望已极，为求解脱，提笔将这两个月种种不顺意的遭遇和荒谬可笑的事件写成一本淋漓尽致、辛辣无比的小册子（小册子其实就是这个时代的喜剧）。而这种辛辣讽刺正如保罗-路易·顾里埃所说，就是**毒素**，正因为这种毒素，他被捉到圣佩拉其监狱去了。[17]

控告给他带来的恐惧，放荡的自由派朋友昨天还那样胆大敢为，现在板起面孔视同陌路，小册子被查禁，出版商是一个有七个孩子的一家之父，被逼得处境毫无希望，法庭的审判，国王检查官的起诉，名律师梅利鲁[18]发表的激烈的辩护，公审时出庭的青年律师的各种观点和戏谑，这些戏言不论在开庭前、开庭过程中或开庭之后，又引起形形色色的奇闻怪事，所有这一切，构成了第五幕，第五幕最后一场是在圣佩拉其监狱囚室中十五天的监禁，接下来是对官方检查机关宽宏大量准许上演他写的那些喜剧的希望，完全落空，化为乌有。

罢了，罢了！按照今天上午宣布的对《罗马见闻录》的查禁[19]，你还以为我能用这类细节写至少发生在二百一十四年前的事件的悲剧《亨利第四之死》吗？我之试写剧本，终于也逃脱不了我的剧中英雄**郎弗朗**的下场，这你难道还看不出来？

这就是我所说的浪漫主义喜剧；情节经过三个半月；情节发生的地点在巴黎法兰西剧院与克来路[20]之间许多不同地方；请听清楚：喜剧是用散文体写的，用所谓**可恶的散文**写的。

《郎弗朗或诗人》这部喜剧所以是**浪漫主义**的，除上述理由外，还有一条重要理由，不过，必须承认，这一点很难加以确切说明，的确使我很费踌躇。写诗体悲剧获得成功的作家们说我晦涩难懂；他们不想理解，也自有他们的理由。倘若上演用散文体写的《麦克佩斯》，那么《西拉》的声誉会怎么样呢？

《郎弗朗或诗人》是一部浪漫主义喜剧，因为它的情节同我们每天所见到的情况**相似**。喜剧中说话、活动的作家、显贵、法官、律师、领津贴的文人、密探等等，同我们每天在客厅里见到的一样；它不做作、不矫饰，像在自然中那样，的确，这也就够了。古典主义喜剧中的人物与此相反，好像是双重面具装扮起来的。首先我们自己在社会上就被迫把自己完全矫饰起来，否则就得不到尊敬；可是越是装扮成高贵，就越是显得可笑，诗人于是武断地把这种矫饰加之于剧中人物并用亚历山大诗体把他们表现出来。

请将题作《郎弗朗或诗人》的喜剧情节和古典主义文学处理同一主题的故事加以比较；你只要听到我说出这第一句话，就会想到我选择那最著名的古典主义喜剧的主要人物，是有目的的；我的意思是说，请将郎弗朗的行动和《诗迷》中的达弥 [21] 的行动加以比较。我并不想否认这部佳作的风格，说它风格动人，是有道理的；但**喜剧《郎弗朗或诗人》不在于有没有风格**，在我看来，这正是它发出光彩的地方，我所重视的也在此。在这部喜剧里你找不出一句辉煌耀眼的台词；五幕戏中仅有一处两处一个人物连续讲话长达十二行或十五行。郎弗朗语不惊人，也不使人发笑，惊人和引人发笑的是他的行动，某些非同一般人所共有的动机引起的行动，正因为这样，他才是一个诗人，否则，他就不过是那么一个文人罢了。

以上我所谈的关于**郎弗朗**的喜剧，并没有证明它写得有才气，是否需要作进一步说明？如果说这个戏缺乏灵感和天才，那么，这就要比一出没有戏剧愉快而只有**漂亮诗句的听觉上的愉快**的古典主义喜剧更加令人厌烦不堪。缺乏才能的浪漫主义喜剧正因为没有迷惑观众的美丽诗句，第一天上演就会使人感到厌倦。在这里，我们从另一个途径又回到这样一个真理，即法兰西学院人士称做趣味恶劣的那种情况，或者是他们所主张的，**亚历山大诗体只好用来当做一种掩饰愚蠢的遮羞布**。①

但是，假定这部喜剧是写得有才气，而且细节是真实的，有灵感的，风格如同我们日常谈话一样，不是张扬外露的，那么，我要说，这部喜剧肯定能够满足法国社会的当前需要。

莫里哀在他的《愤世者》中显示出比任何人都百倍地有天才；可是，在《镜报》自由地评论《科布伦茨纪行》这样一个世纪中，愤世者阿勒塞斯特固然不敢对奥隆特侯爵说他的十四行诗写得不好，却偏偏向如此可怕、又具有卡桑德尔特点的、叫做"公众"的这么一个庞然大物，展示了他们过去未见过、今后也看不到的某种事物的须眉毕现的肖

---

① 英国或意大利诗句能够畅所欲言，不会成为戏剧美的障碍。——司汤达原注

像画[22]。

为了证明我的论点，我不得不假定喜剧《郎弗朗或诗人》写得和戴奥道·勒克莱尔先生的**小喜剧**[23]一样好，假定他也很好地写了女演员、高官显贵、法官、自由派朋友、圣佩拉其监狱等等，总之，写了活着的又死去的一八二四年的社会。先生，你已经大体了解了这部喜剧，请你再重读一下《诗迷》，看看其中弗郎卡勒、市政长官等等人物[24]；你如果欣赏了它的漂亮的诗句，你仍然认为你宁可喜爱达弥而不喜欢郎弗朗，那我还有什么话好说呢？有些事情是无法验证的。有人在美术馆看了拉斐尔的《耶稣变容图》①，转过身来愤愤然对我讲："我看不出这幅画有什么值得评价那么高。"我只好对他说："说得是，你知道不知道昨晚公债收盘牌价是多少？"在我看来，遇到和我们如此不相同的人，同他们争论是危险的。这决不是倨傲不恭，而是怕伤脑筋。在美国费城富兰克林曾经住过的房屋的对面，一个黑人和一个白人有一天为提香[26]运用色彩的真实性发生了激烈的争执，谁有理？不知道，我的确不知道。我知道的是：不能欣赏拉斐尔的那个人同我是不同类的人，我们之间毫无共同之处，对于这一事实，我是无话可说的。

有人读了拉辛的《伊斐日尼在欧利得》和席勒的《威

---

① 这幅画将送回美术馆[25]。——司汤达原注

廉·退尔》；认为他喜欢阿希勒的傲慢，而不喜欢威廉·退尔**古代式的**性格和真正伟大的人格。与这样的人争论有什么益处呢？我问他的儿子有多大年纪，我不禁暗自计算他的儿子什么时候走进社会，能发表意见。

倘若我竟昏庸到对这位了不起的人物说：先生，请去经验一番，请去看一次席勒的《威廉·退尔》，我知道他一定会像《辩论报》真正的古典派那样回敬我说：我不但一次也不要去看这种条顿人的史诗，我也决不会去读它，而且我还要禁止它上演①。

的确，《辩论报》的这位古典主义派想用刺刀压服一种思想虽然可笑，但他本人倒是一本正经的。习惯在大多数人没有察觉的情况下，对他们的想象的确具有支配一切的力量。我可以举出一位学识渊博、教养宏深的君主，人们完全相信他决不会受到任何错觉的影响，可是他却无论如何不能容忍有人不戴敷粉的假发出席他召开的御前会议。一个脑袋上面不戴上敷粉的假发，这叫他想到法国大革命流血的景象，这是三十一年前最刺激他王族想象力的首要之物。某人如果头发像我们这样剪短，向这位君主呈递几份计划书，尽管其中不乏黎世留的深谋远虑或高尼次的严谨警惕，他在批阅的时候，注意力

---

① 有事实为据。——司汤达原注

所及，依然是大臣头顶上可憎的发式[27]。我认为这是文学上的至理名言：习惯对于即使最明智的人，也具有专制暴君那样的威力，习惯于是又通过他们的想象，影响到艺术提供给他们的愉快感受。在路易十四宫廷烜赫一时的可爱的法国人何以对他们精神上憎恶的事物如此深避力拒，它的秘密是什么呢？塞居尔先生[28]在他的回忆录中有生动的记述，他的《铁面人》中有这样一段文字描述了关于美的观念：

"我想，在从前，就是说在一七八六年，我如果到议会去，为了健康的缘故，想运动一下，我就在都南桥下马车步行到皇家大桥再乘马车，这样一来，就只有我的服装维系着公众对我的尊敬了。我穿的必然是我们那么可笑地叫做**服装**的东西。这种服装在冬季是天鹅绒或者缎子，在夏季是塔夫绸；它一定要绣花，而且饰有我的勋位门第的标志。不论刮什么风，在臂下总要挟着我的插羽毛的帽子。我一定得戴上一副方额式假发，额发有五个做出来的尖角；假发撒上一层霜似的粉，白粉要敷在灰粉上；我的发式有两排发卷分别披在两侧；身后还要放一个黑色塔夫绸的漂亮荷包。我同王族的看法一致，这种发饰不是原始的，而是超级的、贵族的，因而是具有社会性的。不论天气多么寒冷，天上刮冷风，地上有冰霜，我必须穿白丝袜和山羊皮鞋走过杜伊勒里王宫。还要有一柄饰有绸带和龙骑兵式剑穗的短剑拍击我的大腿，因为我十八岁就当上了上校；我不能露出手来，必须深藏在蓝狐皮大袖笼里面，袖口上还得饰有长花边。塔夫绸做的轻适的斗篷披在肩上，做出样子表示御寒，而且我自己也必须相信是那样才行。"①

我担心这样的法国人和我们在音乐、绘画、悲剧方面一向是互不了解、互不相通的。

某些古典主义者不懂希腊文，关起门来读荷马的法文译本，即使是通过法文译本他们也看到这位原始时代伟大画家的崇高卓越。倘若在荷马史诗最吸引人的部分，请你在其中真实而激动人心的对话前面印上"悲剧"二字试试看，他们本来当作史诗大为欣赏的立刻就变成像悲剧那样使他们怫然不快。这种反感是荒谬的，不过他们自己却心不由己；然而他们确实感到反感，这种反感对他们是不言而喻的，如同《罗密欧与朱丽叶》[29]让我们流泪在我们是不言而喻的一样。我想浪漫主义对这一类可敬的文学家可能的确是一种大逆不道。他们一生中有四十年之久持有一致的意见，但你不妨告诉他们：他们的观点很快就要成为绝无仅有的了。

如果散文体悲剧是适合人们生理需要的话，那就有办法向他们证明这种悲剧的实际效果。但是一种事物只引起一个人不可抗拒的反感，那又怎么能向他证明这一事物能够而

_____

① 见《铁面人》，第 150 页。——司汤达原注

且应当给他愉快呢?

我对这一类**古典主义者**是无限尊敬的,不过我十分惋惜他们生不逢时——偏偏生在一个儿子不像父亲这样的世纪。从一七八五年到一八二四年,发生了多么大的变化!从我们有史两千年以来,在习惯、思想、信仰中,都发生了空前的革命性的急骤变化。我的家庭有一位朋友,我曾经到他的领地去偿还我欠的债务,听到他对他的儿子说:"你们向陆军大臣递呈请求书和请愿书,无休无止,是什么道理呀?你三十岁就当上骑兵中尉;我到五十岁才当上尉,你知道吗?"

这个儿子因此气得面红耳赤,可是父亲说的话在他自己看来也是千真万确的;怎么能使这父子两人取得一致意见呢?

有一位五十岁的文学家认为《阿尔济尔》中札莫尔这一人物是光彩夺目的真实的人物[30],对于这样一位文学家你又怎么能让他相信莎士比亚的《麦克佩斯》是人类精神的杰作?我有一天曾经对这样一位先生说:在英国有一千八百万人,在美国有一千万人,共两千八百万人喜爱《麦克佩斯》,每年要为它鼓掌一百次。可是这位先生无动于衷冷冷地回答说:"英国人不可能有真正的文采,也不会有真正值得赞赏的诗;他们的语言不是从拉丁文发展而来,这种语言在本质上就不可避免地与文学和诗背道而驰。"对这样的人，有什么可说的呢？其实他是善意的。说来说去，我们仍然没有离开这一点：如何向那个人证明《耶稣变容图》是惊人的呢？

莫里哀在一六七〇年是浪漫主义者，因为在当时的宫廷，奥隆特比比皆在，在外省的城堡府邸愤世嫉俗的阿勒塞斯特也比比皆是。必须承认：**一切伟大作家都是他们时代的浪漫主义者**。在他们死后一个世纪，不去睁开眼睛看，不去模仿自然，而只知抄袭他们的人，就是古典主义者①。

你是否好奇地观察到给一部杰作加上**近似自然的场景**在舞台上产生的效果？请看近四年来《达尔杜夫》所取得的极大的成功 [32]。在执政时期和帝国初年，《达尔杜夫》无声无嗅，远不如《愤世者》那样引人注目，虽然如此，拉哈泼、勒麦尔西埃、奥瑞之流，还有其他许多大批评家，还是叫喊什么"超越时代、超越地域的戏剧"等等，外省人也为之拍掌叫好。

最荒谬、最**古典主义**的是非要叫我们大多数现代喜剧中出现金线袖章制服不可。剧作者是很有道理的，因为服装

---

① 维吉尔、塔索、泰伦斯也许是仅有的伟大**古典主义**诗人。不过，塔索时时都把他的时代的那种温柔多情和骑士感情掩盖在仿制的荷马古典形式下。经过九世纪和十世纪异族入侵之后，进入文艺复兴时期，维吉尔是那样高出于教士阿朋《巴黎被诺曼人围困》之上，以致任何具备一些感受力的人，不能不是古典派，不能不喜爱图尔努斯而讨厌埃里埃。**古典主义**像封建制度、修道士等一样，我们现在对之深感厌恶，同样，**古典主义**也曾有过它的时代，古典主义在它的时代中，曾经是有用的，自然的。但是，在今天（在2月15日，狂欢节的最后一日），为了让我笑一笑，人们除了一百五十年前的《蒲索涅亚克》外，却拿不出别的闹剧了，这不也是很可笑的吗？[31]——司汤达原注

不真实就意味着对话虚假，正像亚历山大诗体对思想空虚的所谓诗人十分适用一样，金线袖章制服也同样有助于缺乏才能的喜剧演员的混乱台风和舞台腔。

蒙洛斯饰演各种克里斯班角色，演得很好，但是谁看见过那个惟一的克里斯班[33]？

派尔莱，也只有派尔莱曾经真实自然地为我们表现今天社会种种可笑的人物；譬如我们可以在他身上看到我们青年一代的那种**忧郁**，他们从学校一出来就开始在精神上一本正经地过着四十岁人的生活。可是发生了什么事情呢？有一天，派尔莱为了要做一个一八二四年的法国人，不愿再去模仿一七八〇年拙劣喜剧演员的低级趣味，于是，巴黎所有的剧院就毫不客气地把他摈之于大门之外了。[34]

我荣幸……等等。

S. [35]

---

[1]《拉辛与莎士比亚》第二部分（1825），包括古典主义者与浪漫主义者往来书信十封，其中古典主义者第一、四、九共三封信，其余浪漫主义者有七封信，第一封信，4月26日，古典主义者应写于清晨；浪漫主义者的复信在当日上午写出；在未收到回信前，浪漫主义者在中午又写出第三封信；第四封信是古典主义者在4月27日的回信；随后，浪漫主义者于4月28日、30日、5月1日和3日，连发四信，所以古典主义者在5月3日回信即第九封信开头说"为同一事一日之内连写书信四封"；最后第十封信浪漫主义者于5月5日写出，对古典主义者在第九封信中提

出的问题，这最后一封信并没有正面作答。有关浪漫主义问题的通信于此便告结束。时间经过不过数日，信中一再讲到当时巴黎"小邮局"邮件投递迅速，所以一二日之内有三四封书信往来。但第二封信日期在本书1825年和1854年版中均标4月28日，前后对照，显然有误：经研究者订正，改为26日。

[2] 眼外科医生弗尔朗茨（Forlenze），当时确有其人，开白内障手术尤其著名，报纸上经常有报道，传诵一时，认为是"奇迹"。

[3] 见前第二章P044注35。此处原文 les bonshommes Guiraud et Cie，意曰"好人吉罗公司"。

[4] 勒麦尔西埃的历史喜剧《潘托》，1799年作，1800年上演，因写到阴谋篡位事迹，触犯拿破仑，不受欢迎。此后一直未能得到正常演出。

[5] 司汤达1814年离开拿破仑军队，1830年后才开始任法国驻意大利的里雅斯特领事，其间有十五六年没有正式职业，以业余艺术爱好者和作家身份先是长住米兰，后在巴黎，或往来两地之间。1815至1830年，正是拿破仑垮台、波旁王朝复辟时期。"1814年惊人事件"，如英、俄、普等国联军进入巴黎，1814年拿破仑退位，拿破仑帝国宣告终结，维也纳会议，以及拿破仑的"百日政变"等。

[6] 魏乐曼（Villemain，1790—1870），法国文学批评家，1821年入选法兰西学院，1832年继任学院终身秘书。与奥瑞等同是当时古典派的官方代表。下文《西塞罗共和国》序言，指魏乐曼1823年出版的《西塞罗论共和国，根据马伊先生最新发现和注释的原文……附法文译文、绪论和历史研究》一书，魏乐曼的《绪论》用学院式文体写的，司汤达称这种讨厌的文体为魏乐曼式的（à la Villemain，à la Villehand）。又司特法努斯·昂赛斯托（Stephanus Ancestor），并无其人，不存在这样一位作家，这是司汤达杜撰的一个半拉丁、半英式的人名：Stephanois 是指法国艾

坚纳（Saint-Etienne，今译圣太田）地方的人，茹易原姓艾坚纳，茹易是其笔名；Ancestor，即祖先之意；合在一起，是"茹易的祖先"，意在嘲笑茹易。

[7] 小邮局，原为1758年巴黎私人创办的传递市内信件的组织，1780年与传送各地邮件的所谓大邮局合并。

[8] 甘特－居尔斯（Quint-Curce），一世纪时拉丁历史学家。塔西佗（Tacite，约55—120），拉丁历史学家。

[9] 雅克·克莱芒（Jacques Clément，1567？—1589），多弥尼格修会修士，在圣克卢用匕首刺死亨利第三，为亨利第三卫士当场所杀。

[10] 克利泰奈斯特，即苏梅同名悲剧中的人物；雷格吕，阿尔诺同名悲剧中的人物。

[11] 维耶内（Viennet，1777—1868），法国文学家、政治家，1830年进法兰西学院，反对浪漫主义；1824年发表《致缪斯的诗体书简：论浪漫派》，其中讲到给浪漫样式下定义非常困难，有诗四行云：

> 法兰西崇尚这一样式已有十五或二十年，
> 但是人家都不知其所云，更不知其所以然。
> ……
> 人们为之感动又感动，感动的正因莫名其所以；
> 对它愈是无法理解，偏偏对它爱得愈是入迷。

[12] 巴松皮埃尔，即弗朗索瓦·巴松皮埃尔（François Bassompierre，1579—1646），1598年进亨利第四宫廷，亨利第四被杀死后，辅佐亨利第四之子路易十三，做过使节、将领、元帅，经历了种种阴谋、纷争、动荡，多次出征，留有《巴松皮埃尔回忆录》。关于巴松皮埃尔，本书1854年版中加有司汤达一条长注如下：

人们都知道，路易十三有一个时期怨忌其弟奥尔良公爵加斯东，曾派他去指挥远征意大利的军队，他自己也亲自率军随后而往，强攻苏兹隘口（1629年）。强攻苏兹隘口十分艰险，亨利第四的儿子在此显示出他的蔑视危险、英勇无畏的气概。法兰西人勇猛暴烈的性格也从来没有得到这样鲜明的表现。这一辉煌行动最富有特征的一点就在进攻之前丝毫没有那种悲剧式的令人感到愁惨的卖弄夸张。进攻能否取得成功，这时还是未定之数，当前严重的任务是奋力夺取设有重重栏栅障碍的炮台，炮台完全封锁了从色尼斯山到山下苏兹隘口的峡谷。必须穿过峡谷才能到达意大利，否则只有折回法国。面临类似这样的决定性时刻，某些德国人或英国人也许会想到死亡、地狱，不免要讲到上帝，悲愁万分、一筹莫展了。使我感到欣慰的是，在我的同胞法国人中，这种虚夸一点也没有。

　　现在可以设想：有一位诗人，他的美学趣味是坏的，他试图给我们提供路易十三、黎世留红衣主教以及他们时代其他法兰西人的形象，竟漫不经心地把他们写成了现代化的努马、塞左斯特里斯、忒修斯，或者其他这一类为人所熟知并仍然令人感兴趣的英雄人物。我认为，用亚历山大诗体根本不可能表现上述路易十三等那样的人物。亚历山大诗体的诗所不可少的夸大其词把人物性格的种种不同的变化都给一笔抹杀了。

　　请注意，在这里顺便指出，真正的法兰西人的性格是毫不做作、一点也不夸张的，是非常质朴真率的。

　　事实就在这里。进攻苏兹隘口，这次勇猛大胆的进攻能否取得成功还无把握，可是巴松皮埃尔元帅，把各路进攻纵队布置就绪之后，来到国王面前，听候命令。他们的对话如下：

　　"我走近国王（他当时站在各路纵队前面突出的地方），我对他说道:'陛下,人已集齐,都准备妥当,提琴手已经就位,戴面具的人都等在门口,陛下何时愿意,芭蕾舞马上可以开演。'——国王走近我,怒容满面,对我说:'你知道不知道我们炮兵阵地只有五百利弗尔的炮弹?'——我对他说:'此刻还有时间考虑!难道只是因为缺少一副面具,芭蕾舞就不跳了?陛下,让我们去办,一切都不成问题。'——'你能保证吗?'他对我说。——我回答说:'保证这么一件靠不住的事情,在我就未免太鲁莽了,好,我向你保证:我们一定保持荣誉,坚持到最后,要么我为它战死;要么就此被俘。'——这时,红衣主教开口说:'陛下,从元帅大人的气色看,我预测一切都好,陛下请放心。'我随即跳下马来,发出战斗的信号,战斗打响,这一次战斗真是艰苦卓绝,激烈无比,但也是十分著名的。"

这就是法国人的性格,这就是我们历史的格调。用亚历山大诗体写,你就根本表现不出来。你可以让巴松皮埃尔元帅高声朗诵一大段内容充实的诗体剧词,让路易十三朗诵一段具有高度政治意义的剧词,再让那位著名的红衣主教念上一段富有性格特征的半诗体台词,所有这一切,都很美妙,如果你愿意的话,但是,这不是法国历史。

加斯戈尼人的直率质朴性格在整个亨利第四的历史中是闪闪发光、耀人眼目的。在我们今天,对它却所知甚少。法国人就喜欢在面临巨大危险的时刻开玩笑。法国人正是在火枪齐发、硝烟弥漫中才以为有权同他们的主人开开玩笑。就以这种亲密无间的关系,表示他的地位非同寻常,处境卓越,其后,就是赴汤蹈火,死而无怨。

非常有趣的是,我们竟选取这样一副面具,偏偏把这样的特点,也许是我们性格中最可爱的地方,给遮掩起来了。亚历山大诗体的浮夸虚饰对某些新教徒、某些英国人,甚至对于罗马人,是适宜的,但对于亨利第四和弗朗索瓦第一的战友伙伴全不相称。

［13］弗瓦萨（Froissart，1333—约1400），法国编年史家。其《编年史》在司汤达写本书时，收入毕松（J.-A. Buchon）所编法兰西民族编年史丛书出版。《编年史》内容主要涉及十四世纪英法百年战争时期，其中包括英王爱德华第三1347年围陷加来史实。爱德华第三因加来一百年来抢劫骚扰英国商务贸易和海上航行，损害严重，极为愤怒，因此加来围城时提出加来必须派出知名的市民六人，裸颅赤足，脱去外衣，绳索套在颈上，献出加来城的钥匙，表示投降，此六人另听候处理，在这样的条件下，才接受投降，全城居民才能得到赦免。加来市民俄斯达什·德·圣皮埃尔等六人，为拯救全城居民，毅然赴难，后来他们六人也得到赦免。法国诗人杜倍罗瓦（Du Belloy，1727—1775）的《加来之围》（1765）就是以这一历史题材写的悲剧。

［14］莎士比亚的《理查第三》，历史剧，1593年。

［15］《穆罕默德》，1714年；《阿尔济尔》，1736年。

［16］《郎弗朗或诗人》，司汤达按照他的观点虚构的喜剧情节提纲，对于浪漫主义喜剧的特点、实质作了具体的说明。

［17］约翰·培克斯达夫爵士，司汤达从政论作家保罗-路易·顾里埃（Paul-Louis Courier，1772—1825）的《小册子中的小册子》（*Pamphlet des pamphlets*）中借用的一个虚构的人物，所谓"一个奇怪的人，一个哲学家，一个人们所能堪任的文人，一个改革派，不仅是议会中的改革派，而且是世界性的改革派；他想改革欧洲所有的政府，他认为目前欧洲最好的政府也一文不值。他在国内拥有一笔体面的财产，有一处十古里方圆的地产，收益至多不过两三百万；不过他对此感到满足……"下文所谓"毒素"，仍见同一小册子："我的清白无辜的言论和我的畏惧胆怯的诉说，我仍然受到追究、控告，很难得到宽恕赦免；法官对我严加指斥。印在书里

面的一切，是有毒素的，散布得多广，毒素就有多大，为害就有多深，致命的作用就有多么严重。吗啡的醋酸盐，放一点到一缸水里，消失不见，是感觉不到的；放进一杯水里，可以使人呕吐；放在一羹匙水内，足以毒死人。这就是所谓小册子。"

[18] 梅利鲁（Mérilhou，1788—1856），著名律师，自由派领袖之一，在复辟时期专门为政治性案件和有关报纸言论案件辩护。

[19]《罗马见闻录》，即《罗马见闻录，内容包括有关罗马风俗、习惯、礼仪、政府等的文件、文献与考察，一个最近居住在这个城市的法国人作》（*Les Tablettes romaines conterant des faits, des anecdotes et des observations sur les moeurs, les usages, les cérémonies, le gouvernement de Rome, par un français qui a récemment séjourné dans cette ville*），是一本激烈攻击教皇的作品，1824 年 2 月出版，作者圣多曼戈（J.H. de Santo Domingo）；同年 5 月，作者以渎犯国教和圣职的罪名被判处监禁三个月徒刑和罚款三百法郎。

[20] 克来路，巴黎圣佩拉其监狱所在地。

[21]《诗迷》，法国诗人庇隆（Piron，1689—1773）所作五幕诗体喜剧（1738），达弥是剧中人物。

[22] 莫里哀喜剧《愤世者》(1666) 中写愤世者阿勒塞斯特因对奥隆特侯爵一首十四行诗说写得不好，竟至发生龃龉，吃了官司，这位侯爵诗写得极为蹩脚，偏偏又好写，而且还要到处请人看，邀人评好。《科布伦茨纪行》一书 1823 年出版，路易十八所作，记述他作为王室重要成员在资产阶级大革命时期逃亡德国科布伦茨事；此书出版时，是在路易十八复辟当了国王多年之后，王党喉舌《每日新闻》将此书作为报纸附刊广为发行，一年内印行十版，其他王党报纸也大为吹嘘。1823 年 4 月 1 日《镜报》佯作赞许，实际指摘这本书文笔粗疏多误、拖沓重复。所以司汤达说是"自由地评论"。司汤达前文说复辟时期写《郎弗朗或诗人》这样的喜

剧"逃脱不了……郎弗朗的下场",此处似进一步表示：愤世者在波旁王朝统治下虽不敢讲真话，却仍然向公众展示了一定历史时期特有的"某种事物"的一幅肖像。

[23] 戴奥道·勒克莱尔（Théodore Leclercq，1777—1851），法国剧作家，其《小喜剧集》（Proverbes dramatiques）1823—1826年出版。司汤达认为勒克莱尔的小喜剧是复辟时期社会生活的真实写照（见1825年4月13日信，书简卷二，第366页）。

[24] 《诗迷》情节大致写青年诗人达弥通过《水星》杂志同一位年轻女诗人梅里雅代克·德·凯尔西克建立通信关系，信件都是用诗写的，达弥对她许以终身不另娶；原来这位多情女诗人梅里雅代克小姐纯属虚构，冒名写情书的人是年已半百的弗郎卡勒先生，他是达弥的叔父市政官巴里渥的老友；最后弗朗卡勒真的成了一个诗迷。

[25] 拉斐尔的《耶稣变容图》原属梵蒂冈。1797年拿破仑远征意大利，打败教皇军队，教皇投降议和，除割地赔款外，还交出美术馆所藏最好的一批油画和雕像，油画《耶稣变容图》即其中之一。于是法军运回法国，陈列在卢浮宫美术馆，直到1815年复辟，这幅名画才归还教皇。拿破仑在意大利大肆劫夺艺术品，人所尽知。可是归还拉斐尔这幅画却成了有损于法国人"自尊心"的事了。司汤达在这里加这么一条注，"自尊心"因素之外，还有对复辟王朝的不满。

[26] 提香（Titieu，1477—1576），意大利文艺复兴时期威尼斯画派画家。

[27] 此处指西西里-那不勒斯王腓迪南（1751—1825），波旁家族成员，其妻即上断头台的路易十六的王后玛丽-安多瓦奈特的长姐玛丽-卡洛林娜。黎世留（Richelieu，1585—1642），即前面已提到的法王路易十三的首相，红衣主教。高尼次（Kaunitz，1711—1794），奥地利的宰相。

[28] 塞居尔（Ségur，1753—1830），1825年1月至7月出版的一种

书信体五日刊，名叫《铁面人，致某大公关于文学、美术、风俗、戏剧及报刊的通信》，即《回忆录，或回忆与轶事》，司汤达所引文字见第一卷第150页题作《服装》一文。

［29］《罗密欧与朱丽叶》(1592)，莎士比亚的悲剧。

［30］伏尔泰的悲剧《阿尔济尔》大致写秘鲁总督古兹曼向国王蒙台斯的女儿阿尔济尔求婚，阿尔济尔原是许给美洲酋长札莫尔的未婚妻，据传未婚夫已经死去。古兹曼与阿尔济尔结婚后，札莫尔突然出现；札莫尔因为无法使得阿尔济尔决定随他而去，愤而杀死古兹曼。古兹曼临死前，宽恕了凶手，又将阿尔济尔归还给札莫尔。剧情说明：美洲土著的哲学和道德，面对他的欧洲仇敌的哲学和道德，终于被"感化"，皈依了基督教。剧本的主题就是如此。

［31］塔索（Tasse, 1544—1595），意大利诗人；泰伦斯（Térence, 公元前约194—前159），拉丁诗人。阿朋（Abbon, 约850—923），法国修士，诺曼人围困巴黎（885—887）时，亲历其事，后用拉丁文写长诗《巴黎被诺曼人围困》，此诗在十九世纪作为史料收入基佐所编有关法国历史的回忆录丛书第六卷，1824年出版。埃里维是诗中所写巴黎保卫者之一，后落入诺曼人之手，被处死。图尔努斯是维吉尔的史诗《埃涅阿斯纪》中的人物。《蒲索涅亚克》(1669)，莫里哀所作三幕散文体芭蕾舞剧。

［32］1821—1825年，法兰西剧院、奥代翁剧院每年都多次上演《达尔杜夫》，其所以取得成功，政治原因多于文学上的原因：观众经常利用这部喜剧上演，表示对耶稣会、修道会、传教组织等的敌视和仇恨；舞台上几句有暗示性的台词，观众即报以热烈掌声；在外省情况也是如此，甚至发生骚动事件，《立宪报》《法兰西邮报》常借来作为自由派反对派的重要消息加以报道、鼓吹。

［33］蒙洛斯（Monrose, 1783—1843），法兰西剧院演员、剧院秘书，以扮演克里斯班这一类角色出名。克里斯班，喜剧中仆人类型，大概起源

于意大利喜剧，17世纪法国剧作家斯卡隆最早从西班牙戏剧引进法国。

［34］派尔莱（Perlet），吉姆纳兹剧院非常受欢迎的演员（1821）。有时在舞台上作即兴演出，与观众极为融洽；某公爵请他到公爵府堂会演出，拒而不往："公爵先生想看我的戏，请驾临吉姆纳兹。"吉姆纳兹剧院在当时算是巴黎第二流剧院，大剧院如法兰西剧院、法兰西歌剧院等是官方控制的；为使大剧院维持声誉和影响，经常利用有关剧院管理的法律、官方条例等，到小剧院去挖演员，压小剧院，垄断戏剧演出艺术，以使官方的思想和戏剧能吸引观众。小剧院有时也自行寻找后台，以维护自身的利益和所主张的艺术，往往形成统治阶级内部派系纷争。因此1821年6月国王办公厅部长、王家剧院事务局局长下令指定派尔莱到法兰西剧院借演半年。派尔莱不去，以致搞成派尔莱事件，展开了一场有关戏剧演出自由权问题的纷争。1823—1824年期间，吉姆纳兹剧院因派尔莱事件果然找到一位公爵夫人做后台，剧院也改名为"夫人剧院"（Théâtre de Madame）。这时，演员派尔莱只有离开巴黎，到外省去演出。

［35］司汤达在这一时期，经常在英国刊物上发表文章，即用这个缩写字母署名。

第三封信

浪漫主义者致古典主义者

四月二十六日中午

先生，

你的决不容情的锐利眼光，使我很是畏惧。给你的信刚刚写好两小时，我又提笔了；如今小邮局传递迅速，我惟恐见到你的复信到来。你的可敬佩的思想准确性一定要对准我不慎留下的漏洞发起进攻。我上封信本想写得简略扼要，用意可嘉，可是，奈何！

关于浪漫主义在精神上给人们提供欣赏的愉快这个问题，在古典派与浪漫派、拉辛与莎士比亚之间发生了一场真正的论战。这种浪漫主义，也可以说就是戏剧时间经过几个月、情节发生在不同地点、用散文体写的这样一种悲剧。但是情节发生在王宫范围之内、时间仅仅经过三十六小时这样的浪漫主义悲剧，偶或也是有的。这样的悲剧所写的事件如果确像历史展示的那样，如果语言不是史诗式的或官方式的语言，而是朴素、有活力、有自然的光彩，不是台词式的语言，那么，这样的情况虽然难得一见，但也不属欧比涅亚克修道院院长 [1] 所规定的那一类地点限在一处王宫、限定时间的悲剧的范围。欧比涅亚克院长是禁止浪漫主义悲剧的，这就是说：禁止向观众提供他们所需要的感受，由此也就剥夺了独立思考的人的选择权。莎士比亚的《暴风雨》是否平庸另当别论，但它并不因为戏剧情节经过时间仅有几小时，戏剧事件限于发生在地中海一个小岛的有限范围内，就不是一部浪漫主义戏剧。

先生，你指出很多模仿拉辛的剧作取得成功（如《克利泰奈斯特》、《帕里亚》等），这就是说，一六七〇年侯爵们的趣味和路易十四宫廷的气派强加于拉辛的许多条件，今天仍须谨遵照办，在不同程度上还须是拙劣地抄照行，你根据这样的理由来攻击我的理论。那么，我的回答是：不论不幸的诗人被迫服从的规则如何荒谬，艺术还是自有其感人的魅力，这便是对于人类心灵起作用的戏剧艺术的力量。假定亚理士多德或欧比涅亚克院长定下法国悲剧人物必须用单音语说话的规则，假定超过一个音节的字必须一律从法国戏剧或诗体中排除出去，比如**手枪**一词就属于禁用之列；那么，不管你的规则多么荒谬无理，有天才的人创作的悲剧依然可以取悦于人。为什么呢？这是因为，虽然规定单音语规则，哪怕再有许多其他令人吃惊的规则，天才最后还是会找到那深藏在剧本中一下就能把我们抓住的思想宝藏、感情宝藏。愚蠢的规则可以迫使天才放弃大量能打动人的关键性的对白，具有戏剧效果的情绪表达，规则尽管继续存在，悲剧照样取得成功。这样的规则现在正受到良知的打击而摇摇欲坠，所以古代诗人遇到真正的危险了。为什么古代诗人的后继者**才力不及**，却能在同样的主题下写得胜于古人？就因为他们为表现心灵的某种激情或描写戏剧纠葛某种异常事件敢于采用特有的、惟一的、必要的、非此不可的字眼的缘故。如奥瑟罗杀死他所深爱的妻子，他妻子把他们定情时他赠给她的一方决定命运的手帕让他的情敌凯西奥给偷去了，试问你怎么能让奥瑟罗不说**手帕**这个粗俗字眼？

欧比涅亚克院长即使规定演员在**喜剧**中只准一只脚走路，而马里渥 [2] 的喜剧《虚情假意》由玛尔斯小姐演来仍然感人至深，尽管有你那个不伦不类的奇怪主张。因为你那荒谬的主张，在我们是视而不见的 ①。我们的祖父对《昂多玛克》中的奥列斯特是深受感动的，而奥列斯特在舞台上却是头上戴着敷粉的假发，脚上穿着红袜子和有火红色绸结的鞋子。

人民的想象已经习以为常地荒诞，对人民来说就不成其为荒诞不经，几乎丝毫无损于人民中大多数人享受那艺术

① 任何不可见的可笑事物在艺术中都是不存在的。——司汤达原注

欣赏的愉快，除非到了某一关键时刻，有谁不慎对他们说：**你们欣赏的东西是荒谬的**。许多忠实于自己，自以为心决不为诗而打开的人听到这句话，也就如释重负，可以放心了；因为他们太爱诗，他们竟以为是不爱它的。这种情形正像某一个年轻人，一方面上天赋予他无比精深纤细的心灵，一方面偶然又让他当上一名少尉军官，投身于军界，他在和某类女人的社交关系中亲眼目睹他的朋友个个取得成功，享受着那种快乐生活，而他却由此真的自以为和爱情是无缘了。终于有一天，某种偶然机遇给他带来了一个单纯、自然、正直、值得去爱的女人，于是他才感到自己原来也有一颗火热的心。

许多上了年纪的人都是一厢情愿的古典主义者：首先他们并不理解**浪漫主义**这个词；他们按照对**参加文学学会的诗人**的看法，认为凡是悲惨的和不近人情的，如埃洛阿受到撒旦的诱惑之类，就必然是浪漫主义的。拉哈泼的同时代人十分欣赏塔尔玛念台词中常见的那种凄凄切切悠悠缓缓的声调；他们称这种悲切而单调的歌声是法国悲剧的完美顶峰[①]。他们说，而且这也是一个贫乏无力的结论：把散文引入悲剧，允许戏剧情节经过几个月时间和分割在许多地点，是不能引起我们戏剧欣赏的愉快的；因为不论在过去和现在

---

① 见 1824 年 5 月 11 日《辩论报》。——司汤达原注

只有严格遵守欧比涅亚克院长的规则才能创作出感人的杰出作品。我们的回答是：我们的悲剧将更能感动人，它们处理的是大量重大的民族主题，而这样的主题是过去伏尔泰和拉辛被迫弃置不顾的。只要舞台上允许变换地点，例如《亨利第三之死》地点从巴黎移到圣克卢，戏剧艺术就必然会面貌一新。

在我作了如上的长篇解释之后，似乎现在我可以说我是有被了解的希望了，不被那位著名的魏乐曼先生①歪曲也是有保证的了：**应用于悲剧样式的浪漫主义，就是剧情经过几个月时间、发生在不同地点的散文体悲剧。**

罗马人建造这些建筑物（塞普替米-塞维鲁凯旋门、君士坦丁凯旋门、第度凯旋门等），已经有这么多世纪过去，仍然使我们为之叹赏不置。罗马人在这些举世闻名的拱形建筑物正面再现了戴盔持盾握剑的士兵；再简单也没有了，罗马士兵就是用这些武器战胜了日耳曼人、帕提亚人、犹太人等等。

可是路易十四命人建筑叫做**圣马丁门**的凯旋门时，人们在朝北一面嵌上法国士兵攻城的浮雕，法国士兵头上戴盔，手持盾牌，而且身穿战袍。我不禁要问：杜来纳和贡岱的士兵为路易十四作战取得胜利，是用盾武装的吗？盾牌怎

---

① 见 1823 年 3 月 30 日《辩论报》。——司汤达原注

么能对付大炮的炮弹？杜来纳是不是死在标枪之下？[3]

罗马的艺术家是**浪漫主义者**；他们表现了他们时代的真实的东西，因此感动了他们同时代的人。

路易十四的雕刻家是**古典主义者**；他们在他们的凯旋门（圣马丁门这个讨厌的名称倒是与之相称的）的浮雕上雕刻的却是与那个时代人们看到的毫无相似之处的形象。

关于这个问题，我要征求青年人的意见。他们虽然还没有写出法国人所接受的悲剧，但在这次无聊的争论中，他们倒是从一开始就以善意信任的态度来对待的。这里已经有了实例了，就像有一天你去看马居列[4]那样显然可见，可以触摸、明白易解的实例一样。那么，人们还会不会说浪漫主义者不善于剖白解释，对于艺术中什么是浪漫主义，什么是古典主义讲不出一个明白确切、一目了然的观念？先生，我并不要求人们说我的观点正确，我只希望人们对我的观点，不必管它好或坏，只要承认了解就行了。

等等，等等。

———————

[1] 欧比涅亚克（François Hédelin, abbé d'Aubignac, 1604—1676），法国戏剧批评家，写过四部完全失败的悲剧，还提出荷马是否真有其人的怀疑；主要著作是《戏剧实践》（1657），规定戏剧的逼真原则和时间、地点、行动三整一律等。

[2] 马里渥（Marivaux, 1688—1763），法国剧作家、小说作家，《虚

情假意》1737 年演出。

　　[3] 圣马丁门建于 1674 年，浮雕表现路易十四征服弗朗什-孔泰事迹。杜来纳（Turenne, 1611—1675），元帅，死于弗朗什-孔泰战争；贡岱（Condé, 1621—1686），弗朗什-孔泰战争取得胜利的将领。

　　[4] 马居列（Mazurier），舞蹈、滑稽演员，1823 年从外省来到巴黎，在圣马丁门剧院演出，很受欢迎；1825 年演出《猩猩或巴西之猿》，饰演猴子，轰动一时。

第四封信

古典主义者致浪漫主义者

一八二四年四月二十七日，巴黎

先生，我之欣赏《梅罗普》《查依尔》《伊斐日尼》《赛米拉弥斯》[1]《阿尔济尔》，至今将有六十年之久。我在良心上不能允许对人类精神的这些杰作妄加非难。同样，对于浪漫主义救世主给我送来的散文体悲剧，叫我去鼓掌喝彩，也非我所能。但愿救世主终有一日降临人间。先生，**创作吧，干吧**。言词是无济于事的，在文学家的国民看来，言词永远是晦涩不明的。你们那一派需要的是行动。先生，拿出创作来**吧；让我们看看吧** [2]。

在等待中，而且我相信我将等待很久，请接受我崇高的敬意，等等，等等。

Le C.N.①

---

① 此信是真有其事的；不过我对一位怀有善意的人士说话说半句留半句罢（转下页）

[1]《梅罗普》(1743)、《查依尔》(1732)、《赛米拉弥斯》(1748)三部都是伏尔泰的五幕诗体悲剧;《伊斐日尼》,拉辛的悲剧。

[2]"让我们看看吧"(et voyons cette affaire),莫里哀《愤世者》第三幕第四场中的一句台词(《贵人迷》第一幕第二场也有这样的台词)。

[3]费来兹(Féletz,1767—1850),法国批评家,法兰西学院院士,顽固的古典派;大革命时曾经被捕;拿破仑执政后,进《辩论报》,以署名 A. 撰文攻击浪漫主义。

(接上页)了。我的信件已送出付印,这我就不得不全部解释清楚了。深望奥瑞、费来兹[3]、魏乐曼诸位先生准许我这种种荒谬。——司汤达原注

第五封信

浪漫主义者致古典主义者

一八二四年四月二十八日，巴黎

嘿！先生，谁说要给伏尔泰、拉辛、莫里哀这些不朽的天才喝倒彩？我们可怜的法兰西，就是再过八个世纪或十个世纪，也未必再遇到能与他们相媲美的不朽天才。谁又敢妄想和这些伟大人物并驾齐驱？这些伟大人物曾经是戴着镣铐走上竞技场的，他们虽然戴上镣铐，依然英姿勃勃，优美动人。有些陈腐不堪的学究由此竟要法国人相信沉重的镣铐是竞赛不可缺少的装饰物。

问题就在这里。我们等待像拉辛那样的天才人物，已经空等了一百五十年，我们一直要求喜爱欣赏竞技场上赛跑的观众耐心看看人们不戴镣铐走进竞技场。有不少才能出众的青年诗人，虽然没有达到莫里哀、高乃依、拉辛杰作中闪烁出来的惊人才力，但毕竟已经创作了一些可喜的作品。难道你仍然想把过去拉辛和伏尔泰虽不乏优美但辛苦背负的沉重甲胄也强加到他们身上？**但他们还是继续不断为你们写出写得很好的剧本**，如《克利泰奈斯特》《路易第九》《贞德》《帕里亚》，在我们看来，这些剧本是吕斯·德·朗西瓦尔《赫克托之死》、巴乌尔-洛尔米昂《欧玛西斯》、勒古维《亨利第四之死》这些杰作的继续；尽管这几位悲剧作家不再在沙龙中、报纸上以其善意和友好的评论支持这些作品，《克利泰奈斯特》和《日尔曼尼库斯》却仍然是忠于这一派的 [1]。

我毫不怀疑我喜爱的悲剧如《亨利第三之死》并非远不如《勃里达尼居斯》和《荷拉斯》[2]，尽管这部《亨利第三》也许写得缺乏才气，甚至几乎毫无才气，但观众仍然可以从它感受到更多或极大的戏剧兴趣和戏剧愉快。勃里达尼居斯这个人物在拉辛的悲剧中一如在现实世界的行动中，只要剥去那表现他感情的美丽诗句的迷人光彩，我们立刻就感到他简单乏味、平淡无奇。

拉辛不可能处理《亨利第三之死》这样的题材。所谓**地点整一律**这条沉重的镣铐，不允许他去接近像中世纪的激情这种如火如荼的英雄式的图画。而中世纪的激情、英雄式的图画与我们是非常接近的，只是我们对它太无动于衷、太冷若冰霜。对我们青年诗人来说，这本来是一宗财富。倘若有人为一八二四年观众的要求进行创作，仍然像高乃依和拉辛那样对什么都怀有戒心、没有信念、没有激情，仍然保持作伪说谎的习惯、诚惶诚恐、怕受牵连、满腔青春时期的忧郁，如此等等，那么，真正的悲剧在一两个世纪中也不可能产生。法兰西当然永远不会忘记它所继承的路易十四时代伟大人物的杰作。古典主义诗神每星期应当占去法兰西剧院四天时间，对此我一点也不怀疑。我们要求的只是同意让我们每月有五六场在散文体悲剧中看到我们的杜·凯斯克兰、蒙莫朗西、巴伊雅 [3] 的伟大行动，我们的要求不过如此。我承认我深愿在法国舞台上看到《基茨公爵死在布卢瓦》，或《贞德与英国人》，或《蒙特鲁桥的谋杀》[4]；从我们编年史改编的这些凄厉壮烈场面将震动所有法国人的心弦，按浪漫主义者看来，将远比《俄狄浦斯》[5] 表现的悲惨不幸更能使法国人激动。

先生，在你讲到戏剧的时候，你对我说：**创作吧，干吧**。但是你把检查制度给忘掉了。古典派先生，这难道是公正，难道是善意的吗？如果我写一部像《潘托》那样的浪漫主义喜剧，喜剧所写的与我们在现实世界中看到的完全一样，那么检查官先生首先就下令禁演；其次，法学院、医学院自由派学生 [6] 就出来喝倒彩，这些年轻学生的观点是以《立宪报》《法兰西邮报》《潘杜拉》等报刊的观点为依据的。换言之，假定塔尔玛获准演出约占莎士比亚原作三分之一的节译本散文体悲剧《麦克佩斯》，那么，兼任上述报刊编者的茹易、杜派谛、阿尔诺、艾坚纳、高

斯 [7] 等以及其他精明的报刊编者，他们自己写的各式各样的杰作将会面临怎样一种局面？原来，这些先生们正是由于这种惶惶疑惧才命人去给英国演员喝倒彩的。对于第一种病症，即检查制度，我有一帖专治这种病的良药，下面我就要同你谈的；至于如何对付学生的这种低劣趣味，我看只有反驳拉哈泼的小册子这帖药可用，而且这也是我要做的。

关于检查制度

有人对喜剧诗人说：**创作吧**。喜剧诗人因此叫道：我们在戏剧里一表现真实的细节，检查当局就横加禁止；请看《安达卢西亚的熙德》[8] 这个剧本，里面不过是用手杖打了国王几下，于是也不能通过。我认为：这一番道理看来不错，而其实不然，请把《于尔散公主》《宫廷阴谋》① [9] 这类十分辛辣的喜剧送给检查官去看一看，在这些喜剧里你就是用伏尔泰式的机锋和才智嘲笑宫廷可笑人物的。你为什么偏偏要抨击宫廷的可笑人物呢？从政治上说，用意可嘉，应该奖励；但是就文学而言，我以为这样的意图不足取，不值得。试想我们坐在沙龙里和一些可爱的女人谈笑取乐，有人

---

① 见茹易与杜瓦尔先生的全集。——司汤达原注

走来告诉我们房屋失火；于是，妙言隽语和精神上的愉快的享受所必需的轻松心境立即一扫而空。政治观点在文学作品中产生的效果也是如此；这无异是在音乐会演奏当中突然打出一响手枪。

只要有一点政治性暗示，就会把诗人苦心孤诣创造的这种精微奥妙的愉快的可能性摧毁无遗。[10] 这一真理在英国文学史上已经得到证明；请注意我们当前所处的状况，这在英国一六六〇年复辟以来就一直是如此。在我们的邻国，人们看到许多具有伟大才能的人物，都因为对当时一时的但又具有尖锐性的政治利益有所暗示，引进他们本来还是令人愉快的作品，因而把作品给断送了。要理解斯威夫特[11]，非阅读艰深的注释不可，但是没有人再愿意去读这些注释了。渗入文学中的政治只有催眠的效果，这在英国已成为不言自明的通则。你可以看到，瓦尔特·司各特就是如此，他是保王党，他在爱丁堡的地位如同德·马尔商基先生[12]在巴黎所处的地位一样，因此他的小说中不免也渗入政治；他也许担心他的小说也会遭到《诗意的高卢》那样的命运。

你一旦把政治引入文学作品，**可憎**的感觉立即出现，与此相并而来的是**虚弱无力的憎恨**。你的心灵一经成为这种十九世纪致命的疾病、**虚弱无力的憎恨**的俘虏，那么对任何事物发笑的快乐心境你就丧失无遗了。你会对企图使你发笑的人说，这是在开玩笑①。作为一八二四年选举的见证的报纸竞相吹嘘《有选举资格的人》的喜剧主题好得不得了，其实并不是那么一回事，先生，那个喜剧主题一文不值；其中有省长这样一个人物，不论你放进多少机智，仍然一点也不能使我发笑；请看看那本题目叫做《省长先生》的小说，有什么比这更真……可是，又有什么比它更使人愁闷呵！[13]瓦尔特·司各特在《威弗利》[14]中为了避免那种虚弱无力的憎恨就只好描写那已经化为灰烬的火焰了。

喜剧诗人先生们，为什么在你们的艺术作品中偏偏要去追求那不可能的东西呢？莫非你们和外省咖啡馆里的冒牌勇士一样，只有在桌前和朋友自吹战场上的勇敢无畏让人人都敬服，只在这样的时候，你们才是令人可畏的吗？

夏多布里昂先生[15]曾经为宗教辩护，认为宗教是**美丽的**，此后另一些人更为成功地为君主辩护，说君主对于人民的幸福有用，对我们文化现状必要；但是法国人比之于希腊人或罗马人并不一样，他们不是在集会广场（Forum）上讨生活的，法国人甚至认为陪审制度如同一种苦役，等等。受到上述那种方式维护的君主，君主也被看做是凡人；人们爱他，但并不崇拜他。杜奥塞夫人[16]告诉我们，君主的情妇就嘲弄君主，如同我们的情妇嘲笑我们一样；首相索瓦泽

---

① 译自赫兹力特。——司汤达原注

拉辛与莎士比亚 | 131

公爵曾经和普拉斯兰先生打过一次赌，不过在这里我不便详述。

在今天，君主已不再像菲利普第二 [17] 和路易十四那样被看做是**上天派遣到人间来**的人物了；某一位胆大妄为人士早已证明君主于人民有用，君主们的价值已经成为众议纷纭的主题了，所以喜剧应该永远抛开对于宠臣权贵的讥讽。大臣们现在都是坐在议会席位上的，早已不在牛眼窗前厅站立等待了 [18]，你难道还期求君主对于对他们冷落的宫廷的冷嘲热讽给以宽容？这确实是没有道理的了。你如果身为警务大臣，就去劝告他们那样办吗？关于人的第一条法律，不论他是豺狼或绵羊，首先不就是保存自己吗？任何针对权力的嘲笑都可以是十分勇敢的，但并不是文学。

今天在法兰西剧院发出对君主或神圣同盟的嘲笑，都是架空的，并不是**真正的嘲笑**；请注意，这种嘲笑也不能与阿尔巴贡的"不要嫁妆"或《达尔杜夫》的"可怜的人"这样的名句 [19] 同日而语，这种嘲笑不过是惊世骇俗，使人感到惊奇的大胆而已。人们钦佩你的勇气；对你的精神来说，这不过是某种贫乏空洞的成功罢了；只要一个国家有检查制度存在，对政权最低劣的嘲笑也会取得成功。卡西米尔·德拉维涅先生以为人们为他的《喜剧演员》的那种精神鼓掌，其实人家是在为自由派舆论叫好，这种自由派舆论不过是从雷蒙泰先生 [20] 锐利眼光未及察觉走漏出来的某些暗示窥测揣摸而来的。因此，我要对真正有才能，感到自己确有能力让人发笑的喜剧诗人说：请你们讽刺社会各个阶级的可笑之处罢，难道只有次官才可笑吗？试将一位大名鼎鼎的爱国者放到舞台上，这位爱国者献身于祖国的伟大事业，只为人类而生活，他借款给西班牙国王去收买屠杀 R. 的刽子手[21]。如果有人问到这项贷款的问题，他就回答说：我的心是爱国的，谁能怀疑？可是我的金币是保王党的。这个可笑人物不是也要求人家尊重他，不是也要荣誉吗？荣誉就是不给他，并且用辛辣的嘲讽，出乎意料的方式加以拒绝，喜剧性就发生在这里；反之，对于耶稣会教士的种种期求愿望，我看不出有什么可笑的地方，他们大多数是生长在茅屋下的穷人，他们无非想规避辛苦劳作期求获得好吃好喝而已。

爱国者是为有节制的自由讲话，为某些手持利剑的勇敢选民鼓动公民勇气的，把这样一位爱国者的某些可笑行为搬上舞台，你认为不适宜？你应该仿效阿尔非埃里[22]。不妨设想所有的检查官某一个清晨都呜呼哀哉了，检查制度也不复存在了；巴黎四五家剧院就会取其位而代之，成为要上演什么就上演什么的主宰，他们只对**偶然选出**的评审团① [23]负责，注意不要违反法律，不要伤风败俗，等等，等等。

正是在这种奇怪的设想之下，阿尔非埃里在一个与我

---

① 须在巴黎纳税额五千法郎以上的居民中选出，因此，他们都是土地法和商业税的温和支持者。——司汤达原注

们完全不同的国家，处在另一种不同情况的毫无希望的国家，远在四十年前，创作了他的令人惊叹的悲剧；二十年来，他的悲剧每天都在上演，这个没有圣佩拉其监狱，但有绞架，有一千八百万人口的民族，把阿尔菲埃里的悲剧都熟记在心、背诵如流，而且在日常言谈中常常加以引用。悲剧出版了大大小小各种版本，印数很多，剧院上演他的悲剧在开演前两小时正厅就坐满了人；总而言之，阿尔菲埃里的成功，且不论是否应该成功，确实远远超过一个诗人所能梦想到的程度；这样的变化，发生在二十多年之前。那么，现在，就请提起笔写吧，到一八四五年你一定会受到鼓掌欢迎。

你如果拿起笔来写喜剧，不要写《官署内幕》中小职员白乐曼[24]，而去写那么一位伯爵，p⋯d⋯F[25]，这会不会取得当今部长的谅解呢？没有关系！有贺拉斯的教导，照办就行，过去都是这么办的，的确如此；你的作品还要藏九年不要拿出来，然后去找某一位想要讥诮、也许要污蔑今天某一位部长的某部长。九年之后，一点也不必怀疑，你就发现上演你的喜剧的大好时机已经到来。

动人的歌舞喜剧《于利安或长达二十五年的幕间休息》[26]，可以供你作为范例。这还仅仅是一个构思、一个草稿；不过，在勇敢大胆和检查制度两者之间，这一构思设想既可以是我的推理，也可以是一部五幕喜剧十分丰富的内容。但是《长达二十五年的幕间休息》在一八一一年拿破仑统治下能不能上演？歌舞喜剧写的是一个年轻农民，在革命军中神气活现地佩上了宝剑，被皇帝陛下封为**司台丹公爵**，他生了一个女儿，女儿如果下嫁给一个画家，他就大叫大嚷"不成，不成，司台丹家族决不能有这种不成体统的婚姻"！看到此情此景，艾坚纳先生[27]以及所有帝国警务部的检查官，能不为之惊慌战栗？帝国的所有的伯爵们，他们的虚荣心又将怎么说？

对于那个敢说出这样一句话来的大胆的人来说，将R…公爵[28]驱逐出巴黎四十里以外，难道就算够了吗？

但是，喜剧诗人先生，倘若在一八一一年你对拿破仑的专制、暴政，等等，等等，等等，并没有平庸无力地呻吟，而是像拿破仑那样采取迅猛有力的行动；倘若你是写出了喜剧，对拿破仑为维持他的**法兰西帝国**、他的**新贵族**等搞出来种种可笑事物在喜剧里使人捧腹而笑；那么，你的喜剧不出四年肯定会获得空前的成功。但是，你说，我的嘲笑因时移境迁变得陈旧过时了。——是的，陈旧得像阿尔巴贡的"不要嫁妆"、《达尔杜夫》的"可怜的人"那样了。在一个已经只好为一百多年前的克利当特和阿卡斯特①的荒唐行为笑一笑的民族中间，你提出这样的反对意见，难道是出于严

---

① 《愤世者》中的那些侯爵。——司汤达原注

肃态度？

倘若你不是为这个世纪强加于诗的种种难以克服的困难无谓地哀叹，也不是毫无作为地羡艳莫里哀有幸得到路易十四的垂顾庇护，而是在一八一一年拿起笔来创作像歌舞喜剧《长达二十五年的幕间休息》那样自由的大喜剧，那么，在一八一五年，所有的剧院岂不就拿你刮目相看大加欢迎了吗？有什么荣宠地位会不加之于你？请听清楚，一八一五年，四年以后。四年以后，我们会多么高兴讥笑帝国各位王公①的虚荣啊！首先你就像阿尔非埃里在意大利那样取得**讽刺**上的成功。待拿破仑体系逐渐**灭亡**，你又会取得《威弗利》和《苏格兰清教徒》[29]那样的成功。自从斯图亚特王朝末一代死掉以后，有谁认为《贝弗利尔》[30]中的勃瑞德瓦丁男爵或勃里吉诺茨少校面目可憎？我们一八一一年的**政治**，不过是一八二四年历史上的政治罢了。

如果你在今天不受当今检查制度干扰，按照最简单的良知的指点去写的话，那么，在一八三四年，出于合理的自尊，为了排除和那时领津贴的文人有相似之处，你就不得不削弱你用来描写今天有权势人物②最阴暗的可笑行为的笔力。

你急不可耐？一定要你的同时代人在你年轻时就谈论

①　"你我之间，称做'夫人'（Monseigneur）就足够了"。——司汤达原注
②　"正是这样一位先生，竟有剁去手掌这种奇妙的想法[31]"；或"大人，你不说话，我的天，我就按照我的良心投票了"。——司汤达原注

你？急于要成名？那你就装做是被放逐到纽约那样去写你的喜剧，而且更进一步，你的喜剧用化名发表，在纽约印刷出版。喜剧如果是讽刺的、蹩脚的、可厌的，那就根本不会越过大西洋，像它所应得的那样永远埋没在遗忘之中。今天，我们并不缺少愤慨和虚弱无力的憎恨的机会，不是已经有了科耳马尔事件[32]和希腊事件[33]吗？但是，如果你的喜剧是好的、有趣的、愉快的，像《论娱乐性的政府的信》和《议院烧锅》[34]那样，那么，布鲁塞尔的名声极好的印刷厂主德玛先生一定像对待贝朗瑞先生一样为你服务效劳，不需三个月就为你仿照各种版本把书印好。你将看到欧洲所有的书店都赫然陈列你的著作，跑日内瓦的商人就要接下二十位朋友的生意把你的喜剧给他们带去，就像今天他们办贝朗瑞的书的生意那样①。

遗憾！从你做给我看的表情就可以看出我这些建议徒劳无益，而且使你不快。你的喜剧喜剧性机智太少，以致无人注意它的精神实质，无人为其中的嘲笑发笑，你撰稿的那些报纸对你的喜剧又每天都不停地颂扬，每天都大力推荐，每天都给以鼓吹，同你谈纽约和我的设想，又有什么

---

① 这位大诗人的诗集靠德玛先生经营，日内瓦售价三法郎，到里昂却要卖二十四法郎，而且供不应求。日内瓦与里昂之间的贝勒加德海关办事处公布有禁止进口书籍清单，那是最有趣不过了。我细读这份禁止进口书籍清单，对它的不起作用不禁哑然失笑，很多体面的旅客索性把清单照抄无误，以便照单订购。据他们对我说，他们随身都带了一部贝朗瑞著作进来。1824年3月。[35] ——司汤达原注

用？你也许在巴黎出版你的对话体诗简，对你来说，这决不会是通向圣佩拉其监狱的道路，但对你的出版家来说，倒肯定是通向救济院的道路，他也许像为《克伦威尔史传》付出一万二千法郎的那位出版家那样痛苦不堪、一命呜呼了[36]。

你们不能忘恩负义啊，你们可不能抱怨检查制度，检查制度为你们的虚荣心效劳卖力，为你们去说服别人，也许也说服了你们自己，说你们将要做出某些成就，如果……

要是没有检查官先生们的帮忙，你们的命运是不堪设想的；法国人天生爱开玩笑，所以你们势必要被湮没在《费加罗的婚礼》《潘托》——总而言之，湮没在令人发笑的喜剧之中。请问，到那个时候，你们那写得头头是道、没一点热气的剧本又将如何？你们在文学方面扮演的角色一如帕埃尔[37]（罗西尼出现以后就无人再提起他的歌剧了）在音乐领域所扮演的角色，没有什么两样。这就是你们满腔怒火大肆攻击莎士比亚的秘密之所在。如果人们上演贝洛克夫人[38]翻译的《麦克佩斯》和《奥瑟罗》，那时你们的悲剧又将如何？你们以拉辛和高乃依的名义高谈阔论，但是拉辛和高乃依对莎士比亚并无忌惮；可是你们呢！

我是肆无忌惮的，而你们说你们是有天才的，是吗？很好，但愿如此，我不是相当地逆来顺受了吗？你们虽然是像贝朗瑞那样的天才，但你们不像他那样，轻装简从地迈步前进，也不像他那样在巴黎再现希腊哲学家的实际的智慧和

崇高的哲学思想。你们需要的是用你们的写作来达到

多余的赘物，不可缺少的必需。[39]

好了，好了！试把你们的喜剧加上若干描写改成小说在巴黎出版罢。冬季的豪华生活从五月开始就把上流社会放逐到乡间去了，上流社会需要阅读大量小说；可是你们却把乡居的一家人在一个雨天的傍晚弄得更其枯燥难熬，更加烦闷不堪了。①

---

① 我收到这本小册子的第四样张[40]，已被那致命的红墨水涂改得一塌糊涂。我不得不把德·麦斯特先生所写的与喜剧有关的刽子手颂那一部分删去；有关索瓦泽先生和普拉斯兰先生的材料，总之可能触犯当权者的一切，一律删除。自始我就想，生活在费城该是多么幸福！后来我的思想逐渐平息下来，而且我还有下列一些看法：

大宪章政府[41]，试从它 1819 年至 1824 年政权各个阶段加以考察，它在文学方面有三大错误：

第一，它剥夺了自由闲暇，没有自由闲暇，艺术就不能存在。意大利议院如果批准这一条的话，意大利也许就没有卡诺瓦和罗西尼这一类艺术家了。

第二，它在所有人的心中引进了一种寻根究底推理式的猜疑。它用仇恨分裂了各公民阶级。你再也不会对你在第戎或图卢兹社会中遇到的某人发问：他认为可笑的人是谁？而是问：他是自由派还是保王党？它把各不同公民阶级想要彼此都显得殷勤友好的愿望给打掉，彼此笑谑的权力也因此被剥夺。

一个从巴斯乘驿车出门旅行的英国人，总是注意不要任意谈论或嘲笑社会上最无关紧要的事物；敌对阶级人士，一个监理会教徒或一个激烈的托利党人，很可能就坐在他的身旁，一怒之下毫不客气地请他走路，因为对英国人来说，愤怒也是一种愉快，愤怒使他们感受生活的气息。在一个出版《乔治是自由派》不受惩罚而讲国王二字犯禁的国土上，又怎么会产生机智？在这样的国土上，只剩下两种可笑的情况，一是冒充好汉，一是丈夫受骗；在这样的国土上，可笑被叫做古怪（excentricity）。

在法国，在路易十四和路易十五的统治下，专制制度盛行，却也不常见到绞刑架，这才是喜剧真正的故乡。当时乘驿车旅行的人，有着相同的兴趣，为相同的事物而笑，尤其是，他们避开生活的严肃的利害问题，另辟蹊径寻求一笑。

第三，人们说，在我所后悔没有去成的费城，人什么也不想，只想赚取金元，对"可笑"二字意味着什么几乎一无所知。笑是一种从欧洲进口的价格昂贵的异国植物，仅供最有钱的人士享用（见演员马休斯旅行记）[42]。缺乏机智和清教徒迂腐习气竟使阿里斯托芬的喜剧在这个共和国也变得不能被理解。

（转下页）

我荣幸……等等。

———————

[1]《路易第九》，法国剧作家昂瑟娄（Ancelot，1794—1854）所作

———————

（接上页）尽管如此，正义，自由，没有密探，这些仍然是值得赞美的。而笑，不过是供君主政体的臣民享用的安慰罢了。正像染病的牡蛎产生珍珠，没有自由、死后进不了**基督徒墓地**的人，也产生《达尔杜夫》和《突然归来》[43]。

我从来没有和检查官交谈过，不过我想象检查官可以为他的职业进行辩说说：

"即使是全法国一致希望如此，我们也不可能我们再恢复为1780年的人。《唐璜》那令人惊叹的剧本（libretto）是维也纳教士卡斯第写的，莫扎特作曲的；的确，维也纳寡头政治从来也不放纵戏剧可以有什么**特殊待遇**。可是在维也纳，在1787年，堂璜、安娜和埃尔维尔在舞会一场却把自由万岁！（Viva la libertà！）唱了五分钟之久。在卢息瓦，在1825年，正当我们被强制去听富瓦将军和夏多布里昂[44]先生的演讲的时候，就应该安排堂璜去唱欢乐万岁！（Viva l'ilarità！）欢乐，这不正是我们所缺少的吗？

"在1787年，没有人想到要为自由而鼓掌；在今天，却担心自由二字可能会成为一面旗帜。已经宣战了。特权者是极少数，他们既富有，又受到嫉妒，嘲笑就是针对他们的一种可怕的武器；这不正是那惟一使波拿巴家族心惊胆颤的敌人吗？所以，你如果不想剧院被关闭，那就必须有检查官。"

喜剧处在这样的状况下，还能幸存吗？小说可以逃避检查制度，要不了多久，小说也要把可怜的死者的遗产继承下来吧？宫廷宠臣对"笑"深怀惧惶，他们难道准许人们去嘲笑律师**阶级**、医生**阶级**、咒骂罗西尼的作曲家**阶级**、卖十字架的商人以及买十字架的配眼镜光学家的**阶级**？难道他们准许人们去写《文人或二十个职位》或《争夺遗产者》这种可笑有趣的主题[45]？所有有着可笑的人物的**阶级**不都串通一气联合起来充满所谓**人情风化**、**道德体统**的天然卫道士了吗？

警察的第一项要求不正是维持社会安宁？有无优秀作品与他何干？《克利斯托夫·哥伦布》第一个冒犯了**地点整一律**，竟使剧院正厅里有一个人被杀身死[46]。

从另一方面说，如果我们有了完全的自由，谁还想创作什么杰作呢？人人都做，除了阅读用最直接最明确的用语说明真理的对开大型报纸以外，就没有人要阅读了。那时，法国喜剧将具备全部自由；因为圣佩拉大监狱和圣马丁厅已不复存在，我们也将失去创作和欣赏喜剧所必需的那种精神，而喜剧却正是人民风俗的真实性、轻松的愉快和尖锐的讽刺的光彩奕奕的混合物。在君主政体下，为了可能有莫里哀，也必须有路易十四的恩谊。在期待这种可庆幸的机会到来之前，我们又见到了议院和社会用以追逐当权人物那种尖锐的批判——正因为如此，他们完全丧失了那种可以容许嘲笑的幽默感，这样说来，还是让我们尝试在剧院上演浪漫主义悲剧吧。在家中，则让我们阅读小说，或演出**无所顾忌**的小喜剧吧。

自从大宪章颁布以来，有一位年轻的d…[47]进入一处沙龙，他使这里产生了一种恶意敌对的情绪；他自己也被搞得焦头烂额，处境尴尬。由此我得出结论认为这些d…是有很好的前途的，与此同时，他们也可能获得一个英国贵族所能享有的那种**欢乐**。

所以大宪章，第一是剥夺了悠闲自由；第二以憎恨分裂了社会；第三戕害了机智风趣。作为回报，我们应该感谢它给我们提供了富瓦将军的滔滔不绝的雄辩演说。——司汤达原注

的悲剧（1819），1821—1825每年上演一两场。《贞德》(1819)，阿孚里尼（Avriny）作，当时每年上演三四场；苏梅也写过《贞德》，1825年上演。吕斯·德·朗西瓦尔的《赫克托之死》(应为《赫克托》)，见前第一封信 P090 注5。巴乌尔-洛尔米昂（Baour-Lormian，1770—1854），法国诗人、剧作家，《欧玛西斯》1806年上演。勒古维的《亨利第四之死》，见前第三章 P056 注9。《日尔曼尼库斯》，樊尚·阿尔诺（V. Arnault，1766—1834）所作悲剧。

［2］《勃里达尼居斯》(1669)，拉辛的五幕诗体悲剧。《荷拉斯》(1640)，高乃依的五幕诗体悲剧。

［3］杜·凯斯克兰（Du Guesclin）、蒙莫朗西（Montmorancy）、巴伊雅（Bayard），法国中世纪大家族，在历史上出现过一些著名人物。参见第六封信有关散文体民族悲剧一段。

［4］司汤达设想的三部历史题材的民族悲剧的题目。

［5］指伏尔泰的悲剧《俄狄浦斯》。

［6］巴黎法学院和医学院是当时自由派的中心。

［7］茹易、阿尔诺（樊尚·阿尔诺）、高斯是《潘杜拉》的编者；杜派谛是《潘杜拉》的合作者；艾坚纳是《立宪报》的编者；都属自由派。茹易是这个时期自由派兼古典派的典型代表。其中如艾坚纳、阿尔诺因自由派政治立场，在波旁王朝复辟后（1816），一度被逐出法兰西学院，但在思想上和文学上，他们都是古典派，后来又进了法兰西学院，成为学院反浪漫主义的主要人物和复辟时期旧势力的支持者。司汤达对茹易政治上的自由派立场并不忽视，但对他的古典主义十分反感。司汤达对政治上的自由派势力有时也有指摘、不满，情况相当复杂，显示出司汤达对复辟时期社会文化所持的批判态度。

［8］勒布朗的悲剧《安达卢西亚的熙德》，1825年上演。这部作品1820年以来长期遭到检查当局禁演。剧本第三幕第八场写到一个领主堂

布斯图斯,夜中佯作不知打了西班牙国王一顿,这就是剧本犯禁的原因。在剧本台词上,堂布斯图斯似用剑放平打国王,司汤达在这里却写作用手杖打国王,有关对话如下:

> 堂布斯图斯
>
> 你拿出伪造的名分来充作证明;
>
> 凭你的勇敢强使我相信你那一套。
>
> 骗子,你拿剑在我眼前晃来晃去也无用,
>
> 对这一只手来说,你的血一文也不值,
>
> 就拿你的剑从这里把你赶走,
>
> 用不着让它沾上血,我也就感到满足。
>
> (打他的后背)
>
> 国王
>
> 奇耻大辱!愤恨啊!

检查官认为"在舞台上公然表演国王遭到臣属毒打,不能容许"。1823 年,勒布朗对这一场戏作了修改,再送审查,这一次因法国远征西班牙,其中又有自由派可能利用的暗示,仍然没有通过。1824 年,剧本修改了约有三百行诗,获准上演。但剧本一直没有能演出,1844 年付印,又经当时担任外交部部长的浪漫派作家夏多布里昂干预,才得到演出,只演出几场。

[9]《于尔散公主》,杜瓦尔所作的喜剧,1822 年禁演,1825 年经过修改,才准许演出。《宫廷阴谋》,茹易的喜剧,1824 年禁演,检查官罗瓦优(Royau)说:"这个剧本整个是在诽谤国王和宫廷的精神指导下写成的。"1828 年获准上演。

[10]从这一段开始,到下文司汤达加注的地方,表明这里提出的观

点系引自赫兹力特（W. Hazlitt, 1778—1830）。司汤达对这位英国批评家，"这个愤世嫉俗的英国人，很有才智的人物"十分爱重，经常细心阅读他发表在英国报刊上的文章，与他也曾有交往。赫兹力特反对文学中，特别是文学批评中的党派精神，称之为"政治批评"（political criticism，见 *Table Talk*, 1821），贬为"我们这个时代所特有的文学批评的卖淫"（见《论批评》）。赫兹力特所说的"impotente spite"（见上书），与司汤达在这里所说的"虚弱无力的憎恨"（haine impuissante），是一脉相承的。

[11] 斯威夫特（Swift, 1667—1745），英国作家，有《格利佛游记》等。

[12] 德·马尔商基（L.-A.-F.de Marchangy，1782—1826），法国法官和文学家，复辟时期任王室检查官，作品有《诗意的高卢，或法国史——从它与诗、演说与美术的关系上加以考察》（1813—1817）和《旅人特里斯当》（1825—1826）。司汤达认为《诗意的高卢》是"形成不幸的法国文学的衰落的最虚伪最平庸的作品之一"，说马尔商基"所处的地位使他在各个法院有很大的势力，那些吹捧他的平庸作品的报纸，也因他而战战兢兢"。

[13] 1824 年选举指下院选举，通过种种弄虚作假、收买笼络、淘汰自由派选举人名额，以及省长、将军、主教们的施加压力等等，选出一个所谓"失而复得的议会"。当时报纸对此有大量报道、揭露。喜剧《有选举资格的人》，作者署名 M 先生，实为苏瓦热（T. Sauvage）与马载尔（E.J.E. Mazère）所作，1822、1823 年禁演，1824 年经修改后获准演出，顾名思义，可知与选举事有关。小说《省长先生》，1824 年出版，无作者署名，实际是拉莫特·朗贡男爵（Baron E.L. de La Mothe Langon）所作，写某一位省长及其僚属的"德政"之类的内容，带有自由派倾向，是借小说为自己辩护、捞取政治资本的作品；由于与当时选举事有关，出书不久即印行第二版。下面一句"有什么比这更真……"（quoi de plus v…），本

书 1845 年版是"有什么比这更真实"（quoi de plus vrai）。

［14］《威弗利》（*Waverley or Tis Sixty Years since*），1814 年出版，司各特的第一部历史小说。法文译本 1824 年出版，书名是《威弗利，或苏格兰六十年，历史小说，其中包括爱德华亲王 1745 年远征的主要事件》。小说以觊觎王位者查理-爱德华争夺王位历史作为背景，情节大致写青年威弗利在英王军队中服务，前往苏格兰度假，先与勃瑞德瓦丁男爵的女儿罗斯恋爱，后又与苏格兰大世族族长之妹弗洛拉发生爱情，但弗洛拉献身于查理-爱德华夺取王位的事业，拒绝了威弗利。威弗利回来以后，对英王政府甚感不满，决意辞去军职，正在此时，威弗利以通敌罪被捕入狱。后来苏格兰人把他从狱中救出，参加了查理-爱德华进攻英王的军队、英勇作战，奋不顾身。故事以查理-爱德华失败，威弗利被赦免，与罗斯结婚收场。

［15］夏多布里昂（Chateaubriand，1768—1848），很有影响的浪漫派作家，此处主要指他鼓吹天主教的《基督教箴言》一书。

［16］杜奥塞夫人（Madame du Hausset，1720—1780），原是彭帕杜尔夫人的第一号女侍从；其回忆录 1824 年出版，对路易十五宫廷、政治风习，包括有关她的女主人都有记述。此处所指，可能与杜奥塞夫人回忆录中讲到索瓦泽公爵是国王的一位幸运的情敌一事有关。索瓦泽本是路易十五的大臣，靠彭帕杜尔夫人发迹。关于索瓦泽与普拉斯兰打赌一事，因政治上犯禁，不得不删，司汤达在注中已经指出。

［17］菲利普第二（1165—1223），也称为"菲利普-奥古斯特"，法国国王，卡佩王朝的奠定者。

［18］路易十四在凡尔赛宫的卧室的前厅，因开有圆形小窗或牛眼窗，称牛眼窗前厅，国王的宠臣们在这里等候国王起床，听候吩咐和指示。

［19］莫里哀《守财奴》中的守财奴阿尔巴贡讲到有关他女儿出嫁事

时重复讲的一句台词；《达尔杜夫》中奥尔贡把假冒信徒的伪君子、装作正人君子的骗子手达尔杜夫请到家来奉为上宾，他问仆人达尔杜夫起居生活时，听仆人回答一句，他就反复讲这一句台词。

［20］雷蒙泰（Lémontey，1762—1826），律师、议员，也写过剧本，复辟时期还发表过历史著作，也是戏剧检查官。

［21］屠杀 R. 的刽子手，指西班牙将军拉法埃尔·德·里埃哥（Don Rafaël del Riego）1820 年 1 月发动反对西班牙国王斐迪南第七的叛乱，1823 年 9 月被捕，10 月判刑处死一事。巴黎舆论界，特别是《立宪报》借此大做文章，说里埃哥是"反动政治的牺牲者"。当时法国政府并向西班牙提供贷款，此处"大名鼎鼎的爱国者"可能暗示大银行家拉斐特插手贷款事。

［22］阿尔非埃里（Alfieri，1749—1803），意大利悲剧诗人，有悲剧二十部。司汤达对阿尔非埃里始终赞美崇敬。

［23］评审团成员先由省长从候选人名单中指定六十人，然后再在这六十人中抽签决定十二人，组成评审团。评审团成员"须在巴黎纳税额五千法郎以上的居民中选出"，表明非有巨额财产的资产者不能成为评审团成员。

［24］《官署内幕》，司克利布、依姆贝尔、瓦尔内合写的歌舞喜剧，1823 年在吉姆纳兹剧院上演。剧本写某盐务总署抄写员白乐曼做到五十岁依然是一名抄写员，一心指望得到奖金，以便结婚。当时这类题材作品很多，巴尔扎克也写过小说《雇员》（1838）。

［25］p···d···F，即 pair de France，贵族院议员。

［26］《于利安或长达二十五年的幕间休息》，达尔图瓦（Dartois）与札维埃（Xavier）所作，1823 年上演。剧本第一幕场景在乡下，时间在大革命中攻下巴士底狱前夕；第二幕，在二十五年以后。剧本主人公于利安·苏里埃 1789 年大革命时是一个农民，爱上了他的主人阿尔古尔伯爵

的女儿爱弥丽，这种爱情是毫无希望的；到了 1814 年，于利安已经成了司台丹男爵（司汤达误写作公爵），这时，于利安的女儿爱上了一位青年画家，名叫埃尔奈·杜福尔；于利安完全像二十五年前阿尔古尔伯爵一样，反对这桩不是门当户对的婚姻。结局：埃尔奈·杜福尔原来正是爱弥丽的儿子，爱弥丽后来嫁给杜富尔·德·麦尔瓦勒，革命一来，成了一个破落户。司台丹男爵明白了前因后果，同意女儿的婚事。司汤达此处主要是指男爵与他的女儿和他的舅父，原是佃农的雅克·加鲁的一场戏（第二幕第十场）：

> 男爵 ……在这个世界上，有些观念是应当尊重的。
>
> 雅克 那当然，那当然，……社会有它的阶梯，站在楼梯高头的人不能俯就下头的人。
>
> 男爵 （"你可记得"曲调）我是寒微人家出身，竟也升到高贵的地位；我的荣誉是清白的，像我的心一样纯洁；应该保持它们清白纯洁。我的家族从我才开始荣光显耀；我的姓氏如果与豪门世族并列，愿我女儿的丈夫有朝一日也结束当初我那种处境。我相信埃尔奈能够使他从可敬的、和他自己阶级相当的阶级里选中的妻子获得幸福；不过，如果他竟然敢于抬起眼睛来看你……
>
> 雅克 敢看她！如果我知道的话！我的外甥，对啦，那就决不能心软！事关荣誉体面，对于像这一类事情，我们必须拿出样子来，决不能讲情面。
>
> 男爵 对呀！我的女儿！你要想到，不是门户相当的婚姻，就把你辱没一生，委屈一世。

剧本上演取得很大成功，被认为剧本主题是"现代的"，完全突破了三整一律，是浪漫派戏剧的一次胜利。但由于剧本嘲笑了拿破仑的新贵，检查当局下令停演，后经过请求，修改了剧本，才获准演出。

[27] 艾坚纳在1810年时任拿破仑帝国警务部的戏剧检查官。

[28] R…公爵，指罗维果公爵（duc de Rovigo, 1774—1833），1802年，拿破仑任第一执政时，他是特别警务署首脑。1804年，因王党分子暗杀拿破仑案，罗维果主持处决波旁王室的昂冉公爵（据说与阴谋暗杀事件无关）。1823年，《罗维果公爵回忆录，有关昂冉公爵惨祸的节录本》出版，旧案重提，鼓噪一时，报纸为此展开争论，大量小册子出版，为王室这个重要人物鸣冤叫屈。此处可能指舆论中有流放罗维果公爵之议。

[29]《苏格兰清教徒》，即司各特的历史小说 Tales of my landlord（1818），1822年法文译本题为《苏格兰清教徒或神秘的侏儒》。

[30]《贝弗利尔》，即 Peveril of Peak（直译为《皮克的贝弗利尔》，法译本译作 Péveril du Pic），司各特的历史小说，1823年出版，立即译成法文。小说情节取查理第二统治时期（1660—1685）作为背景；勃里吉诺茨是小说中人物，一个苏格兰狂热的清教徒。勃瑞德瓦丁是《威弗利》中的人物，苏格兰的领主，属斯图亚特王党。司汤达曾在1823年2月12日一封信中说："说到翻译作品，我要说《贝弗利尔》的法译本在这里可称得上是危害治安的一本书，如果不怕留下笑柄，人们也许下令禁止出版，今天法国和查理第二统治时的英国有如此惊人的相似之处"（书简卷二，第290页）。

[31] 剁去手掌这种奇妙的想法，暗示贵族院1825年3月讨论关于亵渎圣物罪的法律（即所谓"渎神法"）一事。关于在教堂盗窃的法律草案，1824年已在贵族院通过，规定进入宗教建筑物偷窃一律处以死刑，极端保王派认为这样的法律还很不充分，贵族院有神职的议员对法律不够严厉尤其不满意，但下院反对，政府只好暂时撤回提案。于是又提出新的法案，刑罚加重，如亵渎圣物以死罪论处，罪犯处决前并砍去手掌。议案

经过反复辩论，并引起社会进步阶层强烈不满，最后只好改为在教堂犯有亵渎行为者即到教堂当众认罪。这类法案表明查理第十王朝贵族与教权派反动势力的猖狂。这条注中所引两段话，无疑出自权势人物之口。

〔32〕科耳马尔事件，指1822年1月1日贝尔福密谋案在科耳马尔城审讯一事。法国东部军团一批军官在反正统主义自由党首领拉法耶特（La Fayette）、阿尔让松（Argenson）、科克兰（Koechlin）、卡来尔（Carrel）等支持下，决定1822年1月1日夜起事，密谋推翻复辟政权；由于内部不一，又缺乏周密计划，起事前一日事泄，参与密谋者除逃走一批外全部被捕，经审讯后，一律处决。巴黎舆论为之轰动。

〔33〕希腊事件指1821年希腊民族独立运动和人民起义遭到屠杀，在欧洲各地引起极大反响。1823年起义取得胜利，希腊自此宣告独立。在法国，支援希腊人民起义者运动，起初仅限于自由派人士之间，后扩大成为群众运动，其间反动王朝镇压群众、压制舆论、迫害进步人士事件层出不穷。

〔34〕司汤达虚构的两本小册子的题目，暗示布鲁塞尔德玛出版的顾里埃的小册子，"娱乐性的政府"、"议院烧锅"是顾里埃小册子中的语句。

〔35〕司汤达在1824年初几个月，曾去意大利旅行者。

〔36〕《克伦威尔史传》（1819），魏乐曼作，出版者马拉当（Maradan）与勒诺尔芒（Lenormant）。据说魏乐曼书稿索价一万二千法郎，要价可谓很高。此事是《米兰杂志》（*Gazzetta di Milano*）1818年10月告诉司汤达的。司汤达在《罗西尼生平》中也提到此事。

〔37〕帕埃尔（Paër, 1771—1839），意大利作曲家。

〔38〕贝洛克夫人（Louise Swanton Belloc），介绍英国文学的翻译家、作家。

〔39〕伏尔泰的讽刺诗《社交名流》（1736）中的诗句。

〔40〕自第三封信末"我只希望……"起至第五封信"检查制度为你

们的虚荣心效劳卖力"止，便是此处所说的第四样张。德·麦斯特（de Maistre，1753—1821），极端保王派的首领，神权论者，《刽子手颂》见德·麦斯特1821年出版的《圣彼得堡之夜》。

［41］波旁王朝第一次复辟、路易十八所颁布的宪章。路易十八复辟后，深感资产阶级力量不可忽视，因此宪章规定法国为君主立宪国家，贵族院由国王任命，下院议员的选举有很高的财产资格限制。路易十八宪章表现了封建贵族与大资产阶级的妥协。

［42］马休斯（Charles Mathews，1776—1835），英国演员，有《回忆录》（1839）。其中讲到他1822—1823年在美国见闻和演出情况。

［43］《突然归来》，雷涅亚的独幕散文体喜剧（1700）。此处"没有自由、死后进不了基督徒墓地的人"，主要是指莫里哀；雷涅亚就其生活放纵不羁、所写的喜剧和猝然而死（有说是因为得了传染病死的），可能也属死后进不了基督徒墓地一流人物。

［44］富瓦将军（Foy，1775—1825），法国政治家、将军，复辟时期是自由派反对党头目之一，以演说著名。夏多布里昂在西班牙战争时期任外交部部长，1824年6月被撤职，于是也成了反对派，大概同时也成了演说家了。

［45］《文人或二十个职位》、《争夺遗产者》，可能是司汤达虚构的剧名和主题。

［46］勒麦尔西埃的《克利斯托夫·哥伦布》，1809年在奥代翁剧院首演。上演前一日作者在报上以第三者报道的口气发表文章说："这部新剧的作者……应当预告观众，他并没有把这个戏称为'莎士比亚式喜剧'，也无意在舞台上介绍外国文学样式……他的作品是根据三整一律创作的。不过，他所处理的主题使他对两个整一律不能遵守，即地点整一和时间整一，他只保持了戏剧动作的整一。作者……请求准许他这种破例，他所选定的主题使他不能不如此，因为他确实希望克利斯托夫·哥伦布发现新大

陆这一在世界史上具有划时代意义的重大事件——表现这样优美的主题，能引起人们的兴趣。……"剧本首场演出失败；数日之后，第二场演出，维护三整一律的一派与反对的一派在演出过程中大打出手，以致观众被迫躲避到舞台上，剧场内混乱达一小时之久；最后观众退场，正厅仍有一部分人坚持不去，不许戏再演下去。据说有一人被杀死，多人受伤。司汤达认识的一位评论家拉比特（Labitt），在他的《文学研究》（1846）卷二中也讲到有一人被杀死。

〔47〕d…，即 duc，公爵。这是一种避讳。

第六封信

浪漫主义者致古典主义者

　　　　　　　一八二四年四月三十日，巴黎

先生，

　　居于剧院领导地位的人，无不是满脑袋的实用观点而且极其重视收益，有人和他们谈到**散文体民族悲剧**，人们在他们身上并没有看到像用诗体写作的作家的那种难以伪装的仇恨，也没有看到他们用学院式的宽宏大度的微笑来掩饰自己。相反地，作家和剧院经理感觉到浪漫主义有朝一日（不过也许要十二年或十五年；对他们说来，全部问题即在于此）可以使巴黎某一家走运的剧院赚上一百万。

　　我对这类剧院中某一位会赚钱的人士谈到浪漫主义以及它未来的胜利，他亲口对我说："我明白你的意思，在巴黎，二十年来，人们都嘲笑**历史小说**；当瓦尔特·司各特的书出版，他的《威弗利》在阅读的时候，学院广征博引论证这种文学样式荒唐可笑，我们都对之深信不疑；可是司各特的出版人巴兰亭临死时却成了百万富翁。"剧院经理继续说，"阻隔在剧院账房和大宗收益之间惟一的障碍，是法学院和医学院的那种思想，还有指导青年一代的自由派报纸。一个剧院经理必得十分富有，以便收买《立宪报》和两三家小报的文学舆论；迄今为止，你准备建议我们哪一家剧院上演题目叫做《基茨公爵死在布卢瓦》或《贞德与英国人》或《克洛维与主教》这样的五幕散文体浪漫主义大戏？有哪一家剧院可以上演这类悲剧演到第三幕？有势力的报纸的主编们自己写的剧本在剧院保留剧目和预演节目中占大多数，他们只许上演阿兰古尔式的通俗剧，不准上演**按推理风格写成的通俗剧**。如果不是这些，你以为我们不会拿出席勒的《威廉·退尔》试一试？警察当局删掉其中四分之一，我们的一位导演又搞掉它另外四分之一，那剩下来的**如果我们能够演出三场的话**[1]，也许就会演到第一百场；正因为这样，自由派报纸的主编们，因此还有法学院和医学院的学生，他们仍然是不会放手的。"

"但是，先生，占社会绝大多数的青年人已经在顾赞先生[2]的雄辩理论影响下转而信仰浪漫主义了；人人都为《地球杂志》[3]的理论鼓掌称好……"

"先生，你说的社会上这一代青年人，他们不是到剧院前座去战斗的；在剧院和在政治上一样，我们看不起那种不敢起而战斗的哲学家。"

以上一席热烈又坦率的谈话，比之于法兰西学院的狂怒，我承认，更使我感到沮丧失望。第二天，我到圣雅克路和奥代翁路的文学阅览室，去要了一份阅读最多的图书的书目，原来读者读得最多的不是拉辛、莫里哀、《堂·吉诃德》等等，法学院和医学院的学生每年也不过借阅三四本，阅读最多的是拉哈泼的《文学教程》，足见判断一切的癖好在我们民族性格中是何等根深蒂固，足见我们战战兢兢的虚荣心多么需要把现成的观念充塞到谈话中去。

倘若顾赞先生还在学校讲座讲课的话，这位教授引人入胜的雄辩言论，还有他对青年一代无限的影响力量，也许会转变法学院、医学院学生的思想。这些学生鹦鹉学舌一般，以引述拉哈泼的词句为荣；但是顾赞先生讲得太好了，因此不许他再讲下去了。

说到《立宪报》和某些时髦报纸的主编们，那需要拿出最有力的论据来。剧本成功与否，生杀予夺大权操纵在这些先生们的手中，往往就是他们自己打定主意攫取利益按照精于此道的快速手法写出剧本来，或等而下之与别的剧作者联同一气相互勾结。

因此某些自认写悲剧才力不足的无名作家，只好一年以一两个星期时间出版一本文学小册子，借以向法国青年推**销现成的词句**。

如果我有幸能够找到值得一提的有益又漂亮的词句的

话，那也许就是独立的青年一代终有一天会懂得：向戏剧寻求的是**戏剧的愉快**，而不是听人诵读**自己先已背诵下来的**（像杜维凯先生曾经天真地讲过的那样①）铿锵诗句——那种欣赏史诗的愉快。

一年来，浪漫主义在人们不知不觉中已取得很大的发展。勇敢有为的人士经过最近几次选举，对政治大失所望，转而侧身于文学方面。他们给文学带来了理性。这就成了文人学士们的巨大苦恼了。

散文体民族悲剧或浪漫主义的敌人（因为，和奥瑞先生一样，我所说的仅限于戏剧②），有下述四类人：

一、**古典派**年老的修辞学家、拉哈泼、饶富瓦、奥贝尔 [5] 之流以往的同事或竞争对手；

二、法兰西学院院士，他们仰仗自己的显赫头衔，以曾经批判过《熙德》的不能发怒的无能者 [6] 的当然继承人自命；

三、靠写诗体悲剧赚钱的作家，或靠写悲剧（不管是否被喝倒彩）领取年金的作家；

这一类诗人中最幸运的是受到公众欢迎的人，由于他们同时也是自由派报纸的编者，初演的命运他们是稳操胜券的，但他们对于比他们写得更能吸引人的作品，绝对不能

---

① 见 1818 年 7 月 8 日《辩论报》。——司汤达原注
② 见宣言第 7 页。[4] ——司汤达原注

容忍。

四、散文体民族悲剧（如《查理第七与英国人》《乡下佬雅克》《布沙尔和圣德尼的修道士》《查理第九》）[7] 不甚令人可畏的敌人，是**"文学学会"的诗人们**。他们为朗布依埃官的需要制作诗句，因为身份如此，所以十分敌视散文，尤其憎恨简朴、正确、没有野心、按照伏尔泰散文规范写成的散文。尽管是这样，他们毕竟不能自相矛盾地反对从中世纪强烈的激情和令人感到可怕的风俗汲取主要戏剧效果的戏剧。以夏多布里昂为首的一批**好人文学家**[8]，他们惟恐得罪他们身份高贵的东家，不敢废除让我们欣赏蒙莫朗西、特里穆伊、克利翁、劳特来克这些伟大家族的悲剧体系，这种悲剧在人民面前展示了十二世纪的真实景象，把著名家族骁勇善战的先祖① 真正残暴凶恶但又伟大崇高的情节都展现在人民的眼前了。我们在悲剧中看到凶猛好杀的英雄人物蒙莫朗西的战斗和死亡，出自这样的悲剧的后代蒙莫朗西元帅[10]，他如今却成了最自由派的选民，对最近几次选……[11] 欺骗勾当极为气愤，可是，当人们在沙龙

---

① 毕松先生出版的《弗瓦萨编年史》，每卷都可找到两三个悲剧主题：爱德华第二与莫尔替麦，罗贝尔·德·阿尔托瓦与爱德华第三，雅克·德阿尔特维尔或冈城人，瓦特·泰勒，亨利·特朗斯达马尔与杜·凯斯克兰，布列塔尼公爵夫人雅娜·德·蒙弗尔，莫城的布克长官，克利松或布列塔尼公爵（这正是《阿代拉伊德·杜·凯斯克兰》的主题），国王约翰和纳瓦尔王在卢昂，加斯东·德富瓦及其父，腓利普·德阿尔特维尔统治下冈城第二次叛乱。爱情，在索弗克勒斯时代还没有出现，这种现代人的感情却给上述那些主题中的一大部分注入了活力；利穆散和兰波的传奇便是一例。[9] ——司汤达原注

里听到仆人通报一位蒙莫朗西到来引起一种善意的好奇心的时候，他又变得简直难以自持了。在今天，在上流社会中，已经没有人了解法国的历史了；在德·巴朗特[12]之前，法国史写得非常枯燥乏味，难以卒读；浪漫主义悲剧可以教我们学习法国历史，而且历史的叙述方法也有利于充分表现我们中世纪的伟大人物。这样的悲剧正因为不采用**亚历山大体诗句**，继承了我们古编年史全部质朴、崇高的语言①，所以是完全符合贵族院的兴趣的。"文学学会"沙龙是追随贵族院的，居然在散文体民族悲剧出现时对卑劣透顶的谩骂也没有能够加以反对。其实，如果这种文学样式得到采纳，这又该是争相题写逢迎谄媚、卑鄙下流的献辞的一个多么难得的好机会！对"文学学会"来说，民族悲剧本来是一大笔财富呀。

至于可怜的法兰西学院，自认不能不站出来带头攻击**散文体民族悲剧**，简直把它看成一具活尸，是经不起致命的打击的。学院不但杀伤别人无能为力，而且也自身难保。学院的成员中我和公众所敬仰的那些人，是因为他们的成就而享有尊荣，决不是由于他们以及那么多文学上的低能儿所分享的院士这个虚头衔。在当前这个理性的世纪，法兰西学院若要避免陷入荒唐可笑的境地，就不能在文学领域中企图将

---

① 如"包玛努瓦，喝你的血。"（Beaumanoir, bois ton sang.）这样的语言。——司汤达原注

自己的思想强加于公众，否则，法兰西学院作为法国所谓最有思想、最有天才和最有才能的四十个人物的集合体，就必然要走向它的反面。今天的**巴黎人**，若是有人命令他去相信什么，他反而是再固执也没有了；当然，公布宣布某种主张以便保持他的职位①，或者是为了获得首次颁发的十字勋章，我承认，这是例外的情况。法兰西学院在这一类事务中是缺乏手腕的，它简直自以为是内阁的一个部了。浪漫主义使学院大为恼怒不安，就像血液循环学说，或牛顿的哲学曾经使巴黎大学恼怒一样；非常简单，所处的地位相同，如此而已。难道根据这么一条理由就可以把想要塞进巴黎人头脑中去的主张以可笑之至的超人一等的口吻②强加于公众？这就必须在可敬的院士之间组织一次募捐作为开始，因为浪漫主义已经把他们的**著作全集**弄得陈腐不堪，像茹易、杜瓦尔、昂德里厄、雷努亚、康伯农、莱维、巴乌尔-洛尔米昂、苏梅③、魏乐曼先生等[13]；用这笔募来的巨款补偿《辩论报》丧失五百订户的损失，并在这份最近十五天以来变得那么有趣的报纸上每周发表抨击浪漫主义的文章两篇。读者对伏尔

---

① 我的一位邻人最近把他订阅的《辩论报》(1825年2月)退订了，因为他的第三个儿子是某部的编外雇员。——司汤达原注

② "法兰西学院对趣味高尚人士的警告难道会无动于衷？……法国这个处在首位的文学团体难道不怕自身牵累受害？……这次大会本身就是公开宣告这些重大原则最有利的机会，这些原则是法兰西学院上下一致贯彻始终的……目的是解除疑惑，确立信念，等等"(宣言第3页)。——司汤达原注

③ "创造白昼的上帝并不禁止去做爱。"——见悲剧《萨于尔》。浪漫主义者主张："也不禁止去看做爱。"——司汤达原注

泰精神已经有了一个概念，也明白了茹易先生带到争论中的那种礼貌，如《潘杜拉》的原文我已在一处注释中引用了一段[14]，市场上的流言蜚语也很快把《辩论报》上的文字装饰一新。昂德里厄先生则在《评论》上写匿名文章，一举把我们化为虀粉；《宝藏》的作者[15]的散文看来与他的喜剧一样苍白无力，人们也许会把他攻击浪漫主义者的著名的讽刺诗也塞到《辩论报》上发表罢。如果说与从外表所看到的情况相反，这一击也不能置浪漫主义者于死地的话，那么，风度翩翩的魏乐曼先生，却把某种小巧玲珑的思想安放到他的美丽词句中去①，在他欣喜之余，他也决不会拒绝用他的修辞学去援助法兰西学院的。

法兰西学院并没有向伏尔泰的继承人[17]的思想乞援，也没有向《克伦威尔史传》作者的能言善辩求救，却通过奥瑞先生枯干僵硬的喉舌对我们说话了：

"一个新派别在今天出现了。多数人士乃是在对古代学说怀有宗教式的敬畏中受教育而成长的，他们为新出现的**宗派**的发展深感惶悚，并且似乎在要求得到保障……巨大危险虽然尚没有形成，但如赋予过分的重要性，则危险的增长殊堪忧虑……然而是否应听任这一宗派达到其目标，以其非法的成功使幸福安危所依赖之舆论的飘忽不定的成分变质败

---

① T先生在听了这位年轻教师的话以后说："除了制造美丽的词句之外，一无所有；其中毕竟需要充实一些什么。"[16]——司汤达原注

坏！"① [18]

　　若是有一位默默无闻的人士考察一下什么叫**合法的成功**，或什么是那个不属于组成法兰西学院多数的**飘忽不定的成分**，这难道有什么不妥吗？我攻击某些作家的光荣名气，但我防止揭人私隐，这是弱者才使用的并不高明的武器。任何敢于像浪漫主义者那样思考的法国人，其实都是有宗派的 ②。我就是一个**有宗派的人**。奥瑞先生编学院辞典是领到特别津贴的，不会不知道这个字眼是**可憎的**。如果我像茹易先生那样谦恭多礼，我也有权用某种不太响亮的词句回答法兰西学院，不过，我不愿意用学院的武器和学院战斗。

　　我愿意在这里提出一个问题。

　　公众，不论有没有**宗派**，如果有人要他们在思想精神和才能之间对下列人物进行选择的话，公众将会怎么回答？[19] ——

德罗兹先生，　　　　　　　　拉马丁先生；

康伯农先生，　　　　　　　　贝朗瑞先生；

　《浪子》的作者，

拉克来代尔先生，　　　　　　德·巴朗特先生；

---

① 见宣言第 2 页和第 3 页。——司汤达原注
② 宗派，一个**可憎**的字眼，见《法兰西学院辞典》。——司汤达原注

青年历史学家，

罗热先生，《律师》的作者， 费埃维先生；

米绶先生， 基佐先生；

达凯索先生， 拉莫奈先生；

维拉尔先生， 维克托·顾赞先生；

莱维先生， 富瓦将军先生；

孟德斯基乌先生， 罗瓦耶-科拉尔先生；

塞萨克先生， 弗里埃先生；

帕斯托莱侯爵先生， 多努先生；

奥瑞先生，十三种古典 保罗-路易·顾里埃先生；

作品《注释》的作者，

毕各·德·普来阿姆诺先生， 班雅曼·贡斯当先生；

弗来西努伯爵先生， 普拉特先生，

《路易十八陛下诔辞》的作者， 前马利纳大主教；

苏梅先生， 司克利布先生；

拉雅先生，《法克兰》的作者， 艾坚纳先生。

　　任何推理方法也比不上把问题这样摆出来，这样明白坦率，这样卓越高尚。我要讲礼貌，决不妄用我有利的地位；我决不做公众舆论的回声。

　　上开第二列姓名，是法兰西的骄傲。我名不见经传，对于这些出类拔萃的人物，我一无相识，我把这些姓名写出来，一点也不感到愧悔。开列在另一侧的法兰西学院院士不免显得黯然失色了，对于他们，我也同样一无所识。上述两方，都与我无关，我只是读过他们的著作；我既说出了公众的判断，就某种情况来说，我把自己看做是他们的后辈也未始不可。

任何时候，公众舆论总是和学院的规定有着某种分歧。公众期望一个有才能的人入选学院，而学院通常对有才能的人总是心怀忌恨；例如，学院接纳夏多布里昂先生，却要由皇帝亲自下令才行。但是公众从来没有像今天这样已经找到了替换法兰西学院大多数人的代替者。最令人感到气愤的是，公众舆论受到了蔑视，竟到了这样的地步，法兰西学院抽身避开，退走了。**聚餐**一事已使学院声誉一落千丈，因此学院变得更加不孚众望；因为被学院拒之于门外的大多数，公众对他们的才能倒是十分赞赏的。

法兰西学院过去曾经不幸发现自身须奉命重行征集院士 [20]，那时它其实已经寿终正寝了。这个只有凭借公众舆论才能存在的团体，经过这一次致命打击之后，一切能够重新取得公众拥护的机会又被不经意地忽略过去。极小的勇敢行动从来都是竭力回避，有的永远只是舞文弄墨、凡庸苟且、卑躬屈节。孟悌翁先生设置一种**道德奖金** [21]；内阁一听到这个名目就为之惶恐不安；魏乐曼先生在那一天正在主持法兰西学院会议，他耍了一个手腕，拿到了奖金，而学院默不作声，讨论奖金的权力被剥夺，也听之任之。奖金的设置也很可笑；不过奖金竟被糟蹋到这步田地更是荒唐可笑，是谁把它搞成这个样子的呢？如果法兰西学院有二十位院士送出他们的辞职书，各位部长又将如何？但是，正因为不幸的法兰西学院不会有这种不合体统的想法，所以它也根本不能对公众舆论发生任何影响。

奉劝学院还是对未来保持礼貌为好，这样，不管有没有**宗派**的公众，才会让它安安静静地寿终正寝。

致以敬意，等等……

---

[1] 见后第八封信 P179 注 2。

[2] 顾赞（Victor Cousin, 1792—1867），法国哲学家，折中主义派领袖。1824 年在德国旅行途中，因烧炭党嫌疑被捕入狱，因此在自由派方面声望甚盛；他对文学上的新理论，也表示支持；他在巴黎大学讲学，在青年中影响很大，1821 年被撤销教席。司汤达在 1822 年 9 月写出的一封信中，赞扬顾赞是一位有才华的年轻哲学教授，特别讲到他对青年学生说："对于戏剧，你们要真正直接投入到你们的心灵所获得的感受中去；要敢于自己感受怎样就是怎样，不要想到规则。规则不是为你们幸福的青春时代制定的。……"并说："这位青年教授对于青年时代所具有的卓异的一切，具有真知灼见，所以在戏剧方面，他才敢于自主，相信自己的感受"（书简卷二，第 256 页）。

[3]《地球杂志》，1824 年创刊，浪漫派的大型刊物。

［4］奥瑞的原话是："我仓促地讲了浪漫主义在德国的起源、发展和所取得的成功。我所说的仅限于戏剧；这是因为戏剧是可以对之采用各种不同结构体系的惟一文学样式。"

［5］奥贝尔（Jean-Louis Aubert, 1731—1814），法国寓言作家、文学批评家。

［6］《熙德》（1636），高乃依的五幕诗体悲剧。高乃依与斯居代里（Scudéry）曾因这一悲剧发生争论；这一争论是有政治背景的，首相黎世留便是其中主要人物；而法兰西学院当时对于这一争论以所谓"公正"态度处之，发表一些所谓不偏不倚的意见。"不能发怒的无能者"即指此。

［7］《查理第七与英国人》《乡下佬雅克》《布沙尔和圣德尼的修道士》《查理第九》，司汤达拟出的散文体民族悲剧的主题或剧名。其中关于十四世纪雅克团农民起义史迹，梅里美后来在 1828 年写有剧本。

［8］指"文学好人会"即"文学学会"的诗人如夏多布里昂、雨果、拉马丁等，他们的作品大都也采用中世纪历史题材，描写历史人物，但在精神上与司汤达所说民族主题与历史题材有所不同。

［9］此处所举悲剧主题，其中也有农民起义英雄人物如瓦特·泰勒（死于 1381 年）。《阿代拉伊德·杜·凯斯克兰》，是伏尔泰的悲剧（1734）。

［10］蒙莫朗西家族可以上溯到十世纪的蒙莫朗西男爵、布沙尔第一。此处蒙莫朗西元帅当指蒙莫朗西公爵马提厄-费里西代·德·蒙莫朗西-拉瓦尔（Mathieu-Félicité de Montmorancy-Laval, 1767—1826），他在复辟时期为贵族院议员、外交大臣、元帅、法兰西学院院士。

［11］指 1824 年的选举。

［12］德·巴朗特（De Barante, 1782—1866），法国历史学家、自由派政治家，1825 年发表《瓦鲁阿家族历代布尔戈尼公爵史传》。司汤达在 1825 年 4 月 21 日信中说："德·巴朗特先生是以生动有趣而真实的方法

写法国历史的第一位作家。"（书简卷二，第371页）

［13］雷努亚（Raynouard，1761—1836），剧作家、历史家。康伯农（Campenon，1772—1843），诗人，大革命时的流亡分子，后回国，曾任拿破仑帝国的检查官，复辟时期任王室检查官。莱维（Lévis，1755—1830），文学家，大革命时的流亡分子，所谓"遵照指令进入法兰西学院"的院士。巴乌尔-洛尔米昂，1825年发表讽刺诗《古典派与浪漫派》，古典派卫道士。苏梅原为浪漫派作家，1824年进法兰西学院，转而反对浪漫主义，写过歌颂拿破仑第一的诗，后来又同波旁王室言归于好，成为圣克卢宫、朗布依埃宫的图书管理官员；司汤达在注中所引《萨于尔》的诗句，《萨于尔》是苏梅的悲剧，1822年上演，诗句见第三幕第二场。

［14］见第一封信司汤达原注（见本书第87页）。

［15］即昂德里厄，《宝藏》是他写的喜剧。

［16］T先生，可能是指哲学家戴杜特·德·特拉西（Desttut de Tracy，1754—1836），司汤达当时与他有交往，是司汤达的好友。

［17］伏尔泰的继承人，指茹易。《克伦威尔史传》作者，即魏乐曼。

［18］司汤达引奥瑞的宣言，虽然注明出处，但实际上不尽与原文相符。

［19］此处所列法兰西学院院士名单左栏，是所谓"思想正派"、没有什么文学头衔的人物，右栏是文学家，而且几乎都属浪漫派或自由派，或反对浪漫主义而又写当时流行的浪漫派作品的。将法兰西学院这些"名人"如此加以对比，在当时自由派或浪漫派报刊上是常见的，这些"名人"在当时巴黎经常是议论纷纷的对象。左栏：康伯农的诗作《浪子》1811年发表；拉克来代尔（Lacretelle，1751—1824），法学家、政论作者，司汤达在书信中经常憎恶地提到此人；罗热（Roger，1776—1842），奥瑞的朋友，聚餐会的成员，大革命时期曾经被关进监狱，1817年进法兰西学院，他的喜剧《律师》1806年上演；米绥（Michaud，1767—1839），

历史学家，《每日新闻》主笔；达凯索（Daguesseau，1749—1826），贵
族院议员；维拉尔（Villar，1748—1826），立宪派的主教；孟德斯基乌
（Montesquiou，1757—1832），与莱维一样，根据指令进入法兰西学院；塞
萨克（Cessac，1752—1841），没有什么文学头衔，曾经参与《百科全书》
编纂事务；帕斯托莱（Pastoret，1756—1840），著有《古代立法史》；毕
各·德·普米阿姆诺（Bigot de Préameneu，1747—1825），法学家；弗来西
努伯爵（Comte de Frayssinous，1765—1841），主教，教育部部长，自由派
的死对头，公开攻击浪漫主义，1824 年宣读所谓《路易十八陛下诔辞》，
自由派报纸对他这篇东西进行了批判，认为内容和形式都非常蹩脚；拉
雅（Laya，1761—1833），《法律之友》的作者，写过一本戏《法克兰》。其
中德罗兹、奥瑞、苏梅等前已有注。右栏：拉马丁，司汤达在 1823 年 3
月 6 日一封信说他"和其他法国诗人有所不同，对他还是有话可谈的"
（书简卷二，第 295 页），1825 年 6 月 20 日一封信中又说：拉马丁是"第
二位或第一位法国诗人，要看人们将贝朗瑞置于其上或其下而定"（书简
卷二，第 373 页）；费埃维（Fiévée，1767—1839），原是排字工人，有保
守派观点，拿破仑帝国时被任命为《辩论报》主编，不久被拿破仑撤职，
复辟时期，与保王派《保守者报》、《每日新闻》、《辩论报》合作；基佐
（Guizot，1787—1874），司汤达对他翻译莎士比亚这一点认为难能可贵，
只此而已；拉莫奈（Lamenais，1782—1854），哲学家，司汤达对他并无好
感，但认为"有才能和文采的作家不多，在这一方面，他倒给法国增添了
一点光荣"（1825 年 2 月 20 日信，书简卷二，第 362 页）；罗瓦耶–科拉尔
（Royer-Collard，1763—1845），复辟时期的王党温和派，唯灵论哲学家，
但也支持自由派；弗里埃（Fauriel，1772—1844），学者、批评家，1802 年
以共和派自命，坚辞拿破仑手下富歇的警务部特任秘书一职，自此闭门研
究法国南部历史、语言、文学，司汤达说他是"巴黎惟一没有学究气的
学者"（1829 年的一封信，书简卷二，第 516 页）；多努（Daunou，1761—

1840），政治家、学者，法国大革命和拿破仑称帝时期，主要从事制宪方面的职务，复辟时期，在法兰西学校执教，研究中古史，在自由派中享有很高威望；班雅曼·贡斯当（Benjamin Constant，1767—1830），作家、政治家，有小说《阿道尔夫》(1816)，对浪漫主义思潮有影响，复辟时期自由派的领袖人物；普拉特（Pradt，1759—1837），主教，大革命时的流亡分子，后又成为拿破仑的亲信，协助过塔列朗，后又投靠路易十八，司汤达将他的名字放到这里可能是因为他的小册子写得机智俏皮（见1824年12月24日信，书简卷二，第349页），在另一处，司汤达又称他为"小丑"（1822年11月27日信，书简卷二，第277页）；司克利布，司汤达重视他的喜剧，认为是很完备的现代喜剧，在1825年2月15日信中说："司克利布先生是法国最有才能最丰富的剧作家……司克利布先生本来会写得更好一些，如果不是检查制度在他企图着力描写当代可笑事物时横加禁止的话。"（见书简卷二，第358页）其中贝朗瑞、德·巴朗特、顾赞、富瓦、顾里埃、艾坚纳等，前已有注。

［20］指复辟后1816年下令改组法兰西学院一事，参见第二部分《说明》P67注1。

［21］孟惕翁（Monthyon，1733—1820），一个高官显贵，家财无数，大革命时逃亡，1814年回法国；死后留下遗嘱，有设置"道德奖金"一项；1824年，国王下令，规定孟惕翁奖金颁发办法，一是所谓道德奖，二是奖给有益于风俗教化的著作，由法兰西学院七人组成委员会，其中法兰西学院四人由国王指定，以主持其事。《立宪报》反对这种办法，认为无异是把分发奖金之权委之于学院之手，它嘲讽地说："有了本年选举的经验之后，内阁当比任何人都清楚知道哪些法国人配得到道德奖金。"1824年选举臭名远扬，当然是谈不上什么"道德"的。但法兰西学院对这样的话也只有默而不语。

第七封信

浪漫主义者致古典主义者

一八二四年五月一日，巴黎

先生，怎么，你认为《辩论报》是文学方面的权威！

那岂不是要把这些靠饶富瓦思想活命的老态龙钟的修辞学家搞得六神无主、人心惶惶了？自从这个有趣的人物死去以后，他们的报纸几乎瓦解，这个往日的批评团体转而靠着费埃维先生**富有生气的才能**总算维持下来，不过它还没有征聘新的人员参加团体。这些人就是一七八九年以来那批拒不接受新思想的人；使他们的文学理论丧尽人心的正是报纸金库把他们牢牢拴住的缘故。当这些先生们还想那样做的时候，《辩论报》的业主——保王党反动势力的真正的吉伦特派——就不再允许他们称赞贝朗瑞的一支歌谣或顾里埃的一本小册子了。

用字母 A 署名发表漂亮评论的思想界某位人士，可称得上是旧思想的最坚强的卫士 [1]。当他们归附于他的营垒之下时，人们在《辩论报》用来训斥没有像一七二五年那样思考的现在一代人的那些文章中，还可以找到某些有意趣的、富于刺激性的笔墨。最近这家报纸竟然企图攻击自由派文学巨人之一茹易先生了，这位 A 先生受命对这位著名人物横加嘲笑，嘲笑他有意要我们知道他是一个十分愉快的人，如他所说，每当他发表一部新作品都要**拿他的肖像作为装潢**。A 先生甚至用某种颇为严肃的方式向茹易先生大兴问罪之师；他指摘他不学无术；他指出《西拉》的作者所用的拉丁文 agreabilis 一词，据说这个词应作不甚可爱解，等等。我不知道所有这些责难有什么根据；不过，这里倒有一个小小的例子足以表明古典派先生们的真本领。

一八二三年五月二十二日《辩论报》上，A 先生用三大栏篇幅——因为古典主义者一向滞重冗长——评论圣沙芒子爵先生在我不知道一本什么著作中对浪漫主义派的攻击 [2]。A 先生告诉我们说：

"在《有四十金币财产的人的孙子》的时代，苏格兰人侯慕先生批评了拉辛《伊斐日尼》最好的几段，正像今天施莱格尔先生批评《费得尔》某些最好的段落一样；那个时代的那个苏格兰人和我们今天的德国人一样，把神明似的莎士比亚奉为艺术趣味的真正典范。他举出悲剧《亨利第四》中的大法官，福斯塔夫爵士，将刚刚抓到的俘虏带给国王时讲的一篇既机智又尊严的谈话，认为是戏剧上悲剧英雄讲话的最好方法：'殿下，他在这里；我把他交给你了；我请求殿下把我这个功劳和今天立下的其他战功一起记录在案，如若不然……我就叫人编出一首专唱这件事的歌曲，歌曲上头附上我的画像……我就这么办，如果你们不把那像镀了金的铜钱那样发光的荣誉给我；你们看吧，在我的英名光辉照耀的天空下，你们的光荣要黯然失色，就像一轮满月在天空把针头那样点点星星的余烬一扫而尽一样。'我相信这些剧词应当是非常浪漫主义的了。"

福斯塔夫是一个充满机智的假勇士，十分有趣的戏剧人物，在英国是脍炙人口的，正像费加罗在法国尽人皆知一样，可是有哪个小学生今天还不知道福斯塔夫既不是法官也不是贵族？是否有必要指摘古典派修辞家的恶意或无知？我的天，我看是无知。如果我向你介绍其他例证以便了解这些先生们在古代文学范围以外的情况的话，我怕难免不滥用你的耐心了。魏乐曼先生是他们中的一位，据他主持的那份报纸说，他反驳浪漫主义者的错误的时候，说什么来自上面（et de si haut）①，正是魏乐曼先生，竟把奥里诺科河给搬到北美去了②[3]。

请接受……等等。

---

① 见 1823 年 3 月《辩论报》。——司汤达原注
② 见《外国戏剧》第十四册，第 325 页。——司汤达原注

[1] 即费来兹，见第四封信注[3]。

[2] 费来兹在 1823 年 5 月 22 日《辩论报》上发表文章，评论圣沙芒子爵（Vicomte de St. Chamans）的《有四十金币财产的人的孙子》（1823），主要是针对其中有关浪漫主义论争的部分；圣沙芒另有《反浪漫主义，或对几部新作品的考察》一书（1816）。

[3] 奥里诺科河在委内瑞拉境内。

第八封信

浪漫主义者致古典主义者

一八二四年五月三日，于昂迪伊

先生，你说我摆出种种理由就是为了破坏，你说我从来没有超出能指摘不合时宜的事物那种起码的才能。你同意我说的自由派报纸在支配着青年一代人；你同意我指出《辩论报》没有读过莎士比亚和席勒就信口开河妄加论断，把成年人和青年一代一样弄得无所适从，不喜欢阅读让人思想疲劳的新的杰出作品，而只想拾取一些现成的词句。但是，在法国曾经最负盛名的文学样式戏剧，多年来已变得枯燥乏味了；在伦敦和那不勒斯，人们现在只翻译介绍司克利布先生动人的剧本或一些通俗剧。应该怎么办呢？

第一，把执行检查制度的工作委托给温和而有理智的人去做，以便允许勒麦尔西埃先生、昂德里厄先生、雷努亚先生[1]，以及其他反对诽谤中伤的贤明人士能够放手尽意而为。

第二，取消首场演出的荣誉[2]。在意大利，首次演出几乎没有什么重要意义。任何新编歌剧，不论怎样坏，一概演出三场，人们会告诉你说，这是乐队指挥（maestro）的权力。罗西尼的《塞维利亚理发师》在罗马首场演出也没有演到终场，可是在第二天取得空前成功。

给我们的剧院立下新剧必须演出三场的规定，难道是不合理吗？无所不能的警务部难道不能彻底废除首演三场赠票的老规矩吗？

观众在首场上演观看演出感到厌烦不满，第二场可以不来，如果观众是通情达理的话。但是伟大的上帝呀，我们在文学上是多么缺乏宽容之心呵！我们的青年一代，当他们谈论到大宪章、审判、选举等等，总之当他们谈到他们所不具备的权力，以及他们将如何使用权力的时候，他们是非常自由派的，可是当他们一朝权力在手，就变得比任何一个小小阁员更加专横跋扈。他们在剧院有喝倒彩的权力；凡是他们认为坏的，仅仅因为他们认为不好，就嘘声怪叫，大喝倒彩；他们认为不好，就禁止观众欣赏，不许享受那戏剧欣赏的愉快。

《立宪报》和《镜报》煽动自由派青年就属于这样的情况，他们从圣马丁门剧院赶走英国演员，剥夺法国人享受强烈愉快的权利，且不论喜爱这样的演出是有理还是错误。人们知道，在英国戏剧开演之前就已经嘘声哄叫、大喝倒彩，舞台上的表演连一个字也听不出了。英国演员一出场，他们就攻之以苹果和鸡蛋；不时叫喊：**讲法语**！总之，这是一次**国家荣誉**的大胜利！

正派人士不禁要问：既然语言不懂，为什么还要到剧院来？有人回答他们说：人们已经拿世界上最荒诞无稽的蠢事使青年中大多数信以为真；有些卖时髦商品商店的小店员竟至叫嚷：**打倒莎士比亚**！莎士比亚是威灵顿公爵的副官！

怎样的不幸呵！不论煽动者或被煽动者，是怎样的耻辱呵！我们高等学校自由主义青年一代和他们所蔑视的检查制度，两者之间我看不出有什么区别。他们都是自由派，他们同样尊重法律，禁止上演他们所不愿看到的剧作。他们思考推理方式也一样：**暴力**。人们知道，暴力游离于法律之外，在人们心灵中会煽起怎样的感情。

我们的青年为什么不抛开按照所谓**文学原则**进行判断和保卫所谓**健全学说**[1] [3] 的愿望，享受他们青年时期最美好的得天独厚的特权，即他们所有的充沛情感呢？法国二十岁的青年，居住在巴黎，由居维叶和多努[4]的教育培养起来，如果能够遵从他们自己特有的感受方式，按照自己心灵去判断，那么，欧洲的其他观众都是不能与奥代翁剧院观众相比拟的。到那个时候，人们也许不会为下面这一类诗句鼓

---

[1] 杜维凯先生语，见 1824 年 11 月 12 日《辩论报》。——司汤达原注

掌了：

他的祖先的时代，延伸到了世界的摇篮时期。

——《帕里亚》

我的朋友中有一位是图书馆馆员，他为不失去他这个职位，只好表态表示拥护古典派思想，最近他私下给了我一份图书馆阅读最多的书籍的书单。就像奥代翁文学阅览室一样，在图书馆阅读拉哈泼的也多于拉辛和莫里哀。

拉哈泼很高的声望是死后才开始的。他生前是一位相当浅薄的所谓博学者，他并不懂希腊文，略知拉丁文，在法国文学方面对布瓦洛以前的一切信而不疑，泥古不化，因而成为古典派宗教的长老。让我们看看他是怎样变得这样有声望的。

当拿破仑将革命停顿下来，并以为革命已告终结——和我们想的一样，于是他发现整整一代人完全缺乏文学教育。可是这一代人却知道有一种古代文学存在；他们寄希望于拉辛和伏尔泰的戏剧，希望从中享受到戏剧乐趣。秩序恢复以后，人人都首先期求获得一定的社会地位，而且无不是野心勃勃。我们当中没有人不是抱着这样的想法的，认为我们进入的新的生活秩序必然会产生新的文学。我们是法国人，就是说，我们难免没有虚荣心，我们怀着强烈愿望要重新审定荷马，而不是去阅读荷马。拉哈泼的《文学教程》一七八七年后开始著名，适逢其会，满足了我们的需要，由此而取得巨大的成功。

我们法学院的学生，怎么能叫他们忘记这样的文学法典呢？等待它陈旧过时吗？但这就要白白丧失三十年才成。我看只有一个补救办法：重新改写，必须写出十六部[5]大部头的书来满足我们青年如饥似渴的需要，以回答在沙龙中遇到的一切问题，并对它们作出完整的判断。

但是你对我说，宣讲一种健全的学说，鼓吹一种光辉的哲学理论，这样才能使人忘掉拉哈泼的种种词句。——根本不可能。不幸的文学，因为成了时髦货色，正在遭到厄运；文学并不是为这种人创作的，他们孜孜以求的只是谈论文学。

先生，在这里，我感到有强烈的愿望再加上二十页篇幅详细展开讨论。我真想把不能容人的人都打倒，不论他是古典派还是浪漫派，我真想提出主要的思想，根据这些思想在我的新的十六卷**文学教程**中重新论述已死去的或仍然活在人世的作家，如此等等①。不过，请不必担心，即使是在我

---

① 在舞台上排除战斗场面，执刑场面，这类做法是史诗的，而不是戏剧的。在十九世纪，观众的心灵对恐惧是抱有反感的，可是在莎士比亚的作品中，人们看到一个刽子手走近小孩，去灼烧他们的眼睛，非但不使人感到可怖，反而对当做烧红的铁棒用的染红的扫帚觉得有趣好玩[6]。

其次，思想和情节事件越是浪漫主义的（根据当时的需要，加以斟酌掌握），越应当重视语言，语言是一种约定俗成的东西，不论是在技巧上或者是在用词上；（转下页）

（接上页）必须竭力写得像巴斯卡 [7]、伏尔泰和拉布吕耶尔那样。理论家先生们的要求和规定过十五年就会变得陈腐可笑，如同伍瓦屠尔和巴尔扎克 [8] 在现在一样。请读一读《历代布尔戈尼公爵史传》的序言 [9]。

第三，人们借以追随剧中人物情绪发展的热烈兴趣，悲剧就是靠它构成的；让我们的注意力倾注到千百种细节上的单纯好奇心，以此构成喜剧。朱莉·代当热 [10] 在我身上引起的兴趣，是悲剧的。莎士比亚的**科里奥兰纳斯** [11] 则属于喜剧。将这两种兴趣混合为一，我以为十分困难。

第四，除非涉及描写一个人的性格因时移境迁发生前后相继的变化，也许人们认为为了使 1825 年的人对戏剧感到满意，悲剧时间不应继续若干年。诗人取得了经验，继此可能发现一般适宜的时间应该以一年为度。如果悲剧时间超过这个限度再向前推延下去，那么英雄人物到剧终就不再是开始那样的人物了。1804 年用皇帝的披风打扮起来的拿破仑已经不再是 1796 年把光荣掩盖在灰衣服下面的年轻的将军了，而这种灰礼服却成了后代常穿的服装。

第五，应该向莎士比亚汲取的是艺术，必须懂得这个剪羊毛的年轻工人对 1600 年的英国人发挥了影响，每年赚得五万法郎，可是当时的英国人从《圣经》中看到的种种阴暗沉闷的恐怖原来在他们中间也在酝酿滋长，英国人由此提出了清教徒主义。一种天真并有点愚蠢的信仰（见马丁先生对我们著名的马埃迪的实验的攻击，下议院 1825 年 2 月 24 日会议）[12]，一种完美的虔诚献身精神，一种对细微事件无动于衷、不求甚解而产生的困扰，但反过来却是一种热情和对地狱的极大恐怖所产生的坚定执著，所有这一切把 1600 年的英国人同 1825 年的法国人区别开来。应当关心的是 1825 年的法国人，他们是这样精明细腻，这样轻怠不定，这么多心善疑，他们永远戒备警惕，同时永远是忽来忽去的情绪的俘虏，又永远对深沉感情无能为力。他们只相信一时的风尚，却将信仰遮掩起来不露于外，这一点也不是英国上流阶级的 cant，即所谓合于理性的虚伪；他们所以如此，仅仅是为了在众目睽睽下演好自己的角色。

《贝弗利尔》中的参谋官勃里吉诺茨（他的父亲见到过莎士比亚），按照某些荒谬的原则行事，并怀有某种阴暗忧郁的善意；我们的道德几乎可以说是十全十美的，但是反过来，那种无限忠诚的献身精神却已丧失无遗，只有在《通报》上刊出的某些祝辞中还可以找到。巴黎人只知尊重他每日生活于其中的那个社会的舆论，只知献身于获得用桃花心木制成的陈设木器。所以，为创作浪漫主义戏剧（适应时代需要），就有必要避免采用莎士比亚的方法，例如对于一个擅长于隐语暗示并懂得讨人欢心的民族，不要搞那种大段大段的台词，可是对于 1600 年的英国人，长篇的说明解释和大量强烈有力的形象描绘却是需要的。

第六，在莎士比亚戏剧中汲取**艺术**后，我们就应该到格雷古瓦·德·都尔 [13]、弗瓦萨、李维 [14]、《圣经》、现代希腊去寻找悲剧主题。还有什么比耶稣之死这样的主题更美更感人的？经过利奥第十的世纪，经过这个世纪的文化发展之后，在 1600 年，为什么人们没有发现索弗克勒斯和荷马的手抄本？

杜奥塞夫人，圣西蒙，顾尔维茨，当柔，贝臧瓦尔，历次重要的政治会议，君士坦丁堡灯塔区，格雷戈里奥·莱梯收集的历次教皇选举大会的历史 [15]，可以给我们提供上百个喜剧主题。

第七，有人对我们说：**诗是理想的美的表达方式**；思想具备以后，诗是体现思想的最美的方法，是使思想发挥极大效果的方法。

用于讽刺，讽刺短诗，讽刺喜剧，史诗，神话悲剧如《费得尔》、《伊斐日尼》等，诗是适用的，肯定的。

（转下页）

们政治环境的兴趣活跃的中心，我认为任何超过一百页的小册子或超过两卷的著作都是没有读者的。

此外，先生，浪漫主义者决不隐瞒这一事实，即他向巴黎人建议的是世界上最为困难的事情：**重新考虑习惯的问题**。有虚荣心的人一经抛开习惯，就面临着对于反对意见手足无措的危险境地。法兰西民族是世界各民族中最积习难改、最执著于已有的习惯的，这有什么可奇怪的呢？这就是对于地位低微的危险的恐惧，这种危险迫使人们**想出**种种异想天开的和也许**可笑的**手段，这种恐惧使**公民的勇气**变得是那么稀有而且罕见了。

最后，先生，我的信写得冗长，请求你宽恕，尤其请原谅我的词句写得简单平凡。为明白起见，我放弃了不少新

（接上页）凡涉及精确描绘心灵活动和现代生活事件以取得戏剧效果的悲剧，诗是不适用的，是否定的。在戏剧样式中，思想或感情应该在**一切之先**以那种明朗性表达出来，这是与史诗完全不同的。麦克佩斯看见班戈的鬼魂，惊恐万状，大声叫道：宴席上已经坐满了（The table is full.）[16]。一个小时前他杀死了班戈，夺取了王位，这就是应该留给他国王麦克佩斯的王位。还有什么诗，什么音律，可以再加到这句话的美之上？

这是发自内心的呼声，心灵的呼声拒绝那种诗的倒装句法。我们欣赏"希纳，让我们做朋友吧"[17]，或哀尔米奥娜对毕律斯讲的"谁对你这么说的？"这样的句子，难道是拿它们当作亚历山大诗体的组成部分来欣赏的吗？

请注意：在这里，这样的语句是非用不可的，一分毫不能变动，而且别无其他。人在激情支配下讲的确定的语句如不见容于诗律，学院诗人怎么处理呢？他们只有背弃激情，迁就亚历山大诗体的诗句。理解种种激情的人是不多的，特别是十八岁的青年，他们不可能高声讲出这样的话：**那正是你所忽视的语句，你说出的语句不过是一个冰冷的无生命的同义词罢了。**而坐在剧院正厅的观众，即使是最愚笨的观众，也懂得什么是一句漂亮的诗。什么字眼称得上是高贵的语言，什么不是，他知道得更清楚（因为在君主政体统治下，对虚荣面子作关心的）。

这里，法国戏剧的精粹奥妙已经逸出自然的范围：一位国王深夜来到敌人家中，问他的随从说：现在几点钟了？《安达卢西亚的熙德》的作者不敢让他的人物回答：陛下，午夜了。这位作者居然有勇气写出两行诗来：

（转下页）

拉辛与莎士比亚 | 177

见解，这些新见解本来是会使我的虚荣心感到愉快的。我不仅想要讲得明白清晰，而且还想不要让怀有恶意的人叫喊什么：伟大的上帝呵！这些浪漫派的人，他们在理论阐述上是多么晦涩难懂！

怀着敬意……等等。

---

［1］司汤达认为雷努亚的五幕诗体悲剧《圣殿骑士》(*Templiers*,

（接上页）圣马可教堂钟楼，距此处房屋不远，
当您走过之时，十二点钟已经敲过。[18]

我将在另一处对这一理论详尽说明，这里我只扼要地指出：诗句由于对词语的省略、倒装、联结组合等等（这正是诗的卓异的特性），是用来把对自然美的感受力集中在一个焦点上。但是，在戏剧这种文学样式中，我们在一场戏的演出中听到的台词，它的戏剧效果来自已经演过的前几场戏。例如："你认得吕悌尔的手逆？"这一句台词。拜伦勋爵对这一句十分称赞。

如果剧中人物利用表达方式的诗意来加强他讲出的话，他就降低为一个拙劣的修辞家了；只要有一点生活经验，我就不会相信他讲的那一套演说辞。

戏剧的首要条件，要求戏剧动作发生在一间房子内，经梅尔波美纳[19]的魔杖一点，一堵墙不见了，代之以剧院的正厅。剧中人物并不知有观众在场。哪里会有这样的亲信，在危急时刻，竟敢不直截了当回答问他几点钟的国王？显然可见的过渡，一刹那间让观众发现了，那么，剧中人物也就不复存在了，我们所看到的无非是在那里朗诵一首写得或好或不好的叙事诗罢了。在法语中，哪里允许倒装句出现，节奏与诗句的王国的疆界也就划在那里了。

所有这些所谓谬论若是再推演下去，我这条注释难免要写成一部书了。所谓谬论也者，就是可怜的诗句制造家们为他们自己在社会上受到尊敬而无时不感到忐忑不宁，每天上午在报纸上诬裁到浪漫主义者头上的。古典主义者们，把剧院、政府发付薪金的一切文学职位，都把持在手。青年人只有凭借在同一部门任事的年长者举荐，才被允许取得这些职位当中出空的位置。狂热的盲从主义，这就是一个头衔。所有这种奴性精神，所有期求教授、学院、图书馆等席位的这些小小的野心，每天上午在报纸上对我们飨之以古典派的文章，这正是他们的利益之所在，也是他们的兴趣之所在。不幸的是，五花八门的粉饰、滔滔不绝的雄辩，不过是冒充强烈信仰的无动于衷的卖弄词藻而已。

最后，这也是很有趣的，在文学革新已被各报刊所公认这样的时刻，他们感到不得不在每天上午也抛出某种新式愚蠢货色，如什么**福斯塔夫爵士**，什么**英格兰的大法官**，以便在一天之内的其余时间再让我们消闲解闷。这种行径难道不是崩溃败退的开端？——司汤达原注

1805）是民族悲剧的一种尝试，并对雷努亚有所看重（见 1823 年 1 月 1 日信，书简卷二，第 282 页）。

［2］当时巴黎剧院演出的风气，即首场演出是一种特权，要四处送戏票，请官场、名流、权威莅临；首演第一二两场演出，海报上不公布剧作者姓名，作者要在第三场演出时才上海报，只有第三场才是判定演出成功与否的一场演出。头三场演出一向是不平静的，有时一场，或一场未能演完，剧本就宣告失败，不能再上演了，其中往往是政治阴谋、文学方面的阴谋得逞，因而取胜。司汤达提出的主张，当时奥代翁剧院的一位经理人曾经试行，并称戏票应该送到付钱看戏的观众手中，只有他们才能决定剧本演出是否成功。

［3］司汤达在注中指出这是杜维凯某日在《辩论报》的言论。据研究者查考，没有找到杜维凯的文章；但在当时，一个时期内，《辩论报》编者共同鼓吹的就是这种所谓"文学原则"、"健全学说"。

［4］居维叶（Cuvier, 1769—1832），法国著名博物学家、解剖学家，1825 年前后在博物院任教，司汤达与他有交往。多努，当时他在法兰西学校任教，所著《论社会地位要求对个人的保障》（1819）一书，都有很大影响。

［5］拉哈泼的《文学教程》有十六部之多，对文学教育影响很大。此书不是 1787 年出版，而是拉哈泼 1787 年开始讲学，书在 1799 年开始分册出版。

［6］见《约翰王》，第四幕第一场。

［7］巴斯卡（Pascal, 1623—1662），法国数学家、哲学家、作家。巴斯卡、拉布吕耶尔、伏尔泰都以文笔精严清隽著名，被看做是法国散文的典范。

［8］伍瓦屠尔（Voiture, 1598—1648）、巴尔扎克（Jean-Lonis Guez de Balzac, 1594—1645），法国十七世纪作家。

［9］即德·巴朗特的《瓦鲁阿家族历代布尔戈尼公爵史传》，序言长达九十二页，阐明作者对于历史叙述的观点。

［10］朱莉·代当热，卢梭的小说《朱莉或新爱洛伊丝》（1761）中的主人公。

［11］科里奥兰纳斯，莎士比亚的悲剧《科里奥兰纳斯》（1623）中的主人公。

［12］马然迪（P. Magendie, 1783—1855），法国生理学家，研究神经系统。马丁看来是英国下院议员，1825年2月24日在下院提出禁止斗熊、斗鸡和"一切残酷性的运动、游戏"议案，议案中将对活动物进行实验解剖也归于这类运动、游戏范围内，指责"有一位名叫马山（误将马然迪叫做马山）的法国人，用一条猎犬进行实验；他用钉子将猎犬四只脚掌和两个耳朵钉起来，准备活着解剖猎犬的神经。我认为在一个文明国度里对这类作法不可原谅"。据说法案竟予通过。

［13］格雷古瓦·德·都尔（Grégoire de Tours, 538—594），法国神学家、历史学家，著有《法朗克史》。

［14］李维（Tite Live，公元前59—公元后17），古罗马历史学家，著有《罗马史》。

［15］圣西蒙（Saint-Simon, 1675—1755），有回忆录，十分著名。顾尔维尔（Gourville, 1625—1703），回忆录在1825年出版。当柔（Dangeau, 1638—1720）有回忆录《路易十四宫廷纪事》，1807年出版，1817年出节本。贝臧瓦尔，见前第三章P058注13。重要的政治会议，主要指中世纪各国政治外交会谈和各国关系史实等。君士坦丁堡灯塔区，指希腊民族独立运动时期这一地区居民事迹。格雷戈里奥·莱梯（Gregorio Leti, 1630—1701），意大利新教历史学家和作家，其《克莱门特五世至亚历山大七世时期教皇选举大会》一书1689年从意大利文译为法文出版。

［16］见《麦克佩斯》第三幕第四场。

［17］见高乃依的悲剧《希纳》。

［18］见《安达卢西亚的熙德》第三幕第七场。剧本 1844 年出版，司汤达所引是根据听到的台词，与原文有出入。原文是：

> 国　王　埃利亚，我们现在是在夜间几点钟？
> 埃利亚　圣马可教堂钟楼，距此处房屋不远，已经敲过了凌晨
> 　　　　的第一个钟点。

［19］九位文艺女神中司悲剧的文艺女神。

第九封信

古典主义者致浪漫主义者

　　　　　　　　　　一八二四年五月三日，巴黎

　　先生，你知道不知道，为同一事一日之内连写书信四封，多年来，在我的记忆中是从来未曾见过的。

　　我要向你承认，你对拉辛深切的尊敬使我感动，使我深深地感动了。先生，我相信并非是你，而是浪漫派不公正，如果我敢于直言无隐说出来的话，是浪漫派对这位伟大人物无礼而不敬；我仿佛看到这个派别

　　　　滑稽地伸出他那小小两臂
　　　　妄图窒息如此崇高的盛名。

　　　　　　　　　　　　　　　　——勒布朗

　　许多才智之士自以为向公众提出了一种理论（因为你承认你的浪漫主义是一种理论），借助这种理论便可以确保写出

杰作来。对此，我以为很是荒唐可笑。我愉快地看到你并不相信某种戏剧体系能够创造出像莫里哀或拉辛那样的脑袋来。先生，我肯定不赞成你的理论，但总括而言，我自信是理解它的。不过我有很多不明之处、很多问题有待向你请教。譬如，依你看来，浪漫主义样式取得成功其终极目标是什么？我是否绝对必须养成习惯以便接受巴纳斯山立法之神按照

第一幕是黄口小儿，最后一幕是白发老翁[1]

这样的模型铸造出来的英雄人物？

且让我假设优良传统已经化为乌有，良好的艺术趣味无影无踪，总之一切都按照你的愿望实现了，继塔尔玛之后的伟大演员在二十年内只愿演出你的题目叫作《亨利第三之死》的散文体悲剧。那么，在你的理想之中，这样的革命的终级目标是什么呢？请你和我一起抛开那种伪君子的谨小慎微；请你像你的莎士比亚的"飞将军"(Hotspur)说话那样开诚布公[2]。顺便一提，对莎士比亚，我却是十分满意的。

谨此……等等。

---

[1] 见布瓦洛《诗艺》第三章。

[2] 见莎士比亚《亨利第四》(第一部)，"飞将军"即诺桑伯尔兰伯爵亨利·波西之子，也叫亨利·波西。

第十封信

浪漫主义者致古典主义者

一八二四年五月五日，昂迪伊先生，如果我们在一八六四年[1]再回到这个世界上来，我们将在许多街道转角的地方看到张贴着这样的海报：

厄尔巴岛归来[2]

五幕散文体悲剧

在那个时代，拿破仑的高大形象将使历史上恺撒、腓特烈等这类人物在几个世纪之内都被人们忘却不提了。悲剧的第一幕毫无疑问应该是在厄尔巴岛，在启碇的那一天，在法国人面前最惊人的历史事件展开来了。人们看到拿破仑厌弃了赋闲宁静的生活，正在一心思念法兰西："远征埃及归来的时候，在环绕我的祖国的这同一片汪洋大海上，幸运曾经帮助过我；难道幸运将要弃我不顾？"这时，他停下来，举起手中望远镜，瞭望一艘扬起白旗挂帆战舰远航而去。一个伪装的传令官来到，给他送来最近几期《每日新闻》。一个从维也纳赶了六天路程到达的信使向他报告，说他将要被转移到圣赫勒拿岛去；信使把话讲完，精疲力竭，昏倒在他的脚下。拿破仑下定决心，下令启程。人们看到近卫军登上战舰，人们听到"行动号"双桅船上歌声四起。厄尔巴岛上一个居民惊慌失措；一个英国间谍喝得酩酊大醉，倒在桌下，没有发出信号。一个乔装成教士的刺客来到，一见许下的一百万的犒赏拿不到手了，放声咒骂上帝。

第二幕，发生在格勒诺布尔附近拉夫雷湖滨地带，描写马尔商将军[3]派遣前去阻隔高山与湖泊之间狭隘通道的第七轻骑兵旅第一营怎样被收买叛变。

第三幕，在里昂；拿破仑已经把他的合于理性的、深得民心的理想抛在脑后；再一次赐封贵族；危机一经度过，他又行沉湎在专制独裁的享乐之中。

第四幕，人们看到他出现在阅兵场，四周有他的身穿白色锦缎礼服的皇族兄弟簇拥，宣布他的宪法《补充条例》。

第五幕，在滑铁卢，这第五幕最后一场写拿破仑来到圣赫勒拿岛巉岩之上，先知般地预见到痛苦磨难、忧愤烦恼、赫德森·洛威[4]爵士用钢针对他进行谋害的六年漫长岁月。在圣赫勒拿，冷酷无情、不动声色的将军，为获得二级勋章，阴谋采取不易察觉的缓慢手段毒害拿破仑而又不会被控为下毒的主犯，与第一幕年轻的杜穆兰在格勒诺布尔忠心耿耿效忠于拿破仑相互对比，形成了鲜明的对照。

次要人物之间的另一种对比是：班雅曼·贡斯当先生在杜伊勒里宫为了一部合于理性的宪法，和拿破仑进行争论，当时拿破仑毫不隐讳以独裁者的面目出现，对待法国如同对待他的领地一般，言必称**他自己的利益**，即拿破仑的利益；三个月之后，拉斯卡兹伯爵[5]，作为皇帝的侍从长官，满怀悲苦痛惜和一片忠诚，为皇帝落到连开门也要自己动手去开的境地，深为愤慨不平。

这显然是一部很美的悲剧，它什么也不缺少，只是还要等待五十年这样一段距离，还要有天才把它写出来。它是美的，因为写的是绝无仅有的历史事件。谁能否认这一点呢？

一个民族，没有决心去完成……宁愿……伟大人物……[6]伟大人物敢作敢为敢于去冒险：他取得了成功；但是，因为贪图虚假的光荣和华丽的锦绣，他欺骗了民族，终于一蹶不起，垮台了，陷到一个刽子手的掌握之中。这是一个具有很高意义的教训；民族犯了错误；伟大人物也有自己的错误。

我认为这样的戏剧场面是动人的，这样一种戏剧的愉快是可能的；我认为与其用史诗来表达不如用戏剧表现更好；我认为一个没有被拉哈泼的理论弄得麻木不仁的观众，决不会因七个月的时间过程和五千里空间范围而感到不能忍受，因为这样一段时间和空间是完全必要的。

　　敬意……等等。

---

　　[1] 大仲马写的《拿破仑·波拿巴》在 1831 年上演。司汤达于 1831 年 3 月 1 日从他的里雅斯特领事任所写出的一封信中说："你有没有去奥代翁剧院看《拿破仑》，我在 1826 年就预言这样一部戏迟早要写出来，上演这部戏的政治环境提前十年给找到了。不过人们拒绝承认我有这么一副好头脑的资格。"（书简卷三，第 34 页）

　　[2] 1812 年，拿破仑侵俄战争失败；1813 年英、俄、普鲁士等国以及奥地利组织第六次反法同盟，向法国发动进攻，法军大败；1814 年 3 月 30 日联军开进巴黎，拿破仑退位，被囚禁在地中海厄尔巴岛上。在法国，路易十六之弟普罗旺斯伯爵即位，称路易十八，波旁王朝复辟。1815 年 2 月 26 日，拿破仑从厄尔巴岛上逃出，卷土重来，回到巴黎，重登王位，史称"百日政变"。欧洲封建势力再次组织力量，围攻拿破仑，6 月 18 日，拿破仑在比利时滑铁卢一战失败，拿破仑第二次退位，被流放到大西洋圣赫勒拿岛上，后来就在岛上死去。这部五幕散文体悲剧提纲基本上都有史实为据。

　　[3] 马尔商（Marchand，1765—1851），原拿破仑部下，后在复辟政权下任职，曾被控在拿破仑从厄尔巴岛回来进攻格勒诺布尔时弃守，1816 年受审，后被释放。

　　[4] 赫德森·洛威（Hudson Lowe，1769—1844），奉命在圣赫勒拿岛监守拿破仑的英国军官。

　　[5] 拉斯卡兹伯爵（Le Comte de Las Cases，1766—1842），拿破仑的

侍从官。复辟时期避居英国，拿破仑从厄尔巴岛返回法国，他一获得消息，即回国投奔拿破仑；滑铁卢失败后，随同拿破仑一起流放到圣赫勒拿岛。著有《圣赫勒拿回忆录》(1822—1823)。

[6] 原文如此。似是："一个民族，没有决心去完成伟大的事业，宁愿等待伟大人物来将它们完成。"

声　明

　　我并不认为公民的私生活就应该**与世隔绝**；正是在这样的条件下，我们才可能名副其实、光明磊落地享有言论自由。事情倘若不是涉及反浪漫主义的修辞家那种可笑的妄自尊大，而是其他什么无关宏旨的事，我也许就打消写这本著作的计划了。倘若法兰西学院不是以那种居高临下和狂妄自负的声调（向公众讲话不论对谁都是不适宜的），认为应当废除浪漫主义，我也许永远会对这陈旧过时的机构保持尊敬。

　　我厌弃那种存心不善对私人生活某些事件作出暗示、透露并加以利用，虽然这于我是需要的，可能我也有这种气质，但是我一概摈弃不用；不过，我们的法兰西学院院士们的气质的优秀方面，据说倒是由有关他们的前辈性格的某些丑闻逸史形成起来的。

附　录

旅人札记（选）^①

① 本文译自法国弗朗索瓦·玛斯佩罗出版社 1981 年版司汤达《旅人札记》(*Mémoires d'un touriste, Stendhal.*)，V. 德尔·利托（V. Del Litto）编注。

说　明

　　制铁业旅行经销商 L. 先生这部札记手稿是人们准备阅读的这部作品借以构成的基础部分。L. 先生有一个缺点，即对各种事物直呼其名，这样很可能对其性质造成一种不真实的概念，而且将性质弄成晦暗不明。他曾经要求我对他的文笔加以修饰，对此我回答说我本人更需要别人来修饰我的文笔；我蔑视而且憎厌学院式的文风。

　　L. 先生惯于讲殖民地式的西班牙语或英语，在文稿中采用很多这两种语言的文词，认为这类文词最有表现力。

　　"表现力，那没有问题，"我对他说，"不过对懂西班牙文和英文的人才是那样。"

　　指出以上这些并不严重的不足，用意无非说明在以下文稿中我们感到的比较薄弱的方面罢了。手稿中我不得不删去的四分之一篇幅，即其中的枝节与议论部分；因为，如果这部《法国游记》能让读者接受，这一部分尽管是直言无隐的，却也可能遇到难以预料的情况。对此我是有顾虑的；作者对任何集团是根本不予计议的。而在我看来，所有可能招致圣日耳曼城区①不悦、所有可能触怒《国民报》②的东西仍须一律删除才是。

我的政治见解与作者的意见是完全不同的，我的政见是极为贤明、规矩的；而他却坚持是决不软化的。

H.B.③

---

① 圣日耳曼城区系巴黎的一个贵族居住区。
② 《国民报》，1830—1851 年在巴黎出版的资产阶级共和派的机关报。
③ H.B. 是作者名姓亨利·贝尔（Henri Beyle）的缩写。

引　言

　　我将要叙述我在这个世界上三十四年以来的所作所为，换言之，叙述别人认为我曾经做过的那些事。

　　我的父亲是一个严厉的人，他经过艰辛努力，终于进入某种很有学问的职业界，使自己享有某种声望，我的父亲每天都反复告诫我，说我是一个一无所有的人，我必须经受优良的教育；不过，要做到这一步，也非易事，至少，就我而言是如此。

　　我是不知有童年的喜悦的，因为我的生活自始至终都是十分严峻的。我十岁时每天学习希腊文、拉丁文、数学等长达十个小时。严父这种严厉的家法准许我学音乐与绘画本是十分勉强，而且条件是我每天清晨须提前一小时起床，那时我的睡眠已经是很不足的了。

　　我在十六岁的时候便在海关办事处工作；海关办事处主任是我父亲的朋友，而我每一天还需要四至五个小时来完成我的学业。

我的父亲说在当前这个放任的世纪，观其趋势只会造就出一批凡庸的人物。

他还补充说："我不知道你是不是一定具备条件能成为一个出类拔萃的人物；至少，你可能成为一个受到教育的人。"

我准确无误地遵循这一套严格的体系行事，所以我不曾有过青年时代。我在十八岁的时候，办公室的工作已经占去我的全部时间，每天办公时间十至十二小时。现在，我推测，那是我的父亲存心不给我留有时间以防我不务正道。我已经成了工作的牺牲品，这是事实。

我在海关工作三年之后，突然之间，人家又将我派到殖民地去从事这项职务。我不知道是哪个浑账家伙向我的上司报告说我是**自由派**[①]，上司又在其间增加材料写出文书把我上报到巴黎。他们宣布我是一个具有危险思想的人，我那时才十九岁，每天在那种令人窒息的办公室里工作八小时，一心指望能有偶然机遇遇到的可爱的女人看上我一眼，此外我还能想别的什么，那只有上帝知道了。不过，对此我也并无怨言：这些先生们与他们的政府在精神上是并无二致的。

所以我带着危险人物的证件到了殖民地。这里最使我

[①]　自由派：即反对党。最初称为"独立派"，后来称为"自由派"，领导人是获得国家财产的资产阶级、反对教会势力的伏尔泰信徒和拥护三色国旗的军人，他们被一种对波旁王族的共同仇恨联合了起来，他们控告这个王族曾攻打法国，并将革命政府获得的领土放弃了。

吃惊的是人们居然在清晨把我叫醒，请我饮用咖啡。

为了对放逐我的政府进行报复，我学习英语，并且着手认真研究研究所谓**自由主义**。

因此我就在这个地方留下来，我终于也很喜欢这个地方了，对于那位把我流放出来、梳着鸽翼形发式①的上司，我倒应该二十倍地向他祝福才是。我在这里不时下令派出一艘海关小型船只，坐船从这一个岛屿航行到另一个海岛去走走看看。我结交了一些商船船长，这些人在这热带地区倒也生活得十分快活；有些时候，我荣幸地同王家海军的军官一起喝喝潘趣酒②；不过我也犯过处事不谨慎的错误，不是政治方面的，但是从其他一些角度看，也可说相当严重。那是有那么一天，我在烈日之下进行工作，我得了一种炎症发烧，情况相当严重，所以我的上司不管三七二十一，竟不待部里有批示回来，按照人道原则，竟将我送回欧洲，我的上司倒是一个好人，在这个世界上他只有一个观念，就是惟恐自己受到牵连惹出是非。这是他为人的一个突出特点。

在半途中，欧洲吹来的清风一下就使我的健康得到了恢复。回到法国，我又回到我父亲的家中，又回到资产者生活中的种种猥琐卑劣之中，连我的雪茄烟气味也使得女仆不

① 鸽翼发式，即将头发分梳在头的两侧，有如鸽翼双分，在法国十七世纪流行。此处意谓落后反动的人物。
② 潘趣酒：一种用酒加糖、柠檬汁、牛奶、红茶等调制的饮料。

快。我作为一个男人已有能力让别人遵从于我，可是我的父亲却一丝不爽地把我当作十五岁的孩子来看待。

至于我，我是生怕变成一个怪物的，迫不得已竟去告白说我并不尊崇我的父亲。在我父亲所有的种种荒唐粗暴中间，他一向念念不忘的那个观念尤其使我苦恼：

"你在那边干的什么行当！"他粗声大气地说道，"为做到具备资格领取九百法郎退休金，一部两轮大车硬是需要拖上五十年知道不知道？"

我的父亲向我提出建议，叫我提出辞职并且结婚：我不敢违命。我看得很清楚，他不会给我那笔小小的必需的费用，以便在假期满了以后重整装备随身携带少量货物重返殖民地。

我于是进了做钢铁买卖的这一行：这是我的岳父经营的**行当**；我为了推销或买进商品，作为推销商曾几次外出旅行。我的岳父喜欢装出一派生意繁忙的样子；其实他是一个最懒的人；他见我有意去工作，就把一切交给我去办了。我竟取得了成功。

有种种不同的机遇，其中偶然性远比我的能力更要发挥作用，我们的生意有了很大的发展，于是我的财产也迅速增长。从外表看，我是幸福的了；所有的人都发誓说我幸福得很，什么都不缺少了，可是偏偏我的心灵却与这种幸福相去甚远。

我敢于相信：我的妻子对她的命运是深感庆幸的；至少对她的希求先意承旨在我是免除了，而且我相信，她的确也是幸福的。但是说到最后我并不是真正爱她；我这仅仅是出于对父亲的尊重罢了。"莫非我是一个怪物？"我这样问自己，"莫非我命中注定从来不知爱？"

　　上天惩罚我吧，允许我提出这样的问题：我是一个三十岁的青年人；但是我的思想发生了变化；同样我的情感也是这样。

　　一种对我来说不曾有过的生活方式，给我带来了最强烈的动荡，这就是我不幸丧妻，我的妻子生前对于可能使她苦恼的事却从不曾有过怀疑，至少这样安慰过我是有的。我真心诚意为她而哭泣；活在世上我真的深感厌烦了。

　　与亲人生离死别三四个月过去之后，我隐居在凡尔赛①；每周我去巴黎不超过三次，用一两个小时处理商务。我的这种灰心失望情绪使岳父十分不快；家中一个女友，一个诡计多端的女人，竟和我谈起续弦之事；这话使我十分反感。

　　有一天，轮到我在沙托-多的大马路上站岗，因为不论本人是否在或有什么不幸遭遇，也必须前去值岗②。我值勤

---

　　① 法国北部城市，在巴黎西南18公里的伊夫林省。
　　② 暗示七月王朝时期重建的国民自卫军。当时二十五至五十岁的公民无例外必须作为国民自卫军前往指定地点值岗，不得有误。——利托注

以后，已经是凌晨两点钟，我仍然没有回家，我记得整夜我坐在哨所前面一把镶草垫的椅子上，专心一意在考虑问题。

我可以肯定，维尼翁夫人是按照我岳父本人的旨意前来催促我续弦的；难道是在他的唆使下她才这样说的？**续弦**！难道我还要照六年前生活过那样再混下去！

当初我是凭一纸**冷酷无情**的契约进入夫妻生活的；每天陪侍一位父亲大人或岳父大人进餐是什么滋味我知道得再清楚不过了；我一直向往过自己的家庭生活。

由于我们的买卖进行得颇为顺利，没有多久我们也需要开宴请客了。不过，因为用的是上等酒，这种享受相当靡费，对我来说，饮酒的乐趣又成了可怕的苦事了。

接着冬季到来；我们的晚宴竟又引出一些令人愉快但又出乎我的预料的后果，我的妻子多次应邀前去参加舞会；迫不得已我只好去打**埃卡尔泰** [①]，每当牌桌上有了不止七八个五法郎银币以后，在付款的时候，每次居然都少掉一枚银币。我承认此事使我深为恼火；我真是脸红一直红到耳根，仿佛我是这个罪犯似的。后来我又为我脸红而脸红；对我来说，同这些坏蛋玩牌与那些晚宴相比更是苦不堪言。

钢铁生意继续遇到可喜的机会。我是办事认真全力以赴的，用意是想在我这一生，不要再有第二次变换生涯之

---

① 埃卡尔泰是一种两人玩的纸牌赌博；两人对玩的 32 张牌牌戏，可以在入局前调牌，以垫牌为特色。

辱。有许多次我把一两张票面一千法郎的钞票藏到我房间的写字台里；我承认，我有这种稚气，怀着某种颇为自得的心情喜欢拿出这些钞票来看一看。我从来不曾有过这么多钱，而这钱是我创造出来的，做生意取得的净收益。我对自己说："这些钞票，是我赚来的，而且，从所有的迹象看，将来我还要把更多的钞票赚到手。"我这个人天性克己，我无意扩大我的投机买卖，我承认，我就像守财奴一样，只要两眼盯住这些可怜的一千法郎一张的钞票也就心满意足了。

我的妻子不久发现钞票还可以派用场。于是我们接连不断地宴请宾客，我们的社会关系从此大为扩展；我的妻子甚至说设法让我的部队任命我当一名副长官。有一天，她突然心血来潮，叫道：

"应当让到咱们家来的人讲出这样的话：'这些人是怎么搞的，就这样请人吃饭吗？当他们想到他们自己家里的家具用品并作出评价的时候，他们一定会感到很不自在。'"她还补充说："亲爱的朋友，应当承认，咱们的家具用物同你的社会地位相比是很不相称的。"

我很有几分不以为然；可是到最后，就在这一年，用在买家具上的钱不是两千法郎，而是七八千。我的岳父在我们的生意中收益占三分之二，赠与他的独养女儿三千法郎，这是实情。还有一点我忘记讲了：为使我们的寓所配得上我们的家具，我们占用了我岳父的住宅三楼整整一层。我们为

办进宅酒还举行了一次**趣味十分高雅**的庆会。

以下是我不幸丧妻一年半以后的事。由于我没有小孩，我有重返殖民地这样的想法。我的岳父知道此事之后，对我更是热情有加百般爱重了。有一天，他说，为了稍稍对我有所安慰，他拿出他亲笔签字的文书一纸，上面写道：鉴于我的工作与为人勤谨，准许将生意所得之一半收益归属于我。我的一个朋友，同时也是我岳父的友人，对我说，如果我听任这位不幸的老父陷入痛苦而不顾，那么我就是一个毫无心肝的人了。我没有立即回答，唯恐被看作是一个毫无心肝的人。而这个了不起的人物，他的健康状况的确是经不起波折，他对此很为焦虑，但对于他的女儿的死却是一点也不悲伤。

我们正是处在这样的情况下，有人出来对我提起再娶的事，所以，如前所述，我在那天夜里在沙托-多岗哨前面坐在椅子上，对所有这些想法认认真真谋划了整整一夜。我反复斟酌，分析了每一种情势；我十分严肃地问自己：譬如说，在哪个时期，把我们的家具换成新的，从桃花心木家具换成红木家具，我才算是幸福呢？

事情结果如何读者不难想见：在我的妻子死去还不到一年，对于她我是一个很不错的丈夫，一如她之于我也是一位卓越的妻子，因此，有一件事情我意识到了，首先对这一点我感到极其可耻：即在她死后，除去开始一段时间，真是痛不欲生，确实是可怕，但是自从我成为独自一人以后，我反而感到十分愉快幸福了。对于这一发现我觉得是太可耻了，因此这还是第一次我竟变成了一个不好的人，是虚伪的；所以两天以后，我几乎以一种几乎悲剧式的口吻向我的岳父申明，对于上天从我这里夺去的我所崇敬的妻子，我将忠贞不渝，了此一生。

他以一种十分平静的态度回答我说："若是这样的话，那就应该辞退奥古斯蒂娜，发给她五十埃居①赏金算了，另找一个更懂得管理家务的管家婆；因为事情不该再这样继续下去：每星期六给我床上铺的白床单，永远都是潮湿不干的。"

关于他的女儿，他又是只字不提。我看他这份愚骏，差一点没有叫我开口大笑，这样的话，我的悲伤也就给破坏了。

现在，我们有了一位在法国贵族院议员②府上干过的管家婆了，我开始照应我的岳父；那是再方便没有了，由我亲自来查看铺在他的床上的床单是否干透燥爽。

这个好人知道了这个情况以后，感动得涕泗滂沱，紧紧地抱住我。

"是不是答应我，"他对我说，"永远不要丢下你妻子的

----

① 埃居：法国十三世纪以来铸造的各种金币或银币，通常指五法郎的银币。
② 指波旁王朝复辟时期（1814—1830）法国贵族院议员。

不幸的老父？"

我一口应允，于是他甘愿毫无保留地开出一份证书，表示我不仅有权享有生意所得的收益的一半，而且倘若他先我而逝这种事情发生，如果我愿意的话，我就可以掌管现货与库存，以及全部商号的一切，据此相当于十万法郎的资财便可付与他在遗嘱中指定的那个人。

"那个人么，那就是你，我亲爱的菲力浦。"他对我说，那神态经常都是情深意切的。

但是我对这一切并不信以为真，我做买卖在他看来常常是过于大胆，又不得不稍稍逼他一下，强迫他同意我这么做，这种做法肯定是巴黎人的虚荣心所不容的。不过，我近来心里存有一个目的，我爱钱，我有这样的盘算眼看有两年了[①]。只要我岳父需要我，那么我就照料他；不过，我是阔起来了。如果我失去他，我就把商号抵押出去，到殖民地去。我可没有那种精神天天为些琐事操心费神，就像在巴黎理所当然事情必须那么办那样。看起来我会变得十分富有。一般说来做生意我是根本不喜欢的，尤其是做铁的生意，所以我一直是以一种十足的冷静态度去办事的。

[①]　19 岁动身去殖民地，
　　　6 年在殖民地生活，
　　　6 年结婚生活，
　　　2 年做鳏夫
　　　共计：33 岁。——司汤达原注

自从我父亲听说我已经成了生意上竞争一方的**首领人物**以后，他开始对我十分器重，如果我愿意，因为我也能够，有这份胆量爬上国民自卫军 ① 高级职位的话，那他一定会十分恭敬地来和我说话了。可是这种想法我一向是避之唯恐不及；我对别人并无所求，包括父亲在内，我只要求让我安安静静不要来打扰我，说不定到最后我还是要到殖民地去定居的，我觉得住在殖民地的人贤达明理很像是哲学家。这是抵制虚荣的愚蠢的壁垒，虚荣的愚蠢是我们这个世纪一大罪状，这种愚蠢强制人一年四季有三季出门必须头戴草帽、身穿平纹麻布男礼服。人们也许会说服装的自然与简朴发之于人们的行动。其实，依我看，幸福这种东西是有传染性的，我发现一个奴隶要比一个庇卡底 ② 的农民幸福得多。他得了病，有人供食，有人照料；他活在这个世界上无忧无虑，每天晚上尽管和情人去跳舞好了。一旦有人教他懂得，按照欧洲情况说他是不幸的，于是，这种幸福便告完结，这是千真万确的。奴隶解放，我本人是一分钟也不愿意拖延的 ③，我甚至对写出前面这句话不禁还感到懊悔；我的读者，

---

　　① 法国的国民自卫军（1789—1871），大革命中产生的带有民兵性质的武装组织，创建于 1789 年 7 月 13 日，次日参加攻打巴士底狱；大革命高潮时期，这支队伍在巴黎历次起义和镇压王党叛乱中曾起过重要作用；用红白蓝三色帽徽以区别配白色帽徽的正规军；1827 年查理第十解散了国民自卫军，1831 年路易-菲力浦重建；1871 年巴黎公社失败后，梯也尔政府于 8 月又强行解散。
　　② 庇卡底，法国旧省，在法国北部地区，今包括瓦兹省、索姆省、埃纳省，首府亚眠。
　　③ 法国废奴是在 1848 年共和国时期始告实现。——利托注

就请看看吧，根本不起作用啊！我只想对你说，生活在奴隶中间倒是让我丝毫也不会感觉到有什么不幸。就像其他许许多多事物一样，我认为，在我们这个地方，一般说是真实的，其实是十足的虚假。

我说的这些事，只能诉之于笔墨；否则，身处我的同道、这些有钱的人中间，我势必是要成为丧尽廉耻的人了；我的这些同道是很看得起我的；他们认为我是一个优秀人士，不过稍嫌有点愚笨就是了。倘若我有思想，倘若我的思想出之于口，我肯定在他们眼中就成了一个可怕的**雅各宾党人** [①]，**稳健派** [②] 之大敌，如此等等。

到马提尼克岛 [③] 终老，或者至少在我晚年到来之前到那个地方去住八年或者十年，这样的想法尽管还不曾完全定下来，却使我学会了**比较**。

一个星期前，我曾对自己这样说："我将来离开法国，也许一去不回，但是对法国我还无所知。"

我发现有一点我忘记说了，这就是在我结婚两年后，我们遭到里窝那 [④] 商号一次破产，其股息需按奥地利维也纳

[①] 雅各宾党人（即雅各宾派）：1789 年法国资产阶级大革命时期，有一个因会址设于巴黎雅各宾修道院而得名的政治组织：雅各宾俱乐部，其成员被称为雅各宾派。1791 年10 月 1 日的立法议会中，斐扬派（立宪君主派）构成右翼，吉伦特派代表左翼，而革命的资产阶级民主派的少数人集团雅各宾派（反对君主政权的资产阶级革命党人）则代表最左的一翼。

[②] 稳健派（juste milieu），指法王路易-菲力浦的中庸政府。

[③] 马提尼克岛，位于西印度群岛向风群岛中间，为法国的海外省。

[④] 意大利港口城市，濒临利古里亚海，在托斯卡纳区。

票值出清，这件事倒给我提供一个到意大利、奥地利和瑞士去看看的机会，又可避免我的妻子责怪我这种毫无意义的好奇心。

在意大利我选购了几幅油画。这种艺术爱好首先不过是一种安慰，不过，说真的，也是我能担负得起的惟一爱好，这种兴趣很快就占据了我的心灵，我的心灵这长久以来除了深深的痛苦心绪以外而不知有其他。我有这样的想法，如果我无节制地陷于悲伤，如果命运又不允许我们再相见的话，就会有人真把我当成一个死气沉沉的老朽了；这样的想法改变了我的整个生活。我的不容宽假的责任是在我妻子的老父身边代替他所失去的女儿，这是我早已深知了的。不过，R. 先生自幼即生长于商业圈子中，在这个世界上除了买进卖出以外他不知有什么幸福；所以必须不停地去经商，可是，命运拒绝给我心灵的幸福，偏偏对我只是赏赐发财致富的福乐。我没有孩子；我的岳父年事已高；如果不需要我再去照料他，那时，我认为我将有机会到环境优美的地方去住上一两年的，在那里我曾经一度有过那种无忧无虑快乐的青春时代。我对自己说："永远离开欧洲而不认识法国，那怎么行？我作为旅行经销商曾经为商务需要匆匆忙忙跑遍法国；我为什么不能从从容容仔细看看周围的一切去旅行一番呢？"但是我不是我的时间的主人；如果一旦我不在我岳父身边向他证明我们的买卖是获利的，他的老耄之年弄得他胆小怕事就会转变成为他的祸害了。

　　我自己的父亲见我富了起来，深自庆幸；他在一生最后十五年期间曾任众议院议员，并留给我若干处小块土地，约计值十五万法郎，同时也留给我八万法郎的债务负担。我的父亲是一个廉正不阿，为人严厉，以贫穷为荣的人物。

韦里耶尔，索镇附近 [1]

　　我在这里称**我**并非出于**自我主义** [2]，而是因为为叙述便捷，并且其他的表达方法也没有。我是商人；我为我的事务（钢铁贸易）奔走各省，同时我还想写一部旅行纪事。

　　有关在法国旅行的书尚属阙如，所以这就鼓励我也准备出版一部法国游记。我曾经有几个月的时间考察外省情况，所以我写了一本书；不过，对于我已经居住有二十年之久的巴黎，我不敢置一辞。认识巴黎是需要毕生从事的研究工作，而且还须有十分坚强有力的头脑以求避免让时下的风俗把事物的实质掩盖起来，事物的实质在这个国家现在比任何时候都更加具有真理的性质。

　　在路易十五 [3] 统治下，风俗是无所不能，威力很大的；

---

　　① 索镇，上塞纳省城市，在巴黎市南。韦里耶尔，在索镇南面，埃松省市镇。上塞纳省和埃松省均属巴黎地区。
　　② "自我主义"（Égotisme）是司汤达首先使用的一个词，从字面看系从英文引进，但实际上另有所谓。此处自我主义用于贬义，过于自爱之意，所以本书开宗明义第一句就表示作者不是"自我主义者"。这在书中多次申明，可于注意。
　　③ 路易十五（1710—1774），法国国王，1715—1774 年在位。

它曾经让人们处死拉利将军 ①，此人并没有什么大的过失，无非是为人粗暴，不甚可爱。在我们今天，这种风俗同样也可因拉利将军这样的罪名将一名年轻军官投入监狱。不过在路易十五时代获得真理毕竟也还不太困难：人们为了忘却二十几位作家——他们都是有才气又为论价而撒谎的人——制造的美妙词句，并不需要费多少气力。

在巴黎，人们是被包围在关于万事万物的现成观念之中的；可以说，人们很愿意让我们免除思考之苦，只想让我们有良好的言谈之乐。在外省人们被一种相反的不幸的事搞得很是不快。人们在一处很迷人的风景点，或中世纪以一种令人惊叹的方式描绘的古代遗迹旁边经过；那就好了！竟找不到一个人向你指点这里有什么值得看看的东西。外省人，假使他生活的地区算得上是美的，他就一律用一些夸张的内容空洞的词句吹上一通，那种词句完全是抄袭德·夏多布里昂先生浮夸词句的，而且是很糟的抄袭。反之，如果报纸上没有告诉他在他乡野的住宅一百步远的地方有一片富有魅力的风景，如果你问一问附近有没有什么可看的东西，这时，

---

① 托马-阿尔蒂尔·德·拉利伯爵，德·托朗达尔男爵 (1702—1766)，因在本地治里向英国人投降被处死。——利托注
译者按：本地治里，印度东南沿海的港口城市，十八世纪英法争夺之地，1816 年被法国全部占领，成为法国海外属地。拉利伯爵是法国将领，1758 年被派往印度，1760 年 1 月在印度文迪瓦什被英军打败，被围困后于 1761 年 1 月在本地治里投降，自行返回法国接受审判，被囚禁，于 1766 年被斩首处死。

他就回答你说：

　　"哎呀，先生！凭这些成材的树林搞上十万利弗尔 ① 收益一点也不费力呀！"

---

　① 利弗尔，法国古代的记账货币。

枫丹白露^①，一八三七年四月十日

我终于上路了。我是乘一部很好的偶然买到的四轮敞篷马车上路的；我惟一一个同行伙伴是忠诚的约瑟夫，约瑟夫恭恭敬敬向我提出，要求同意他和老爷一路上谈谈话，可是他很叫我厌烦。

韦里耶尔有一些美丽的树林，从韦里耶尔到埃索讷^②，我心目中出现的主要的观念完全是自我主义的，甚至属于极为平庸的一类。我想：如果我下一次乘坐自备马车出外旅行，应该带一个不懂法语的仆人才是。

我经过的地方丑陋无比；所看到的远天都是些乏味的灰暗的线条。近景呢，土地上看不到有什么丰美景象，树木发育不良，活生生地被砍伐过，砍下的枝条被当作一捆捆木柴；农人贫窭，穿着蓝布衣服；天气是很冷的！这就是我们

---

① 枫丹白露，法国北部城镇，距巴黎东南60公里，是著名的旅游胜地。有著名的城堡和森林，在塞纳-马恩省。
② 埃索讷，埃松省市镇。此处所述是从巴黎索镇、韦里耶尔出发走过的第一站。

所说的**美丽的法兰西**！我不得不对自己说："**她在精神上是**美丽的，她所取得的胜利曾经震惊世界；宇宙间有这样一个国家，人们凭着相互之间的活动使大家不那么不幸就是了。"但是，有得罪读者的危险，也必须承认，自然也并没有向法兰西北部这些人的灵魂注入幸福的泉源。

作为高级人物①——国王的贤明的政府是不准许富有者像在英国那样，蛮横无理强加于穷人的，也不准教士的蛮横无理与奢求施之于贫苦人，像在查理第十②时期那样。"所以，"我一面望着面前埃索讷这个地方，一面对自己说，"这里说不定是世界上政府对治下的百姓为恶较少的一个市镇，在通衢大道上给他们提供了最好的安全保障，当他们之间感到要发生纠纷的时候，还提供了公正。此外，政府还通过国民自卫军和那些高顶皮军帽们③让他们高兴高兴。"

我一路上听到半是乡下佬半是有产者谈话的那种声调，觉得还是通情达理的，态度也是冷静的；这种口气里面含有狡猾刻薄和嘲弄取笑，说明他们虽没有什么大痛苦，但缺乏深刻的感受。这种带有嘲讽意味的口气在意大利是听不到

---

① 指国王路易-菲力浦。事实上司汤达对这个国王的评价是完全不同的，在此他是避免给读者的印象似乎他的这本书是反对七月王朝的。——利托注。译者按：法王路易-菲力浦（1773—1850），1830年七月革命后登上王位，建立七月王朝，镇压工人和民主运动，1848年二月革命后逃亡英国。

② 查理第十（1757—1836），法国国王，1824—1830年在位，路易十六、十八之弟，登位后颁布反动法令，加强专制统治，1830年七月革命时出逃国外。

③ 指正规军队。

的；在那里所看到的是激情的发狂似的沉默，充满形象的语言，或辛辣的嘲讽。

我在我们埃索讷的客户那里停留了约一刻钟，目的是想证实上述观察；这位客户认为我在这里停下来，是为了向他显示我这次出行自备一部四轮敞篷马车。他请我喝了极好的啤酒，又很认真地把市镇选举情况给我作了介绍。上马车的时候，我还在想：这种选举的经验，在法国事实上今年方才开始，是不是也要迫使我们像美国一样也去向人民中的下层阶级讨好。如果真是这样，那么我立时就可以变成贵族阶级。我不愿意讨好任何人，比之于内阁部长，我更不愿意讨好老百姓。

我记得中世纪在女人方面对于胸脯显露不属时尚所准许的范围；有些女人不幸胸脯突现在外，就穿上紧身胸衣把它控制起来，尽可能把它隐藏遮掩。读者也许认为这种回顾迹近猥亵；我是不要用这种矫饰口吻和机智方式来说话的。上帝不许！不过我希望有说话用语的自由。我在二十秒钟之内可以物色找出迂回表达的美妙语句，但是明白确切的意思我却找不到适当的字眼。倘若这种说话的自由让读者觉得含有恶意，那么，我就请他合上本书不要再往下看吧；因为，我在商号、在和我的同行即有钱人士聚会的时候是何等慎重又是何等平庸乏味，同样道理，在晚上当我写日记的时候，我却要尽力保持单纯、自然。只要我在这里不是讲真话，那么愉悦之情就立即烟消云散，我就再也写不下去了。这真是毫无办法的事！

我们法国人的自由的轻忽的愉快情绪，我们法国人的精神气质会不会像美国费城那样，因为必须取悦粗野、迷信的小手工业者而被摧毁，都化为乌有呢？

民主能够战胜人的这种自然本性吗？人民所以高于良好的公司组织，就因为他们具有伟大的心灵活动；人民，他们是能够有慷慨豪放的激情的。而有教养的人却把他们有关自尊心的荣誉置于类似**罗贝尔·马凯尔** ① 那样的地位上了，这类现象真是太多太多了。他们说：大革命中没有捞到钱的大人物能有几人？

如果政府不是让平庸腐化的人〔**空字**〕② 而是允许某一个自认有才能的人把厌烦又没有钱到剧院看戏的人召集到教堂里去，不要多久，我们也会成为纽约人那样既狂热又愁闷的人；我能说什么呢？二十倍地狂热再加愁闷。我们没有什么特长，我们的特长就是将一切都推到极端。在爱丁堡 ③，有身份的小姐同青年人在高雅的交谈中只谈某某某讲道者、某某传教士的卓越表现、功德之类，而且人们还征引布道辞

---

① 在杜米埃的画中，罗贝尔·马凯尔已成为狡猾的坏蛋，阴险的骗子的典型。——利托注。译者按：杜米埃（1808—1879），法国画家，擅长讽刺漫画、石版画及雕塑，1832 年因漫画《高康大》讽刺国王而被捕入狱。

② 原稿此处留有空白。

③ 在苏格兰。

中某些片断。这也就是为什么我对我所憎恨的查理第十统治下的耶稣会教士① 反倒喜爱起来了。对人民犯的最大的罪行岂不就是剥夺他们每天夜晚到来之时所能得到的欢乐吗?

可爱的法兰西的这种粗犷我将看不到了;这种粗犷只有到一八六〇年才会获得人们的重视和欢呼。马罗②、蒙田③和拉伯雷④ 的祖国丧失了这种带有妙不可言的嘲讽、自由放任的、喜欢批评的、语出惊人的与英勇无畏和不知谨慎相并的自然精神,真是大可惋惜之事! 这种精神在人们交往中已经不再见到了,这种精神已经退避到巴黎街上放任的少年之中去了。伟大的上帝! 莫非我们将要变成为日内瓦人不成?

拿破仑在一八一四年就是在埃索讷被出卖的⑤。

在未曾到达枫丹白露之前,这里是仅有的值得人们认真看看风景的地方。这时,人们会突然看见塞纳河从大路两百尺⑥ 之下滚滚流过。河谷是在河左岸,自山顶沿山坡而下,树木成林,旅人是从山顶上走过的。不过,真是可叹!

---

① 耶稣会教士:1534 年西班牙教士罗耀拉 (1491—1556) 创立的天主教修会的成员,当时在欧洲"耶稣会教士"(Jésuite) 一词为"阴谋家"、"狡诈的人"的同义词。

② 马罗 (1496—1544),法国诗人,主要作品有讽刺诗《地狱》、诗集《克莱芒的青少年时代》等。

③ 蒙田 (1533—1592),法国作家、思想家,《随笔集》是其名作。

④ 拉伯雷 (1483—1553),法国人文主义作家,代表作为长篇小说《卡冈都亚和庞大固埃》。

⑤ 1814 年 3 月 30 日,法军马尔蒙元帅在巴黎城郊埃索讷投降,反法联军进入巴黎;拿破仑急忙赶回,3 月 31 日抵枫丹白露,他还不承认被打败,但他已被出卖、被抛弃了;4 月 6 日拿破仑最后屈从,表示同意退位,4 月 11 日签订了枫丹白露条约,4 月 20 日拿破仑被放逐至厄尔巴岛,帝国垮台。

⑥ 此处指古法尺,一法尺合 0.325 米。

生长两百年的老榆树在这里是看不到的，这种榆树在英国是很受敬重的。这种不愉快的事在法国比比皆是，普遍存在，自然风景给人的深刻感受因此也被剥夺了。农民只要看到一棵大树，他脑袋里想到的就是把树伐下卖六个路易①。

这天上午，从巴黎到埃索讷的大路上被几百名士兵占得满满的，他们穿着红色长裤，两人一排，三人一排，四人一排列队向前行进，或者分散开来在树下休息。这真叫我生气：这种行军方式就像是一群各自孤立的绵羊，看起来真是凄惨。让缺乏秩序的法国人养成什么习惯！在奥尔良公爵大人②举行婚礼之时，守卫在枫丹白露王宫的军队，只要有二十名哥萨克骑兵冲过来，就会溃不成军。

在快要到达埃索讷的地方，我正对着队伍前头走过，队伍停下来等待后面的人跟上，以便让队伍按照规矩开进城去。我看到镇上的少女听到军鼓声，欣喜若狂，都从家门里面跑了出来。年轻人一群群地站在街心；所有的人都望着队伍在村口朝巴黎方向站队排列整齐，因为大路异常宽阔，所以那边的情景人们可以看得清清楚楚。我不由得想起格雷特

---

① 路易，有路易十三头像的法国古金币，合二十法郎。
② 奥尔良公爵，费尔迪南（1810—1842），是路易-菲力浦的长子，1837年5月30日在枫丹白露与梅克伦堡的海伦·路易斯·伊丽莎白公主成婚。司汤达在写本书时，把他旅行的日期作了改动，他写军队竟在举行婚礼前五十天提来到枫丹白露，这一点他没有注意到。——利托注。译者按：对七月王朝凡有机会可加攻击，司汤达是决不放过，于此可见。

里 ① 的曲子：

> 除非是战士的骁勇善战
>
> 否则不会让美丽的姑娘心欢！

在法国这是千真万确的，这一点很令人赞叹；美丽的姑娘爱重那种不怕风险、不知谨慎的勇敢，而不是蒂雷纳 ② 或达武元帅 ③ 那种沉着、崇高的勇武。所有很有深度的东西在法国既不为人所理解，也得不到人们的赞赏；拿破仑对此十分了解；所以他的矫揉造作、他的喜剧式的风度使他在意大利公众面前变得很不得人心。

在枫丹白露里昂城旅馆，晚餐甚佳。这家旅馆很 snug④（幽静，待客殷勤热情），就像伦敦附近的 Box Hill（博克斯希尔）一样。

王家大路尽头的城堡我去看过了，但是大门紧紧关闭。很简单，人们都在忙着准备婚礼大典。我过去曾经编制枫丹白露财产清册 ⑤；那时曾有一位职员准许我以友好的态度去

---

① 格雷特里（1741—1813），比利时作曲家，代表作以歌剧《狮心王理查》（巴黎，1784）最负盛名。

② 蒂雷纳（1611—1675），法国元帅。

③ 达武（1770—1823），法国元帅，1790 年率军起义，参加法国大革命，后随拿破仑远征埃及，1812 年进军俄国，屡建战功，1815 年"百日政变"期间出任拿破仑的陆军大臣。

④ 英语："舒适的"。

⑤ 司汤达在拿破仑帝国时期曾任王室建筑与动产警察官，负责枫丹白露城堡动产的维护保养。——利托注

看看**白马**宫，其所以叫作**白马**，是因为卡特琳娜·德·美第奇①让人将马克-奥雷尔②在罗马卡匹托利山③上的朱庇特神殿的原作用石膏复制下来置放于此。意大利一位公主对艺术品是永远怀有深切的爱好的。这件仿制品在一六二六年被搬走了。设计建造这座宫殿那是在一五二九年，出自意大利波伦亚④的塞巴斯蒂亚诺·塞尔里奥⑤之手。

我在那里曾经用我心灵之目看了一组铜雕，这组铜雕是在一八八〇年安放在那里的，这就是拿破仑拥抱一个老兵向部队告别的场面⑥。

我还遇到过第四轻骑兵团，这是模范兵团。骑兵是很自豪的，因为他们是法国仅有的模范兵团，他们身上穿有肋状盘花纽的红色短上衣，还能穿上天蓝色的军裤。懂得在这些小地方赋予无限意义的军官们，真应当向他们致以敬意！我也看到过给一匹桀骜不驯的烈马钉马蹄铁的情景；有一个轻骑兵使出眼色就把这匹马给震慑住了，完全把它制服，让它老老实实一动不动。于是，一

---

① 卡特琳娜·德·美第奇（1519—1589），意大利佛罗伦萨人，法王亨利第二的王后，弗朗索瓦第二、查理第九、亨利第三的母亲，1560—1574年任摄政王，1572年8月24日屠杀胡格诺派教徒，制造了圣巴罗缪惨案。

② 马克-奥雷尔（121—180），古罗马皇帝，哲学家。

③ 古罗马城建于七座山丘之上，卡匹托利山为此七座山丘之一。

④ 意大利北部城市，艾米利亚-罗马涅区首府，历史名城。

⑤ 塞巴斯蒂亚诺·塞尔里奥（1475—1554），意大利建筑师、画家、理论家，古罗马建筑经他传播到法国，1540年法王弗朗索瓦第一聘请他担任建造枫丹白露宫的顾问。其代表作品：枫丹白露宫堡大门和昂西-勒弗朗克别墅。

⑥ 暗指1814年4月20日拿破仑和他的部队告别，动身去厄尔巴岛时的场面。

位轻骑兵给他的坐骑装上马鞍，他本人再穿上制服，跨上马去射击，前后不超过两分钟时间。

今天人们对现行体制的大人物中某一位已经讲得很不少了，他昨天还曾经向对他有所求的雇主说：

"饶了我吧！我的亲爱的，照眼下说来，别提了，别提了。这次君士坦丁远征军①对我来说正是悬在我头上的**贺雷修斯·科克莱斯之剑②**。"

城堡既然不能进去，所以我去找驿马去了。我本来很想看看据说保存得很好的普利马蒂乔③的某几幅绘画作品；这话说得不免夸大其辞。我们这种死板而又装腔作势的欣赏趣味又怎么可能与意大利人的质朴接近呢？其实我们的画家根本不懂得描画女人。些许无可奈何之情在我也一扫而尽了。

在伏尔泰式的小册子里，在《喧声报》④上登出的

---

① 七月王朝时，法国曾企图征服阿尔及利亚，但是法国军队在阿尔及利亚君士坦丁受挫，遇到强烈抵抗，直到1837年10月13日方才签降。《旅人札记》中多处暗示此次阿尔及利亚战争——利托注。译者按：君士坦丁，阿尔及利亚东北部城市，君士坦丁省省会，北非历史名城。

② 司汤达在这里嘲笑"现行体制的大人物"，可能是指七月王朝莫莱内阁陆军部部长西蒙·贝尔纳，此人将历史人物贺雷修斯·科克莱斯与达摩克利斯相混淆。误将悬在头上的达摩克利斯之剑说成是贺雷修斯·科克莱斯之剑。——利托注。译者按：达摩克利斯（公元前四世纪）是叙拉古僭主（大）狄奥尼修斯的谄臣，据说当他盛赞僭主洪福齐天时，僭主设宴，请他入席，而在他头上方用细线悬挂了一把出鞘的宝剑，故达摩克利斯之剑被喻为因身居高位而危险临头。贺雷修斯·科克莱斯是罗马神话中的一名英雄，曾把守台伯河上一座桥不让伊特鲁里亚军队通过。

③ 普利马蒂乔（1504—1570），意大利画家，雕塑家，室内装饰家，代表作有《尤利西斯和珀涅罗珀》。

④ 《喧声报》，1832年出版，资产阶级共和派报纸。

文章里面，当作者写得笔酣力畅的时候，我们也是**力所不及的**①。如那不勒斯王访问王家大图书馆（我相信是在一八三六年）时说："Ze voudrais bien m'en aller."（吾很想离开。）

所有德国、英国以至意大利的才智之士凑在一起，也不可能写出这样的文章来。何况保存一幅普利马蒂乔的壁画！这是另一回事。我们仍然是会被德国打败的。

枫丹白露城堡所选地点极其不妥，是在低洼地上。它仿佛是一本建筑辞典；应有尽有，就是不动人。枫丹白露的石山也令人啼笑皆非；就山形石态而言，除了成为时髦的那种夸张之外，别无所有。巴黎人在他的那种惊奇感受之下看不出什么来，目之所见不过是阿尔卑斯山脉一处两百尺高的一座山就是了。因此，生长着森林的土地也成了毫无意趣的了；不过生长着高达八十尺的参天树木的地方，林木森森一片，本是很动人的，非常美。这片森林有二十二里长，十八里宽。拿破仑在这片大森林中开辟大道长达三百里，在这些大道上可以骑马驰骋。他认为法国人是喜欢狩猎的国王的。

关于枫丹白露有两个掌故可以说一下：一是莫纳尔德

---

① 力所不及，司汤达原文用的是他创用的一个新词 inarrivable，来自意大利文 inarrivabili，本义是"达不到的"，司汤达文章中引用外语创立新词时有所见，但此词后来未见流行。

斯奇 ① 被勒贝尔神父害死的故事，勒贝尔神父自己后来忏悔讲了 ②，一是关于**拉儒瓦**修道院女院长怀孕的故事，这是她的父亲 A. 公爵在路易十四 ③ 小睡之时讲给他听的，这位父亲对他女儿任女修道院院长的那个修道院的名称是完全记不得了 ④。

莫纳尔德斯奇是很了解他所生活的那个时代和他所效忠的郡主的。执行克里斯蒂娜 ⑤ 的判决的三名卫士之一的宝剑，在这位可怜的不忠实的情人的脖子上砍下去都砍得变了形了；这是因为他平时身上都穿着重达九至十利弗尔 ⑥ 的锁子甲。

我真希望有那么一位警察局局长，真的，不时派人来检查我的证件，不要总是被迫地让军队行军：那样，我的生活就会更舒服一些；不过我是不值得什么的，我不是什么勇士，而且一听到有危险我脸就有点发白了。

---

① 莫纳尔德斯奇 (Giovanni Monaldeschi)，侯爵，出生于意大利奥尔韦托的一个贵族世家，他是瑞典女王克里斯蒂娜的骑术教师和情人，1657 年克里斯蒂娜让人在枫丹白露将他杀害。

② 见拉普拉斯《戏剧集》第四卷，第 139 页。——司汤达原注

③ 路易十四 (1638—1715)，法国国王，号"太阳王"，1643—1715 年在位，法王路易十三之子。

④ 见圣西蒙《回忆录》。——司汤达原注

⑤ 克里斯蒂娜 (1626—1689)，瑞典女王，1632—1654 年在位，因改奉天主教而逊位，学识渊博，酷爱艺术，首倡建立剧院，对欧洲文化有很大影响。

⑥ 一利弗尔相当于 490 克，当时法国各省亦不统一，亦有相当于 550 克或不到 400 克的。

蒙塔日①，四月十一日

一个无足轻重的小城镇。这个小城镇自从一八一四年以来已经装点得十分漂亮，它居然也能够享受到西哀士②、米拉波③、丹东④以及其他伟大人物所提倡的改革的好处了，现代侏儒们对这些大人物横加诬蔑目前是很时髦的事。在驿站旅馆晚饭吃得很好，旅馆内部陈设也很不错。整整一天，无礼的驿站马车夫一个也不曾遇到；我付出五十个苏⑤的代价：不少车夫骑马都不行，很叫我生气。我想：如果普鲁士兵在俄国人驱赶下进攻我们的话，大可叫人将这些驿车马夫征募去当兵。在出发之前，我到卢万

---

① 蒙塔日，在卢瓦雷省，卢万河畔。
② 西哀士（1748—1836），法国大革命时代活动家、天主教教士，1789 年当选为三级会议第三等级代表，参加起草《人权宣言》，1799 年拿破仑雾月十八日政变后为临时执政官之一，1816—1830 年波旁王朝复辟时流亡比利时。
③ 米拉波（1749—1791），法国大革命时期君主立宪派领袖之一，著名的演说家，著有《论暴政》。
④ 丹东（1759—1794），法国大革命时期的政治活动家，雅各宾派领袖之一，入选革命公会后试图调和吉伦特派和山岳派，后被处死。
⑤ 苏，法国辅币，一法郎合 20 苏。

河①与布里亚尔运河②沿岸的散步场去看了一看：不值一顾。

<hr />

① 卢万河，塞纳河的支流，全长 166 公里，发源于皮赛丘陵，流经蒙塔日、内穆尔，在下游塞纳–马恩省的莫雷汇入塞纳河。
② 布里亚尔运河，全长 56 公里，与卢万河相接连通卢瓦尔河与塞纳河，系卢万河运河的其中一条支流。1604—1642 年开凿的法国最古老的运河。

讷维①，四月十二日

在进入卢瓦尔河谷之前，我刚才所经过的是一处十分不愉快的地方。我相信这个地方人们称之为加蒂奈平原②。从布里亚尔开始，沿着延绵不断的肥沃的山坡上上下下走过来，所有坡地都向着卢瓦尔河延伸过去。为了达到这条大河，至少，大路就必须修在堤坝之上。

---

① 讷维，涅夫勒省市镇。
② 加蒂奈平原，巴黎盆地地区，东起博斯平原，北至塞纳河，包括荣纳省全部，南至皮赛丘陵和卢瓦尔河河谷。东加蒂奈平原在卢万河东岸，以养畜业（羊、家禽）为主，西加蒂奈平原是一个混作地区，养蜂业占主要地位。

科讷①，一八三七年四月十二日

　　渐渐接近卢瓦尔河的地方，可以看到树木开始发芽有了绿意，土地严重干旱的气氛也消失了，在加蒂奈平原一带，这种气氛很使我愁闷。我因为匆匆穿过卢瓦尔河岸上一个很大市镇，感到渴了；我在一家很脏的咖啡馆找到了水，那水是坏极了。应该买好八个像都灵装利口酒②的那种方形酒瓶，把它们放在旅客皮靴后跟后面的角落里。这样，酒有了，水也有了，每经过有泉水的地方还可以换上新鲜的清水。

　　我在科讷过夜，这是一个可厌的市镇，住的又是可憎的小旅馆；而且我还不能不去看看沿卢瓦尔河两岸的那些铁锚铸造厂。有人让我注意观察了这些铸锻厂围墙上河水泛滥留下的水迹，水位的增高迹象是惊人的。

　　我看到一座横跨在卢瓦尔河上的悬桥，可是我不知道

---

① 科讷，涅夫勒省市镇。
② 利口酒即甜烧酒。

为什么，这座桥真可说是这一带地方上的最丑陋最难看的东西。法国人有些想法真是滑稽可笑。说不定建筑这座桥的工程师的领带高高顶在颔下，这样一来就提供给他一种自满自足的神气；说不定他还因为别的严重的过失把这个小城镇有产者的虚荣心给伤害了。桥的拱形洞上的桥面木板有一天脱落下来，因为支着**桥面板的拱脚柱**断裂开来，于是有三个行人跌到河中。所以应该选用拉罗什昂香巴尼地区 ① 产的铁；说不定有人一不小心用了贝里地区 ② 产的劣质铁。尽管如此，人们也不可能预料到铁的这种时弊：哪怕是锻造得再好不过的铁杠也会一下子突然断裂。难道这是雷电的作用？

这座桥不是时兴的式样，是通到卢瓦尔河中一个小岛上面去的。卢瓦尔河居然有这许多岛屿，十分可笑：对一条体体面面的河流来说，有一座岛屿作为例外未始不可；但是，对卢瓦尔河来说，岛屿层出不穷，已成了常规，以致这条长河总是被分割成为支流两条三条，到处都是水源缺乏。所以通过这座倒霉的桥上的那条通道横贯一座岛屿，这座河上的岛屿本应是十分美丽动人的，但是岛上却没有树木。有人认为就是这座桥使得附近许多人情绪恶劣。这可以说就是外省的不幸了：**沾染了恶劣情绪**。在殖民地人们是不会沾染不好的情绪的。

---

① 拉罗什昂香巴尼地区，在法国东北部的介于洛林高原和巴黎盆地之间的香槟地区。
② 贝里地区，法国旧省，1790年上贝里并入歇尔省，下贝里并入安德尔省。

为使我这样的想法充实起来，我走进一位女杂货商的小商店，我买了一些葡萄干。这时有一个面目愚蠢的农民，身上穿着蓝帆布衣服，从桥上走过，女杂货商告诉我说这个人一年只吃八次肉；通常他靠吃奶酪活命。在收获季节干重活，农民们才喝一些**劣等酒**；这种酒就是把刚从压榨机压出的葡萄渣发酵制成的烧酒兑上水喝；我们的人很自豪地宁可喝这种酒，也不喜欢比利时和苏格兰酿制的那种烧酒！

　　比较而言，黑人是幸福的。他们吃得很好，而且每天晚上都和他们的情人跳舞。这些农民，是这样的朴素，**过渡**成为军人应该是欣喜欲狂的；但是事实并非如此：他们的精神状态所达到的高度局限在他们体魄所达到的高度；当他们抽签抽到的号头预兆不佳，这时最不幸的农民就成了最没有希望的了。不过，半年过去以后，他们在宿营的时候，居然也大唱其军歌了①。

---

①　见德国人写的有关征服君士坦丁的极其卓越的记载，斯帕泽埃先生译。——司汤达原注

拉沙里泰[①]，四月十三日

　　我是乘马车快步驰过拉沙里泰这个小城的，这时，我的四轮敞篷马车的车轴突然断了，这是为了惩罚我今天早上关于铁的这种时弊想得太多了。这是我的错：我曾经决定，如果我自己有一部四轮敞篷马车的话，我就要亲自监视叫人打造出由六条富尔瓦里产的软铁条[②]打出来的一条好车轴。

　　约瑟夫气恼无比，他这么大发雷霆我心里倒觉得他可笑，我反而一点气也没有。如果这种倒霉的事发生在这个叫作加蒂奈平原的鬼地方荒无人烟的大路之上，啊！那倒是有值得骂人的理由的。站在我们四周的都是靠吃奶酪生活的农民，那我们将会怎么样？又怎么把车子运到邻近的铁匠作坊去？我查看了我这个车轴上面铁的断面颗粒；颗粒已经**变得粗大疏松**，显然轴使用时间已经为时过久。铁匠的手艺，我也查验了，我对这个人是满意的。于是我二话没说叫人拿四

[①]　拉沙里泰，涅夫勒省城市，城中著名的圣十字圣母教堂，始建于十一世纪。
[②]　即有韧性的不易断裂的铁条。

瓶酒到铁匠作坊，正好送给这样几个工人喝，这样一来，他们都对我抱有好感，而且我从他们眼色中就可以看得出来。立时，就在我的指挥下，他们干起活来了。

　　幸而旅馆是很好的，很 snug（舒适的）。但是在拉沙里泰这地方，能做些什么呢？我到格拉塞先生的办事处去看了看，格拉塞先生是一位受过教育又对中世纪古迹保存十分热心的人。有人说**拉沙里泰**这个名称出自圣伯努瓦①的某些个修士，这些修士过去在他们自己的住地专事收留旅人，对此我十分怀疑。他们收留修道士和朝圣的人是可能的。拉沙里泰的教堂很大，也很美；教堂是一二一六年菲利普-奥古斯特②所修建。教堂内的祭坛与教堂的正面建筑是其中惟一令人感兴趣的部分。刚才我用去两个小时到那里去细细看过，我的折断了的车轴和为此而发怒这些事我根本想也不去想了。

　　教堂目前的形态是十字架形或**拉丁十字**③形。教堂的大殿和侧道都是经过修复的，原有的特点已不复存在；唯有祭坛与建筑正面还可以看到菲利普-奥古斯特统治时期的艺术面貌。大多数拱券是尖形拱，不过有时也可以看到有罗马

---

　　① 圣伯努瓦，卢瓦雷省市镇。
　　② 菲利普-奥古斯特（Philippe-Auguste, 1165—1223），法国国王，1180—1223 年在位，法王路易第七之子。
　　③ 拉丁十字即长十字，直长于横。

式①的半圆形拱：祭坛四周与侧道分开的圆柱，却是**罗曼式的**；显而易见，这些圆柱是在一〇五六年②建造的。这些圆柱有着某些科林斯式柱③的优美雅致的遗迹。

……

---

① 罗马式教堂，十世纪末至十二世纪流行于欧洲的罗马式建筑式样的教堂，起源于罗马，特点是圆屋顶，弧形拱门和厚墙；十一、十二世纪是罗马式艺术在法国形成、繁荣的时期。法国代表作有：佩里戈的圣佛隆教堂、图卢兹的圣塞南教堂等；德国代表作有美因兹大教堂；意大利代表作有：威尼斯的圣马可大教堂、米兰的圣安布罗乔教堂、帕维亚的圣米凯列教堂和佛罗伦萨主教堂等。
② 系指法国卡佩王朝国王亨利第一（1008—1060）统治时期建造的。法王亨利第一，1026—1060 年在位。
③ 科林斯式柱，产生于希腊本土南部的科林斯地区，柱头由带忍冬草的叶片组成雕刻装饰，宛如一个花篮，系希腊柱型中最华丽者。

《意大利绘画史》导言^①

① 本文译自法国 1968 年迪旺版司汤达全集本《意大利绘画史》，亨利·马尔蒂诺编注。

你们知道，公元四〇〇年时，德意志与俄罗斯地区居民，即史书上记载的最自由、最无畏、最为残暴的人群，曾决定迁徙到法兰西和意大利地区定居[①]。

他们的性格特征是这样的：

在波莫瑞湾[②]沿海一带，丹麦国王哈拉尔德曾经建成一座城市，称做朱林（Julin）或朱姆斯堡（Jomsbourg）。国王曾派出一批丹麦青年作为移民，由他手下一名军人帕尔纳-托克率领前往。

据历史记载，这位长官在当地严禁有人讲出畏惧害怕这样的说法，即身处危境也不许说怕。作为朱姆斯堡的公民，强敌当前，寡不敌众，也决不屈服；他必须英勇作战，

---

① 参见塔西佗、罗伯逊、马莱著作。——司汤达原注
　　译者按：塔西佗（约55—120），古罗马历史学家；罗伯逊（1721—1793），十八世纪苏格兰历史学家；马莱（1730—1807），瑞士历史学家，著有《直至1669年的丹麦史》《瑞士人或古赫尔维西亚人史》（1803）等。
② 波罗的海沿德国与波兰交界处海域称波莫瑞湾。

决不后退，面对死亡，也在所不计。

有几个朱姆斯堡年轻战士曾侵入势力强大的挪威领土名叫哈铿的领地，他们被发现了，虽然经过顽强抵抗，最后还是被制服。

最高贵的人成了阶下囚，按照当时的惯例，胜利者仍须将他们处死。

这一消息传到他们耳中，非但丝毫没有引起痛苦，反而成为他们快慰的理由；第一个开口发言的人，面不改色，毫无畏惧地说："为什么我的父亲遇到的事我就不该遇到？他已经死了，我也只有一死。"一个名叫托尔奇勒的战士质问第二个人，问他对此有什么想法，他回答说，朱林的法律他十分清楚，他决不会说出任何让敌人高兴的话。托尔奇勒在他们面前把第一个人的头一刀砍下。第三个人对同一问题的回答是，光荣地死去只觉幸福，宁愿接受这样的命运，也决不像托尔奇勒那样无耻地活在人世。

第四个人的回答说得长一些，说得更为出奇："我情愿一死，这是我最愉快的时刻；我仅仅要求，"他向托尔奇勒提出要求，"尽可能爽爽快快一刀砍下我的脑袋，因为这是我们在朱林经常讨论的一个问题，我们要弄清砍掉脑袋人是不是还有感觉，所以我手上拿着这把刀：如果脑袋砍掉我手上这把刀也砍向你，这就表明我并没有完全丧失感觉；如果刀从手中跌落，证明事情恰好相反。快动手吧，看问题怎么解决。"据史家称，托尔奇勒一刀砍下他的脑袋，他的刀就脱手落到地上了。第五个人同样表现得沉着冷静，在对敌人的嘲笑中死去。第六个人要求托尔奇勒打他的脸。"我决不动一动，你看我眼睛是不是闪动闭上；我们在朱姆斯堡，就是一下打死，我们也决不动一动，这是习惯。"他死了，没有食言。第七个人是一个风华正茂无比俊美的青年；他长长的金发一缕缕飘拂在他的肩上。托尔奇勒问他是不是怕死，他说："我甘愿受死，活在世上，我已尽到最主要的职责，因为我已经眼见他们死去，所以我决不能活在世上；惟一的要求是不要叫奴隶碰我的头发，不要让我的血染污我的头发。"

北方的战士还有另一项庄严的准则需要坚持：他们必须是自由人；不过，他们一旦真的占领法兰西和意大利，被征服者就要像畜群一样被他们瓜分，因此再看到的便只有专制君主和奴隶了。不幸的欧洲大陆，正义、美德、安定就消失得无影无踪了。

蛮人统治欧洲长达五个世纪之久，从十一世纪开始，封建社会成为恐怖、暴虐、于法不公的网罗遍及各地，因此，不论专制君主还是奴隶都渴望变革。美洲野蛮人的生活固然悲惨艰辛，也让他们羡慕，这不是没有道理的。

到公元九〇〇年，意大利有关城市利用其沿海地位尝试与埃及亚历山大港和君士坦丁堡进行贸易。在意大利人中所有权观念一经产生，古代罗马人那种热爱自由的热情就表现出来了。这种热爱自由的感情因财富增殖进一步得到加强，你们知道，在十二、十三世纪，欧洲商业贸易全部是掌握在伦巴第人手中的（一一五〇年）。他们在域外致富之时，在他们的国土上，共和政体有如雨后春笋一般纷纷出现。

意大利人这种远见卓识应归功于历任教皇。共和精神是由这类教皇传播开来的。意大利各城市的商人深知仅仅聚敛财富徒劳无益，因为在他们头上还有一个专事剥夺财富的主宰。

在中世纪，一如我们今日，有了力量就可以形成各种权力；不过在我们今日，权势总在设法为其行为求得一个正义的外表。只有**正义**观念一千年以来在有权势的封建贵族头脑中是似有若无的，在寒冬漫长的当日，他们幽闭在他们的城堡中，有时对此也敢于有所思虑。而处于未开化状态中的人民大众每天所想无非是获得生存所必需的食物。教皇的权能有赖于某种观念的权能，因此他们在卑微的未开化人中间势必要在这艰难人世上扮演某种角色发挥某种作用。在这里和在其他地方一样，不能成为一个精明能干的人就只有灭亡，所以有才能的人从需要中就被培养出来了。中世纪为数众多的教皇无不是出类拔萃的人物。

人们看到，在这方面，与宗教，与最强烈的道德理性并不相关。他们能够不需借助体力就制服只知以强力进行统治的野兽：这是他们伟大之处。

为使自身富有并拥有权势，他们只需确定有那么一个地狱存在就行了，谁犯有某类错误，就要被打下地狱，而他们有权可以消弭这类错误。宗教无非是用来讲明其中的道理就是了。

我们今天嘲笑修道士到小酒馆去推销赎罪券；向修道士赎罪的人追问后果如何，这样做实无必要。一项杀人罪获得赦免价值二十埃居^①。城邦的大贵人需要摆脱一二十个极难对付的居民，花费四百埃居即可，他的赎罪券就装在他的口袋里，砍掉他们的脑袋用不着担心下地狱。这种情况是怎么发生的呢？出卖赎罪券的人在人世上难道无权进行**约束或解除约束^②**？施行赦免的神父可能有误；但对于接受此项赦免的人来说，却是有效的，否则天主教就不可能存在。意大利各共和国种种血淋淋、懔悍勇猛的习俗都应归功于对悔罪圣事与赎罪圣事的坚定信仰。与此类同，还存在着一些较为可喜的赎罪方式，这就是你们将看到的艺术的复兴。

在意大利，每一年都可看到一个城邦被置于暴君统治之下，或者一个暴君从他的城堡被驱逐出去。新诞生的共和政体或不稳定的专制政体，都需要与富有的人士交好，这就

---

① 参阅罗伯逊。——司汤达原注
② "尽管我杀人众多，上帝的代理人根据他的法律的权威性已经赦免了。"本维努托·切利尼（Benvenuto Cellini）在 1538 年临死前向我反省时曾经这样说过（《切利尼传》，卷Ⅰ，第 417 页，古典丛书版）。——司汤达原注

是在艺术兴起之前两三个世纪当中所有城市都存在的那种政体，这种政治制度提供了一种独特的文化体系。富有人士的热情受到闲暇、富裕和气候环境的刺激，只有公众舆论与宗教才能对之加以约束。不过这两种约束在前一种尚未出现之时，第二种约束由于收买赎罪券和受雇的听忏悔神父这种现象就已经趋于消亡了。以我们今日冷冰冰的体验去要求震撼意大利人心灵如同急风骤雨那种形象，那是无济于事的。咆哮的雄狮从林中一跃而起，驯化的恶劣状态它是决不接受的。要想看到它睥睨豪迈的雄姿，就需深入意大利南部卡拉布里亚地区①。

南方种族的神经组成使他们对地狱苦难的感受异常强烈。对于他们认为是神圣的人或事，他们的慷慨大度是无法加以限制的。

这就是意大利艺术闪射出非凡的光辉的第三个因素。那当然是一个富裕、充满激情、非常宗教性的民族。一系列绝无仅有的偶然因素就这样促使这一个民族诞生，并使这个民族对于展现在画布上的某些色彩获得极其强烈的快感。

柏拉图说："故乡对克里特人是一个多么亲切的名词。"同样，对阿尔卑斯山另一侧的人来说，美也是一个如此亲切的名词。经历了三个世纪的苦难，无比可怕的三百

---

① 十三世纪的意大利人与现在的科布尔王国的阿富汗族人完全相似。——司汤达原注

年，衰落的年代，人们在别处绝听不到而只有在意大利才能听到的这样的话语："啊，上帝，多么美啊！（O Dio, com'è bello！）"①

在欧洲，古代的光辉已告消失。十字军带往东方的传教士，从君士坦丁堡的希腊人和阿拉伯人那里获得某些观念，希腊人与阿拉伯人是精明智巧的民族，说他们的知识建立在感受敏锐之上，不如说是建立在观察的真实确切之上。这样，我们就触及经院哲学了，对此今人是嗤之以鼻的；但神学也未必比其他哲学更为荒谬，为了解十三世纪修道士所理解的神学，仍需具备脑力，某种程度的注意力、洞察力以及记忆的本领，对之不屑一顾的哲学家对他们来说这恐怕就是不可同日而语的了，对上述一切采取嘲笑态度在当前是十分盛行的。中世纪末期这种教育究竟如何，最好还是采取分析的态度，这种教育的教学内容固然不免荒唐可笑，但它能够强制学生专心致志用功学习②，因此有助于惊人的事物出现，历史表明：十六世纪一系列伟大人物曾经在世界舞台上演出过轰轰烈烈的场面。

这一奇观在意大利曾有辉煌的表现。谁有勇气研究各

————————

① 这种以爱和宗教为基础的出自激情的风习世界上还有一个小小角落依然存在；那种处于自然状态下的风习人们还可能看到；不过必须亲去亚速尔群岛（见 *History of the Azors,* 伦敦，1813 年版）。——司汤达原注

② 如不是对这样的学生有着明确的看法，也许就根本无话可说，神学与各种无谓的知识在自然界毫无着落，与棋艺相似；错误就在于认定弈棋艺术等同于战争艺术，手持棋盘将兵卒带上战场；为了将军取胜，必须玩出一套奥妙无穷的招数。——司汤达原注

共和国在这片土地上在文明复兴初始之时对自由的追求，就一定会对这些人物的非凡天赋大加赞颂，尽管当时他们确实做错了，但仍然是人类精神最为崇高的追求，这是毫无疑义的。这种可贵的政体形式由此终于被发现；不过，从王权夺得英格兰政体的那些人，我敢说，在才能上、力量上以及在真正独创性上都远不如但丁贬入地狱的那三四十位暴君，在公元一三〇〇年，这些暴君与但丁原本生活在同一个时代 [1]。

在所有的艺术样式中，艺术作品的价值与工匠的作品的价值并不相同。我可以毫无困难地说，十三世纪最著名的画家的作品也无法与我们乡间地摊上列出的彩色版画相比，农民买去版画是为了对着这些画匍伏膜拜。即使是微不足道的修辞学学生其影响之深远也会超过教士絮热或学者阿贝拉尔对我们的影响。据此是否我能得出结论认为十九世纪的小学生比十二世纪最著名的人物天分要高？在那个时代，许多非同寻常的事实历史已有展示，它留下的引人注目的纪念物便是拉斐尔的绘画和阿里奥斯托的诗。在统治艺术方面，最使一般人为之侧目的是这样一些人物，因为一般人所赞颂的人物就是让他们畏惧的人物；建立强权并加以领导，在十六世纪并没有发生这样的情况。这是因为一个非凡人物，他的

---

[1] 古列尔米诺主教、乌盖科奇奥纳·德拉法焦拉、卡斯特鲁齐奥·卡斯特拉卡尼、彼尔·萨科纳、尼科洛·阿怡约利、德·维尔图伯爵，(L'évêque Guglielmino, Ugcocione della Faggiola, Castruccio Castracani, Pier Sacone, Nicolo Acciajoli, le comte de Virtu) 等等。——司汤达原注（皆为当时专制君主）

光荣是由许多其他非凡人物所共同形成的，他不过是见容于其他同样强有力的人物罢了。

试看拿破仑在欧洲的影响。为公正对待这样一个人物性格中的伟大性，请注意：他介入世界事务之时，十八世纪各国统治者无不沉陷于碌碌无能状态，毫无起色。

你看到的是人民大众出自振奋、热烈心灵的赞美如何形成为法国皇帝的伟力；不妨设想将查理五世、尤利奥斯二世、恺撒·博尔吉亚、斯福尔扎家族、亚历山大六世、洛朗佐·德·美第奇和科斯莫·德·美第奇①这些人物放在日耳曼、意大利和西班牙的王位上，并给他们配备如莫龙、希梅内斯、贡扎尔弗·德·科尔杜、普罗斯佩·科洛纳、阿奇阿尤利、皮奇尼诺、卡波尼这样的内阁大臣，请再看看拿破仑雄鹰，同样还要在莫斯科、马德里、那不勒斯、维也纳和柏林上空轻捷翱翔。

如果今世的君主对其美德善行深自为荣，并以一种目空一切的眼光看待中世纪的小暴君，那么，我就想对他们说：

---

① 查理五世 (1500—1558)，神圣罗马帝国皇帝，1519—1556 年在位，亚历山大六世 (1431—1513)，西班牙籍教皇，出身贵族，极端荒淫；恺撒·博尔吉亚 (1475—1507)，亚历山大六世的私生子，曾任巴伦西亚大主教、枢机主教等职；斯福尔扎系米兰公爵，文艺保护人；尤利奥斯二世 (1443—1503)，他武力恢复教皇国，致力于政教合一，鼓励艺术创作；科斯莫·德·美第奇 (1389—1464)，意大利银行家，文艺保护人，由他开始形成美第奇家族对佛罗伦萨的统治，创建美第奇图书馆；洛朗佐·德·美第奇 (1449—1492)，系科斯莫·德·美第奇的孙子。《意大利绘画史》1817 年 7 月初版，此时拿破仑已垮台。

"你们如此自豪的美德善行不过是个人一己的德行。作为国君，你们是毫无价值的；相反，意大利的专制君主当然有个人的缺陷，但是在公共事务方面却真有美德善行。这样的人物给历史提供了某些可非议的逸事，但为历史免去讲述两千万人残酷死亡的事迹。不幸的路易十六为什么不能给人民提供一部很好的一八一四年宪法①？"我还要说："人们向我们历数这类微不足道的美德善行如此傲然自得，也是不得已而为之。亚历山大六世那样的恶行只需一天时间就可能把你们推下王位。须知，贪求绝对权力的人必是一个弱者，还是请热爱宪法吧，厄运当头，切切不可大意。"

我所维护的这些暴君，他们没有一个人给人民提供一部宪法；除去这一缺陷外②，人们对米兰的斯福尔扎家族、波伦亚的本蒂沃利奥家族、米兰多拉的皮克家族、维罗纳的凯内家族、腊万纳的波朗蒂尼家族、法恩扎的曼弗雷迪家族、伊莫拉的里阿里奥家族出色的天才人物，对他们许多方面的表现和他们的气魄仍然赞美不已。这些人物与亚历山大、成吉思汗一类人物相比也许更为惊人，他们为掠夺土地，采取的手段层出不穷。他们所缺少的不过是亚历山大接下腓力普医师酒杯的那种气度。还有一个亚历山大，相比之

---

① 杜塞（Doucet）所载本书样本，这句话司汤达略有改动："路易十六为什么没有提供一部宪法……？"（迪旺版司汤达全集本马尔蒂诺注）
② Temporum culpa, non hominum。——司汤达原注

下，胸怀气度也不如前者，但仍不失其为伟大人物，这个亚历山大有一次他的儿子恺撒请求他对帕戈洛·维泰利善加看待，他听后不禁开怀大笑，原来这位贵人帕戈洛·维泰利是恺撒的宿敌，恺撒曾许下神圣诺言，要他在格拉维纳公爵陪同下一起前来参加西尼加利亚会谈。信号发出，公爵和帕戈洛·维泰利二人被匕首击中让人推到他的脚下；维泰利临死前请求恺撒务必为他向他的父亲教皇和他的同谋者请求给予他们弥留时（in articulo mortis）的赦免。还有法恩扎的贵人，年轻的阿斯托尔，他是以其美貌闻名于世的；他迫不得已侍奉博尔吉亚寻欢作乐；有人把他带去参见教皇亚历山大，教皇就把他活活地绞死了。我看你在发抖；你在诅咒意大利；难道你忘了，有骑士美名的弗朗索瓦一世不是也犯有同样残酷的罪行？①

恺撒·博尔吉亚是他那个时代的一个代表性人物，他曾物色到一位与他的思想相同的历史学家，他为了嘲笑老百姓的愚骏却培育了这位历史家的心灵。列奥纳多·达·芬奇一度也曾担任他军中的总工程师。

非凡的才智，迷信，无神论观念，假面舞会，设毒杀人②，谋杀，既有伟大的人物，也有无数精明欺诈但又不走运的恶棍，还有表现在凶残暴虐中的狂热激情：这就是十五

① 如奥佩德院长大人（M. le président d'Oppède）。——司汤达原注
② 见伏尔泰《论文集》，卷V。——司汤达原注

世纪。

　　这就是史书中记述的一些人物；无疑也是一些特立独行的人物，只是命运吝于为他们提供机遇，无法与王公相比拟。

　　可否从历史的高度下降到私人生活的细节方面去看一看？首先请将关注社会公益那些冷冰冰的大道理暂放一放。这些大道理遇到一个英国人用一整天时间也谈不完。虚荣之心是不会借琐细小事来消磨时间的；享乐之心人皆有之。有关生活的学说丝毫未见有什么进步；忧郁沉闷的民族只有火热激情和血淋淋的灾祸才能充作梦想的食粮。

　　不妨读一读本维努托·切利尼的忏悔录，这是一部真诚质朴的书，可说是切利尼那个时代的圣西蒙回忆录；这部书鲜为人知，因为书中的语言单纯朴素，而内容却十分深刻，与玩弄辞藻的文人是根本对立的①。他在书中写有不少动人的段落，如与一位名叫波尔齐亚·基吉的罗马贵妇人②发生关系的一节；这一部分记述，文笔优美，直率自然，可与卢梭在都灵遇到那位年轻女商人巴齐尔夫人一段③相媲美。

　　薄伽丘的《十日谈》，人们是熟知的。文笔仿效西塞

―――――――――――――――

① 如 W. 罗斯科（W. Roscoe）以及其他更为著名的人士。——司汤达原注
② 见《切利尼传》，卷Ⅰ，第 55 页。——司汤达原注
③ 见《忏悔录》，卷Ⅱ。——司汤达原注

罗，不免乏味；但对那个时代的风俗有忠实的描绘。马基雅弗利的喜剧《曼陀罗花》，可说是远在天上闪耀着光辉；此人在精神上与莫里哀相比似乎缺少一点欢快情绪。

让我们随便拿一本十六世纪的趣闻逸事集来读一读吧。

以上种种，十五世纪与十六世纪并无不同；绘画中的杰作兴起于十六世纪初，十五世纪的风尚此时仍然居于支配地位①。

科斯莫一世在一些大画家出现后不久开始统治佛罗伦萨，他是他那个时代最为幸运的君主；时至今日，对他的不幸人们可能仍然抱以同情。一五四二年四月十四日，他生下一个女儿名叫玛丽，玛丽长大后，有着罕见的美貌，成为美第奇家族一颗璀璨的明珠。她父亲的一个侍从，青年马拉泰斯蒂·德·里米疯狂地爱上她了。有一个名叫梅迪阿姆的西班牙老人负责护卫公主，有一天清晨，他发现他们两人就像普赛克与爱神雕像②那样拥抱在一起。

美丽的玛丽因此被毒死；马拉泰斯蒂被投入监牢，严加看守，经过十二年或十五年之后，他才脱逃而去。他本来已经到达康迪岛，他父亲曾为威尼斯管辖此地；竟死于刺客的刀下。这就是那个时代的荣誉观，这种残酷的荣誉观念已

---

① 非常奇怪的现象！温和的君主一经取代嗜血成性的小暴君，意大利的辉煌时代便告结束。——司汤达原注

② 在前拿破仑美术馆。——司汤达原注

取代共和政体的所谓"道德",这种荣誉观无非是虚荣与豪勇的一种可憎的混合物。

科斯莫的第二个女儿嫁与德·弗拉尔·阿尔方索公爵;她和她的姐姐一样,美丽异常,她的命运也和她一样:她的丈夫让她用匕首自戕而死。

她们的母亲大公夫人埃莱奥诺尔远远躲到比萨她的美丽的园林中,把痛苦深深埋藏在心底;她在这里与她两个儿子一起生活,一个是唐·加尔齐亚,一个是一五六二年一月成为枢机主教的约安·德·美第奇。两兄弟在一次打猎中为争夺亲手杀死一头狍,唐·加尔齐亚竟将他的兄弟杀死。大公夫人十分宠爱这个孩子,对他的罪行惊恐万分,失望到了极点,最后也只有宽恕。她本来指望丈夫也和她一样抱有相同的意念;但这一罪行未免过于触目惊心。科斯莫一见到凶手,怒不可遏,大叫他的家庭决不允许出一个该隐,一剑将儿子刺死。最后母亲与两个儿子一起送入坟墓。科斯莫以其豪勇机敏对这件事给以排遣,他需要借此来消解内心对自由的渴望①。这一点他是做到了,可是他的另一个儿子弗朗索瓦大公对于王位淡然处之,因此只能一心沉溺于逸乐。

弗朗索瓦大公之死的故事确实十分奇特,他情愿让爱

---

① 佛罗伦萨也有佛罗伦萨的小加图,这就是菲利波·斯特罗齐,1539年。——司汤达原注

译者按:小加图(公元前95—前46),大加图之曾孙,斯多噶派哲学信徒。他支持元老院共和派,反对恺撒和喀提林,后因共和军战败而自杀。

他的那个女人将他置于死地。

一五六三年，在佛罗伦萨有一个招人喜爱但没有财产的青年彼得罗·博纳旺图里，离家外出寻求好运。他到了威尼斯，在他的同乡一个商人家里安顿下来，商人住家恰好在卡佩洛王府后面小巷中。卡佩洛王府按照惯例建筑正面朝向运河。这时城内到处称传卡佩洛王府主人的女儿比安卡之美，以及对她看管之严。

比安卡被禁止以任何借口出现在运河一侧的窗口上；作为补偿，她只能在夜晚到楼上最高处一个小窗前透透空气。小窗恰好对着博纳旺图里居住的那个小巷。博纳旺图里一见到比安卡，立即爱上她了；如何得到她的爱？一个贫穷商贩妄想得到第一等贵族的千金，而且是威尼斯人们竞相追求的对象！他想这种虚妄的热情还是打消为好。可是爱情不停地把他引到小窗之下。他有一个朋友，见他灰心绝望，对他说，与其像傻瓜那样毁去，不如冒死追求幸福；何况他面貌美好，虽然为父者如此专制，狂情热爱表白出来也有可能争得胜利。

街上无人，彼得罗急切做出各种手势，表示他一片赤诚热爱心意；但叩开这极其高傲人家的大门那简直是妄想。这就和东方一样，任何尝试都将招致死亡的惩罚，这两个情人也不能幸免。紧迫的要求竟让他们创造出一种语言，急切的要求竟使这样一位高傲的美人也同意送出打开小巷那扇小门的钥匙，她同意和这个佛罗伦萨青年进行第一次约会，这种大胆举动只有在夜深人静中才能进行。热情的约会频频进行，后果可想而知。比安卡每天夜里外出，虚掩小门，天明返回。

有一次，在情人的怀抱中她什么都忘了。一个面包房伙计一早到附近一家去送面包，见小门半开着顺手把门关上，还以为是做了一件好事。

不久比安卡回来，走到门前，这一下，一切全完了；她立即决定回到博纳旺图里家门前，轻轻敲门。博纳旺图里打开门。她是必死无疑。他们两个这时是同生死共命运了；他们立即奔向一位住在荒僻城区的佛罗伦萨富商家请求庇护。待天已大亮，一切告之结束，没有留下任何踪迹足以泄漏他们的行踪。难的是如何逃出威尼斯。

比安卡的父亲，特别是比安卡的叔父格里玛尼，他是阿圭莱伊亚地方的族长，他们认为全体威尼斯贵族因这一对男女都受到侮辱，他们派人将博纳旺图里一个叔父投入监狱，他后来就死在狱中；他们征得议院的准许，追捕劫持者，谁能捕杀其人可获赏金两千杜卡托金币。意大利各主要城市都派出杀手。

这一对情人仍然留在威尼斯未动。他们有二十次险些被抓到。有一万名侦探，甚至是世界上最精明能干的侦探都想得到这两千杜卡托赏金；终于有一条满载干草的小船骗过

众人眼目安全逃到佛罗伦萨。博纳旺图里在这里的**拉尔加路**
(la Via Larga) 有一处小屋，他们就在这里隐藏起来。比安
卡决不外出。没有戒备，博纳旺图里也不冒险出门。此时，
老科斯莫一世为了维持他的统治不停地搞诈骗和背信弃义已
感厌倦，因此将政务移交给他的儿子弗朗索瓦掌管，这是一
个性格更加阴暗严酷的统治者。有一个手下的宠臣告诉他，
比安卡躲在京城的一个小房子里，比安卡·卡佩洛的美名和
突然失踪早已轰传威尼斯，弗朗索瓦的生活因此也出现了变
化；人们看到他每天长时间都在**拉尔加路**那里往来巡游。

　　一切手段都用上；仍然没有什么结果。

　　比安卡闭门不出，只在夜晚，在窗前出现，还戴着面
纱；她的面貌，那位亲王依稀可以看到，他的热情这样一来
更是一发不可收拾。

　　这件事对那个宠臣来说，非同小可；他把他的心事吐
露给他的妻子。他的妻子想到这样一个情妇一旦得势必定会
报答她的丈夫，她的丈夫将进一步得到宠信，想到这里不禁
心花怒放，这个威尼斯的小妇人的厄运和受到的威胁无异就
是掌握在她手中的把柄。于是她派出一位可敬的妇人传话给
比安卡，说一位贵夫人有事相告，为了谈话方便，请她到她
家去吃晚饭。对这一异乎寻常的邀请两个情人犹豫良久；由
于这位夫人的地位，他们又需要保护，所以就同意了。比安
卡去了；接待的亲切热情不在话下。事件发生的经过是非讲

不可的：人家又是那么热心关注，那么殷勤邀请，所以不能不应允下一次再去，初次会见产生的友谊转而变得热情洋溢，这是不会感觉不到的。

第一次亲见芳容，亲王大为动情，当然希望还有第二次。比安卡不久又接到邀请[1]。谈话中讲到父亲盛怒之下采取报复行动可能招来的危险。这一类事例在当时并不少见[2]。后来又问比安卡是否有意讨好于继承王位的亲王，说亲王在她的窗口已看到她，对她的美貌赞不绝口，热切希望当面向她表示敬意。对此，比安卡一时感到不知所措；这样的荣幸虽不免带有危险，却可以让她以后不再担惊受怕，尽管她表示不愿意，可是那位夫人认为在她的眼睛里已经看出略施压力也不会开罪于她。这时亲王露面了，他神态自若，真诚有礼：他愿为她效力的心意，他出自尊敬的赞许，他风度举止所表现的谦逊，这一切把疑虑一扫无遗。比安卡是一个涉世不深的女子，她仅仅是把他看做朋友。后来又多次往来。博纳旺图里对这样一种体面有益的关系决不会生出让它中断的想法。

亲王已经狂热地爱上比安卡；比安卡，在佛罗伦萨和在威尼斯一样，对于在囚禁中度过美好光阴这一点早已感到

---

① 迪旺版司汤达全集本马尔蒂诺注：在杜塞所藏样书上司汤达在这一段文字边页上批注："怎样一种地位的安排！亲王躲在距比安卡只有四步远之处，看得清，听得明！"
② 一个世纪之后，有斯特拉德拉（Stradella）事件。——司汤达原注

厌倦。多亏亲王，她可以无忧无虑地出门。亲王提出种种理由，让她的丈夫财产增多，又以其行事的淳朴自然和温和体贴，一步紧似一步笼络他的妻子；比安卡有很长一段时间抗拒着；最后，弗朗索瓦亲王将比安卡、博纳旺图里与他本人形成为意大利叫作三角关系（triangolo eqwilatero）的那种局面。

　　这一对年轻夫妇在佛罗伦萨最漂亮的城区得到一座大宅第。做丈夫的对这种新境遇很快也适应了；并且侧身贵族阶层之间，正像人们所想象的那样，也受到良好的接待；不过，手中有了这意外的财富，肆意挥霍，再加处事鲁莽，不知谨慎，甚至对亲王也是如此，最后还是被杀死了。

　　这一意外事件对另两个情人并没有造成多大伤害。这位威尼斯少妇性情热烈欢快、可亲可爱，更加让亲王着迷①。美第奇家族的人愈是阴沉严厉，愈是需要比安卡这种热情欢快、优雅美丽来排遣。比安卡原本也是在荣华富贵中长大的，她以为她的出身不比谁低下，当然是这样，她出现在京城大马路上俨然就是一位女王。人们称真正的王后为让娜王后，我不知为什么，对于这件事，让娜王后把它看做是悲剧，所以有一天她在三圣桥上遇到比安卡，她恨不能叫人

――――――――――

　　① 威尼斯人就是意大利的法国人。(迪旺版司汤达全集本马尔蒂诺注：此为司汤达原注，在司汤达原稿上正文写做："这个威尼斯年轻女人亲切可爱，热烈欢快，简直就是意大利的法国人，让亲王很是着迷。")——司汤达原注

把她抛到阿尔诺河下去。她当然什么也没有做，不久，她也就饮恨死去。大公因为她的死也不无感伤，对他的弟弟美第奇枢机主教的抗议也作了让步，暂时离开佛罗伦萨，断绝与比安卡的关系。主教甚至下令叫他离开托斯卡纳。他是一个性情阴郁的人，一个欢快可爱的女人爱抚相随是不可少的，有什么理由非让他放弃不可？比安卡也自有心计，争得告解神父的支持，在大公夫人死后不到两个月便秘密地与大公正式结婚了。

大公将他结婚一事正式通知威尼斯。一项决议正式确认比安卡为共和国出生之女；于是两名专使率九十位贵人奉命前来佛罗伦萨庆祝圣马可的正式认可，并举行婚礼。为了取悦这位威尼斯美丽的女人，举行了盛大庆祝活动，所费不下三十万杜卡托金币。

她名正言顺成为大公夫人；她的画像至今仍然陈列在佛罗伦萨画廊。我不知这是不是布龙齐诺①生硬画风的缺陷；她的眼睛画得如此之美，但流露出某种悲切阴惨神色。

比安卡是野心勃勃的，对于袭取王位表现得十分急切。在此之前，她不过是一个多情美丽的女人。现在，她极想给

_____

① 布龙齐诺（1503—1572），佛罗伦萨画派画家，1539 年后成为托斯卡纳大公宫廷画家。为风格主义的代表，擅长肖像画。《托利多的埃利诺及其子乔万尼肖像》是其代表作。

她的丈夫生下一个继承人，不甘心今后臣服于小叔手下。她曾向宫中占星术士征询；也曾命人多次秘密策划。采取这许多办法也没有取得结果，大公夫人于是求助于告解神父，这位寄身于奥格尼-桑蒂修道院身穿宽袍大袖的方济各会修士，因此承担起这一重任。于是，她恶心呕吐，不思饮食，甚至卧床不起；她接受宫廷官员等前来慰问。大公为此欣喜异常。

临产时间即将到来，一天夜里，比安卡突然痛苦难当，急忙叫来告解神父问话。枢机主教对这一切早已心中有数，也急忙起床，走下楼来，来到嫂夫人居室的前厅，他就在这个地方口诵日课经静静地来回踱步。大公夫人派人前来请求他回房安歇，让他听到她因为痛苦难忍呻吟呼叫实不敢当；但是冷酷无情的枢机主教冷冷地回答说："请复殿下，我请求她：她做她的事，我做我的事。"(Dite a sua altezza che attenda pure a fare l'offizio suo, che io dico il mio.)

神父这时来到，枢机主教上前虔诚地拥抱他，说："神父，欢迎欢迎，王后迫切需要你的帮助。"他紧紧搂着神父，方济各会修士衣袖里带来的一个硕大婴儿是不难察觉的。枢机主教接着说："赞美天主，大公夫人已经分娩，万幸万幸，竟是一个男孩！"他把他的那个所谓侄男捧出拿给目瞪口呆的众廷臣观看。

比安卡在床上听到以上谈话：这样一出演了很长时间

的喜剧真是可厌又可笑，她的愤恨可想而知。大公对他的爱情最后总算打消了她有关报复的忧虑不安。后来又有一次机会出现；大公夫妇与枢机主教三人在卡雅诺山岗美丽的别墅聚会，同桌进餐。大公夫人知道枢机主教喜食"杏仁奶冻"，因此准备好一份下了毒的奶冻。枢机主教心中早已明白；一反常态，迟迟不肯就座。他的长嫂几次三番敦请，他就是不去动一动那道美食；他在考虑用什么办法战胜她，这时大公说："好吧！既然我的弟弟不想吃他最喜欢吃的点心，那么我来吃。"他拿过碟子准备吃那盘点心。这时比安卡若是阻止，罪行势必揭穿，大公的爱从此就保不住。她看一切都完了，就像她的父亲把她赶出门外她必须立即作出决定一样，她这时火速打定主意。她像她丈夫一样，拿过那盘杏仁奶冻一口吃下。两人同死于一五七八年十月十九日。枢机主教于是继承他的长兄的王位，自称费迪南一世，统治佛罗伦萨直至一六〇八年。

至此还须讲一讲罗马。弗拉·保罗 ①，他的高超的政治手腕真诚其外内藏欺诈，表现得淋漓尽致，这也正是他被谋杀致死的原因。其中详情，我们有亚历山大六世的典礼官让·布夏尔的记录可查，这位典礼官以其对国家负责精神即是对种种荒唐的戏乐淫乱都有记述，而且不失其严肃性。对

---

① 可能指保罗三世（Fra Paolo, 1468—1549），于 1534—1549 年期间任意大利教皇，对艺术事业很有贡献。司汤达《巴马修道院》中的法布里斯即以他的青年时代为原型。

他来说，教皇永远是"我们最为神圣的主人，sanctissimus dominus noster"。这的确是极有意味的对比，如果不怕被看做是哲学家，甚至是王权与教会的死敌，作为有自由派思想的人，我对那种事情是无法讲得清楚的。

法诺的年轻美貌的主教科斯莫·盖里之死，情况也完全相同，保罗三世的王宫便是由他作画装饰的①。

这是一个充满着激情的世纪，人们的心灵飞扬高蹈不受拘束，众多伟大画家就出现在这个时代；值得注意的是，也许可能有一个人如果让他在一四七七年与提香同年出生，他就可能认识所有上述那些画家，和列奥纳多·达·芬奇和拉斐尔同时生活四十年，列奥纳多·达·芬奇死于一五一九年，拉斐尔死于一五二〇年；他还可以和神奇的柯勒乔生活得更久，柯勒乔死于一五三四年，还有米凯朗吉罗，他的一生甚至一直延续到一五六三年。

这样一个人，如果他是热爱艺术的，那么他真是太幸运了，距乔尔乔涅死去，他还有三四十年活在人世。他完全可能看到丁托列托、巴萨诺、保罗·韦罗内塞、加罗法洛、鸠利奥·罗曼诺、弗拉特，他死于一五一七年，还有那令人爱慕的安德利亚·德尔·萨尔托，他一直活到一五三〇年；总之，除波伦亚画派画家之外，所有大画家都是下一个世纪

---

① 司汤达此处引用意大利史籍原文写有长篇脚注，排为小号字体约占三页。从略。

才出现的。

大自然在一四五二至一四九四年短短四十二年间竟是这样丰饶多产，伟大人物①诞生如此之多，为什么在此之前那么贫乏，那么冷酷无情？这个问题显然不是你我可能知道的。

圭奇阿尔迪尼②告诉我们，自奥古斯都大帝给一亿两千万臣民带来幸福盛世以来，意大利只有到了一四九〇年才称得上幸福、富足和安定。这时，在这个美丽的国土上开始全面奠定和平。各地政府所发挥的作用，与我们今日相比，并不显著。商业与土地耕作进入正常状态，要比一些人凭一时心血来潮开展活动更加受到重视。山区丘陵地带，是较为贫瘠的地区，也和伦巴第肥沃绿色平原一样得到很好的开发耕种。可以想象，旅行者从皮埃蒙特阿尔卑斯山区下行，向威尼斯潟湖一带或光辉的罗马进发，每行三十里便看到一座有五万人口的城市；幸运的意大利在走向繁荣的进程中，必

---

① 列奥纳多·达·芬奇，1452 年生于佛罗伦萨，死于 1519 年，六十七岁。

提香，1477 年生于威尼斯，死于 1576 年，九十九岁。

乔尔乔涅，1477 年生于威尼斯，死于 1511 年，三十四岁。

米凯朗吉罗，1474 年生于佛罗伦萨，死于 1563 年，八十九岁。

弗拉特，1469 年生于佛罗伦萨普腊托，死于 1517 年，四十八岁。

拉斐尔，1483 年生于乌尔比诺，死于 1520 年，三十七岁。

安德利亚·德尔·萨尔托，1488 年生于佛罗伦萨，死于 1530 年，四十二岁。

鸠利奥·罗曼诺，1492 年生于罗马，死于 1546 年，五十四岁。

柯勒乔，1494 年生于伦巴第科雷焦（按：另载生于约 1489 年），死于 1534 年，四十岁。——司汤达原注

② （意大利史）卷 I，第 4 页。——司汤达原注

译者按：圭奇阿尔迪尼（1483—1540），意大利历史学家和政治家，著有《佛罗伦萨史》《意大利史》等。

须服从生于斯、长于斯的纯正的君主也是势所必然的，与我们现代君主正好相反，我们在意大利这些统治者身上看到的是人。

后来，一个恶精灵突然出现，这就是米兰公爵，篡夺王位者洛多维科·斯福尔扎，号称查理八世。这位年轻的君主在不到十个月时间，便胜利攻入那不勒斯，后来他在福尔诺沃，手持利剑夺路而逃，最后逃亡到法国。他的后继者路易十二和弗朗索瓦一世，命运也是相同。总之，自一四九四到一五四四年①，意大利不幸成了法国、西班牙和日耳曼人争夺最高统治权的战场。

从历史上人们可以看到战争频仍、流血不止，战争胜负使查理五世和弗朗索瓦一世气运升降变化无常。福尔诺沃、帕维亚、马里涅阿诺、阿格纳德尔这些曾经是战场的地方，至今也未完全湮没在遗忘之中，拜亚尔，波旁家族的将领，佩斯凯尔，加斯东·德·富瓦这些人名，以及意大利各地平原在漫长纷争中流血和战死的老英雄们，也仍然为人们所传诵。

我们伟大的画家和他们生活在同一个时代。查理八世的画像是列奥纳多·达·芬奇所绘②，拜亚尔的肖像，出自提香手笔。这位画家为查理五世画像时，一蹶不振，仍

---

① 即历史上意大利战争时期。
② 巴黎美术馆，编号 928。——司汤达原注

然是这位雄踞一世的查理五世促使这位画家再度拿起画笔，并封他为帝国的伯爵。米凯朗吉罗因为发生革命被逐出故国，这时奄奄一息的自由精神仍在支持着反美第奇①、有纪念意义的围城当中，他作为军中的工程师，为保卫祖国而斗争不息。洛多维科倒台后，列奥纳多·达·芬奇被逐出米兰，后安静地死于弗朗索瓦一世宫廷之中。鸠利奥·罗曼诺在一五二七年罗马洗劫后逃走，后来到了曼图亚。

由此可知，绘画的辉煌时代是经过一个世纪休养生息、财富积累和激情发扬而后才出现的；这样一个绘画时代也是在战争与统治更迭过程中繁荣起来的②。

意大利经历这样一个辉煌与黑暗相互交替的伟大世纪，虽然凋蔽不堪，但仍然在远大行程上继续前进，这时欧洲列强正忙于四处征战，欧洲处在可悲的君主政体宰割之下，相对而言，意大利的君主政体实在是微不足道的③。

---

① 佛罗伦萨是被负责保卫它的主要人物所出卖，即无耻的马拉泰斯塔，1530年。——司汤达原注

迪旺版司汤达全集本马尔蒂诺注：司汤达在杜塞收藏样书此处有亲笔批注："对文明最为不利的是缺乏危险；巴黎便是如此。这种情况只能造就出一批庸人。1819年11月21日。"

③ 好的政府还赖有一位宽宏豁达的君主，绝对君权并非绝对与好的政府无缘，谈论绝对君权是否也需加以戒备？（R.C.）——司汤达原注

译者按：司汤达在此用R.C.加注。

佛罗伦萨

十五世纪末，即圭奇阿尔迪尼书中引述的那个幸福时代，意大利的政治形势与欧洲其他国家相比，情况很不相同。欧洲各地均处于君主专制政体统治之下，而意大利则是众多独立小国林立。只有那不勒斯王国完全处在佛罗伦萨与威尼斯的荫庇之下。

米兰有几位公爵，曾多次迫近意大利王位[①]。佛罗伦萨所处的地位有如当今的英格兰，它收买军队以抵御军事入侵。曼图亚、斐拉拉以及其他小邦，都与相邻的强国建立联盟。米兰的公爵们得天独厚，这种状态持续时间很长，直到一四六六年。

佛罗伦萨有一个公民掌握了权力，为了能够坚持下去，他知道必须以专横方式自立为君主；作为君主，他又很能自行克制。自此以后，天平似乎向威尼斯方面倾斜了；意大利处在这种不稳定的平衡状态下，不顾教皇种种阴险狡诈的政策，联合起来。这种情况真可说是现代最大的政治罪行了。

佛罗伦萨作为没有宪法的共和国，对暴政的恐惧时时都在激励着人们的心灵，因此产生了这种激昂奋发的自由精神，孕育着伟大人物的诞生。代议制政体当时尚未出现，处

---

① 德·维尔图伯爵，大主教维斯康蒂，弗兰切斯科·斯福尔扎的忧郁的岳父。——司汤达原注

于重要地位的公民得不到自由，无法建立党派组织。他们不得不时时以武力对抗贵族，这种情况可说是堕落，但不是危险，只有危险才会扼杀人民中的天才。

科斯莫·德·美第奇是城中最富有的巨商，生于一三八九年，继最早一批艺术复兴后不久，他因保护人民反对贵族，就像他的父亲一样，深受爱戴①，贵族虽然已经把他抓在手中，可是不敢杀他，只好将他驱逐出境。后来他又回转来把贵族赶跑了。

他借助恐怖与民众的敬畏②，采取严厉的治安制度，同时尽量避免杀头③，以保持对敌党的优势，终于成为佛罗伦萨国王。按照这种统治策略，首先想到的是设法给予臣民欢娱快乐，让他们不要注意公务。也决不去冒什么风险，任何称号也拒而不纳。以相当于一个大国国王的财富用来软化他的公民④，再是利用财富保护各种新兴的艺术，收罗手稿，延纳土耳其人从君士坦丁堡赶出来的希腊学者（一四五三年）。

科斯莫死于一四六四年，历史以"祖国之父"这样的称号来称许他，历史总有办法对不同的人物给以不同的对

---

① 如建立地籍登记制。——司汤达原注
② 如巴尔达ház奥的处决，与处决皮奇格鲁的可憎程度不相上下。——司汤达原注
③ 有些不幸的人，威尼斯共和国予以宽大释放，这种高尚行为今天瑞士的正直人民还在效法（参见马基雅弗利前引著作，卷V；Nerli，原书第3章）。——司汤达原注
④ 他常常轻易借出大宗款项，不求偿还。——司汤达原注

待。所以路人断言：他确是令人崇敬的。梅第奇家族引以为幸的是此后他们都得到这种"友好的先人之见"。善意的公众对于罗伯逊、罗斯科以及其他幸运的人总是深信不疑的，认为科斯莫就是华盛顿，是一个深得人心的篡位者，我真不知按道义的观点看哪种人是不可能的。不过谬误也在所难免。须知，耶稣会的那种阿谀奉承是发生在一个世纪之后。科斯莫·德·梅第奇并没有装出现代君主所有的那种感受力，有一个公民向他陈述说他使城市人口锐减，对此他泰然置之，回答说："我宁愿城市人口减少，也不能失去城市。"①

　　他的儿子皮埃罗，不是国王，却很有国王那种傲慢气派，很快就被赶走了。

　　他的孙子，豪华者洛朗佐；既是一位伟大的君主，又是一个幸福的人，也是一个可爱的人。他的统治与其说是压抑人民的个性，不如说运用手腕十分得力；作为精神境界很高的人，他对平庸无能的廷臣极其反感，身为君主对他们想必还是有所奖赏的。他和他的先祖一样，是极富有的大商人，他是与他那个世纪最杰出的人物同时度过一生，如波利齐亚诺②、卡尔贡迪勒、马尔西勒、拉斯卡里斯③等，他在政

---

　　① 参见 Ammir. ist, lib. XXI.——马基雅弗利，同书，卷V.——Nerli, lib. III.——司汤达原注

　　② 波利齐亚诺（1454—1495），意大利诗人，《伊利亚特》的拉丁文译者，撰有意大利文诗《比武篇》等。

　　③ 拉斯卡里斯（1445—1534），希腊学者。被土耳其人从君士坦丁堡赶出后，在洛朗佐保护下曾去希腊旅行，携回大量古代手稿。

治上可说是一个发明家。搞权力平衡是他的拿手戏；他尽其可能以保持意大利各小邦的独立地位①。甚至可以说，他如不是四十二岁死去，查理八世根本不可能越过阿尔卑斯山。

他热爱青年米凯朗吉罗，就像是自己的儿子一样，他常常唤他来到自己的身边，这对他是极快慰的事，他兴致很高地看他欣赏自己热情收集的纪念章和古物。科斯莫保护艺术并不懂艺术；至于洛朗佐，如果说他不是他的时代的伟大君主，那么至少是早期出现的诗人之一；他应得的报偿都得到了：天命使崇高的艺术在他的注目之下诞生并得到发展，艺术已使他的国家闻名世界，这就是列奥纳多·达·芬奇、安德利亚·德尔·萨尔托、弗拉·巴尔托洛梅奥、达尼埃尔·达·沃尔泰拉②。

托斯卡纳③属于他直接统治之下，意大利其他地方则因各地君主和人民对他的崇敬也接受他的统治。后来，他的儿子利奥成了另一个大国的主宰。如果洛朗佐活到他祖父那样年龄，如果他能亲见他的儿子利奥十世活到教皇通常有的寿命，那么，人们在想象中大可寄兴于追索美术发展的传奇，设想美术将会达到怎样一个境界。拉斐尔英年早逝，也许借

---

① 今日这些小国因其热爱祖国与两院制已成为不可征服的了。——司汤达原注
② 弗拉·巴尔托洛梅奥（1472—1517），意大利画家，作品有《圣卡特琳的婚礼》；达尼埃尔·达·沃尔泰拉（约1509—1566），意大利画家，作品有《受苦的母亲》《坐着的使徒》等。
③ 托斯卡纳于1500年已不复存在，因此取得它不朽的光荣。——司汤达原注

此可以得到补救。柯勒乔也许能看到他的学生超过他本人取得的更大成就。这样的机遇是千百万年也难得一遇的。

威　尼　斯

三种描绘艺术是在阿尔诺河两岸地带兴起的，惟独绘画是在威尼斯再度振兴。

这两种情况并非相辅相成；而是各自独立发生的。

威尼斯也是一个富庶强盛的区域；执政者是严厉的贵族阶级，与佛罗伦萨动荡不定的民主制度很不相同。人民时常看见贵族人头落地，为之惊恐不安；他们没有勇气为求自由密谋叛乱。须知，这种统治方式所以产生原出自贵族自身并为其所用，对人民来说，这是一种既可疑又可珍视的专制制度，这种统治十分惧怕它的臣民，所以它在人民中鼓励商业活动，支持艺术创造，推行享乐追求。有一个事实可以充分说明意大利之富有与欧洲的贫困 ①。康布雷联盟 ② 使欧洲各地统治者联合一致，试图摧毁威尼斯，对此，法国国王筹款需付百分之四十的高利借贷利息，而威尼斯却所费无几，百分之五的微利便可筹到全部款项。

---

① 见 *Comines*，第 9 章，关于查理八世。意大利根本就把僧侣有关放高利贷的愚蠢见解不加计较。欧洲当时落后于意大利达两个世纪之久，正如今日落后于美洲有两个世纪一样。——司汤达原注

② 康布雷联盟又称十六世纪天主教神圣联盟。

威尼斯的贵族阶级多次胜利出征，因此对于富有生气的艺术采取宽容鼓励态度，正是在这样的鼎盛时期，在具有共和政体坚实基础的各城邦之中，提香、乔尔乔涅、保罗·韦罗内塞等大画家应运而生。在威尼斯，对待宗教的态度不是作为合谋而是作为对手来对待的，与其他地方相比，在威尼斯，宗教对绘画发展提高影响不大。安德利亚·德尔·萨尔托、列奥纳多·达·芬奇和拉斐尔 [①] 留有大量绘画，描绘的都是圣母像。乔尔乔涅和提香大部分画幅表现的却是裸体美女。在威尼斯贵族人士中间，他们的情妇都画成伪装的梅第奇美神，这已成为流行式样。

罗　马

绘画原诞生在两个富足的共和国、盛大的宗教排场与较为自由放任的风俗之中，生活在台伯河 [②] 两岸的统治者也把绘画征召引进罗马来了，这里的统治者登上王位较迟，统治时间短暂，一般来说，在罗马他们热衷于兴建某类建筑物以求保留对他们的怀念。罗马统治者中几个伟大人物曾经邀请布拉曼特 [③]、米凯朗吉罗和拉斐尔进入他们的宫廷。旅行

[①] 安德利亚·德尔·萨尔托、列奥纳多·达·芬奇和拉斐尔三人均属佛罗伦萨画派。
[②] 台伯河又译为特韦普河。
[③] 布拉曼特（1444—1514），意大利建筑师、画家，文艺复兴时期建筑风格的代表，曾设计改建米兰圣安布罗佐教堂和圣马利亚教堂，为教皇尤利奥斯二世的罗马新城规划的设计者。

者走进蒙特-卡瓦洛和梵蒂冈这一类宫殿，就会发现区区一件座椅教皇也要命人刻上教皇的姓氏和纹章①。人类的苦难面对这种辉煌伟大气派，那瘦骨嶙峋的手掌就突现出来了。上述统治者最怕他们离开王位死去后完全淹没在遗忘之中。

他们的统治按今天的标准看不过是一种温和胆怯的专制主义，过去在亚历山大六世、尤利奥斯二世和利奥十世统治下，却是绘画的辉煌时代，可说是君主政体的胜利。

亚历山大曾成功地限制贬斥罗马各大家族。在世界这一角落，教皇过去是如此令人可畏，但在他们的首府所在地，竟被大胆的贵族所制服。亚历山大利用查理八世意欲放弃意大利的过程，征服了教皇，并成功地将他们全部歼灭。急不可耐的尤利奥斯二世为其圣皮埃尔的家业又屡建战功。受人爱戴的利奥十世②追随上述伟大君主之后，而且在许多方面完全可以与他们相比肩，他对于美术怀有真诚的热情。尼古拉五世③与洛朗佐·德·美第奇播下的艺术之花，在他的时代于是大放光彩。

可惜的是他的统治为期过短④，后继者与他相比又大为

---

① 写于 1802 年，是在拿破仑将巴黎住宅室内精美发亮的奢侈品置入蒙特-卡瓦洛光秃秃的大厅之前。——司汤达原注

② 利奥十世（1475—1521），即约翰·德·美第奇，洛朗佐的儿子。1513 至 1521 年任教皇。

③ 尼古拉五世（1397—1455），他在 1447 至 1455 年任教皇。是梵蒂冈教廷图书馆的创建人。

④ 他的统治仅有八年，取代他的是一个佛拉芒人。这些有远见卓识并有才智的教皇在位时间是：尼古拉五世，1447—1455 年；亚历山大六世，1492—1503 年；尤利奥斯二世，1503—1513 年；利奥十世，1513—1521 年；佛拉芒人阿德里安六世，（转下页）

逊色。他统辖下的各城邦取得良好的发展，并得到全欧洲的信任，他为此所做所为已告精疲力竭，这些城邦对于赞美这种统治可说是锦上添花，给它加上了一项最为出色的特征。

继上述伟大人物之后，其他教皇不过是一些笃信宗教的信徒而已①。

不过这些统治者对待世俗事务如果也像对待宗教事务一样采取同样的政策，他们仍然是强有力的统治者。在宗教方面，政策准则是不可移易的，可变动的是统治者。在罗马，教廷认为人所关注的首要问题是宗教长存永在。因此教皇行事必须像一个教皇；不过，不要忘记，作为统治者，他的目标永远是树立他自己的家族。好比一个可怜的老人，处在一群希望他快死的贪婪的人的包围之下。似乎只有他的甥侄才是他所能信任的朋友，同时也是他的大臣，按照自然规律，老人面临末日挣扎之苦，也正是这些人替他蠲免了。

克莱门特十世②的子侄阿尔蒂埃里等，已把他们的宫殿建成，为此请他们的叔父前来观看。他是被人抬着来的，远远看去，宫殿十分宏伟华美，但是，在回去的路上，他痛苦无比，一句话也没有说，不久便告死去。

（接上页）他讨厌艺术，在位时间1522—1523年；弱者克莱门特七世，继位前即表明他是有资格继位的，在位时间1523—1534年。扼杀佛罗伦萨的自由的也正是此人。——司汤达原注

① 一位教皇签署废除耶稣会法令，其可笑程度一如法国国王签署1756年条约。——司汤达原注

② 克莱门特十世（1590—1676），于1670至1676年任教皇。

衰败之象很快出现。这倒不是因为罗马的专制制度招致反感或者残忍；写到这里我想到另一桩罪行，即卡利奥斯特罗①，后来他在福尔利附近碉堡中窒息致死②。有一位著名画家说："此人还是一个隐藏在海关里的走私犯。"这话说得妙不可言，因为在罗马，人确实很坏，说漂亮话是骗不过任何人的，不像巴黎。在罗马如果做一件蠢事也有效益，因此蠢事也不会成为笑柄；但是喜说大话的多言者就倒霉了，他肯定是进不了贵族院的。罗马人在美术方面有非凡的鉴赏力，这一点应归功于帕斯坎③开的那些玩笑。当然他们当中也有几个谈话朴素自然的人。另一方面，在意大利，不应该设想简单句式或肯定句式是常用的句式；甚至比较级在意大利也是可有可无的，在重要场合，必须尽量多用最高级语词④。

　　教皇统治的腐败隐含在内部管辖方面；这种管辖根本就不存在。虔信宗教的长老原就是在无知中成长起来的，他们对待一切都是听其自然。如果说，生活应有生活的准则，那么，听其自然就是最好的一种准则；所以勤劳工作被看做是不光彩的事；人口减少的可怕进程因此也无形中在其他领域蔓延开来了。

---

　　① 卡利奥斯特罗（1743—1795），意大利的江湖骗子，魔术家和冒险家，后因诈骗罪被判处无期徒刑。
　　② 这是在圣莱奥，1795 年。——司汤达原注
　　③ 帕斯坎，意大利喜剧中的男仆，吹牛、多话、蛮横、贪吃、精明狡猾的典型。
　　④ 所以喜剧性就不存在了。——司汤达原注

有一位伦敦银行家在任期较久的教皇手下任首相之职，他发动种植小麦，因此人口有所增加。他的作法证明教皇成为欧洲较为富有的统治者并非难事；因为教皇不需要军队，有几个警卫队和一个近卫队就够了。

在罗马，公众舆论对于奖掖有成就的艺术家授予荣誉是极为有利的；那种阿谀奉承的所谓审慎，舍此好像就活不下去，这样就把非凡的个性给毁掉了①。在如此众多的重要纪念物之间，面对古罗马竞技场遗迹，一种思古之幽情不禁油然而生，甚至最冷漠的心灵也会受到感动的，出自青春狂热想象的梦想在这里不会受到鼓励。令人唏嘘泪下的往事在这里处处可见，即使以童年的眼光去看。我听到几个才十六岁的中学生引述大量有关行为准则的格言，我不禁被惊呆了。在教士的统治下，说什么培养个性未免太荒唐了。最后，某些世族大家把孩子送来法国。采取这种措施虽不免有点刻薄，但国民性也许可以提高。意大利的孩子一向由教士管带，他们甚至连健康的体魄也无从谈起。

原谅我讲了这样一些细节。尽管贫穷处处可见，但在教皇的心中有利于艺术的那种偏好毕竟还在，这虽然算不上什么，但总比一个修道士要好一些，现在罗马是他们的首

---

① 见《阿尔菲耶里传》《切利尼传》，阿雷提诺的著作等。——司汤达原注
译者按：阿尔菲耶里（1749—1803），剧作家、诗人；切利尼（1500—1571），雕塑家、金匠；阿雷提诺（1492—1556），意大利诗人、剧作家、散文家，以讽刺作品著称。

都，不过是一个倍受冷遇的教皇的首都①。

你们一定已经看到，有关绘画复兴的探讨大体只能是一些辩解性的论证。这种艺术提供了种种美的样式，其中融会着十六世纪文明；自此以后，艺术就沦为令人难以忍受的那种样式了。一千五百万意大利人统一在气度宽容的政体之下，对他们所不熟悉的东西如能加以尊重，对他们所崇尚的如能看轻一点，那么艺术一定会再次获得复兴②。

高贵的罗马人曾经促使拉斐尔、圭多、多梅尼奇诺、盖尔奇诺、卡拉齐兄弟、普桑、米凯朗吉罗·达·卡拉瓦乔③这些艺术家进行创作，他们对艺术才能当然有能力作出应有的评价。他们和现代君主不同，现代君主龟缩在王宫深处，雄心壮志早已丧失，已经僵化了，但有些罗马人虽然权力已告失去，豪情依然还在，夺回失去的权力之心不死，深知功业有成得来不易，对伟大的事物却始终怀有崇敬之心。总之，十六世纪绝对没有我们垂老衰颓的王朝这种单调乏味的平静，在这里一切都显得卑恭驯顺，而在十六世纪驯服屈从是根本不存在的。

---

① 到了1816年教皇比以往更加富有。教皇陛下享有所有修道士的财产。见《W.E.爵士旅行记》。——司汤达原注

② 意大利本土便有例证。阿尔方索二世死后，斐拉拉转归教皇统辖，这时它就失去它的画派了。——司汤达原注

③ 圭多（1575—1642），意大利画家；多梅尼奇诺（1581—1641），意大利画家；盖尔奇诺（1591—1666），意大利画家，巴罗克绘画代表人物；卡拉齐兄弟三人，均系十六世纪意大利画家；普桑（1594—1665），法国画家，1624年到罗马学习；米凯朗吉罗·达·卡拉瓦乔（1573—1610），意大利画家。

总　论

前此我们概述了绘画的故乡威尼斯、佛罗伦萨、罗马的政治体制情况。现在谈谈这三个国家的共同形势。

无比富足，但私人间的奢侈浪费并不多见。每一年度都留有巨额款项不知如何使用①。

好胜之心，宗教，对美的热爱，促使各个阶级竞相修建纪念性建筑物。任何时期、任何国家大致都是用这种方式证实其拥有的财富。罗马最富有的银行家阿戈斯蒂诺·基吉修建法尔内西纳宫以显示其富有，并让当时流行画家乌尔比诺的拉斐尔为建筑内部作画②。有钱的老人，也只有活到老年时期才可能成为富人，他们往往出资修建教堂，至少是修筑小礼拜堂，一定还要请人在其中满满地放上绘画。普通老百姓也要在他们主保圣人的祭坛上献置一幅绘画。

可见意大利花费在宗教虔诚上的钱财相当于它全部地产的代价。

就像不幸的母亲生下孩子，给予他生命的同时也在自身留下不可治愈的病根，宗教也是这样，它培育了绘画却又把

---

① 1792年热那亚依然如此。有一个贵族打官司胜诉，钱有了不知怎么用法，于是修建一座凯旋门以纪念他的胜利。——司汤达原注

② 画上画的是普赛克与伽拉忒亚的故事，使这座美丽的建筑成为不朽，属于法尔内斯的继承人，那不勒斯国王所有。因此，巴马画廊亦归属于他。——司汤达原注

译者按：普赛克，希腊神话中人类灵魂的化身，以长着蝴蝶翅膀的少女形象出现，与爱神相恋；伽拉忒亚，希腊神话中的海洋女神，与西西里青年牧人埃西斯相恋。

绘画推向歧途；宗教使绘画与美相疏离，失去了表现力。耶稣在提香或柯勒乔的画幅上，不是一个判处死刑的不幸的罪犯，就是在暴君面前阿谀求乞的朝臣①。这种绘画，这种浅薄的艺术充分表现了某种宗教制度，这是十分耐人寻味的②。

希腊人对于为祖国做出了好事的英雄是当做神来看待的，希腊人的宗教唤起的是美，美先于一切，外表的相似还在其次。古代浮雕上刻出的手往往仅有手的形状，作为陪衬的次要部分更是无足轻重；面额上的线条却表现着凝神专注的力量；嘴部呈示的是深沉理性的那种宁静。这就说明希腊人有意赋予拯救雅典人的忒修斯以各种美德；而现代人如圣西梅翁·斯蒂利特（Siméon Stylite）的美德则表现为：在柱顶上用二十年时间鞭打自身以求赎罪③。

意大利人在他们住宅内部也画有壁画，有些人甚至还要描绘住宅外部，如在威尼斯与热那亚，人们在**爱泉**（Fontane amorose）广场就可以看到这种优美动人的实用作法。

围墙外部墙面很少是色调单一的；一般来说，几乎所有地方的围墙都是表面粗糙，缺乏保养，华美的观念在这里是看不到的。我们法国小城市那种寒酸气便是如此。与此相反，一座王宫，饰有壁画，五彩缤纷，并附设雕像，远远看

---

① 他的谦卑顺服的表情可以为证。——司汤达原注
② 伟大人物通过任何途径都可达到表现的真实，这是千真万确的。——司汤达原注
③ 见《沙漠中修行的教士行传》。——司汤达原注

去居室的富丽堂皇不难想见。在北方，柏林的住宅色调匀称柔美，给人以雅洁舒适之感。

意大利在十五世纪不仅采用绘画装饰教堂与住宅，而且在结婚礼品的礼盒上也加绘画装饰，作战的器械甚至马鞍、马络也饰以彩色绘画。绘画作品社会需求量甚大，因此画家也众多。人们要求绘画具有神奇热烈的想象，让人强烈感受到美，美好的效果引发人们的感念之情，因此对伟大艺术家人们也称颂不已，像列奥纳多·达·芬奇、提香这样的画家就出现了。

这个世纪虽然如此热爱美术，但不苛求艺术家遵循某些最有把握的方法以取悦于人。传奇故事是吸引青年人的。但重要的是要有欣赏趣味，它可以弥补一切，是不可取代的，我的意思是说：应具备**领受绘画中那种强烈快感的能力**。人们热烈爱好这种有益的艺术，这种艺术以纯朴欢快的感情美化人生的幸福时刻，生活中出现悲伤的时刻，这种艺术又为不幸的心灵打开庇护所。其中的细节在这里有必要详谈吗？既然已经登堂入室，何不走进去看一看那里的圣所？

一本书并不能改变读者的心灵 ①。鹰隼从不飞到草坪上

---

① 参阅《关于莫扎特的信》(迪旺版司汤达全集本马尔蒂诺注：此处司汤达是指他的第一部著作《海顿、莫扎特、梅达斯塔斯生平》中附有此信，参见迪旺版原书，第188页。)——司汤达原注

译者按：这是一篇以书简形式写的有关莫扎特的文章。

去吃草，欢跃的山羊也不以鲜血为食。至多我只能对鹰隼说：到大山的那个地方，那里可能找到肥美的羔羊；我可能对山羊说：这里岩石隙缝里有最好的欧百里香。

冷漠的人不会有感受力。一个人在激情震撼下也难以分辨色调的细微变化，不能很快得到应有的效果。野蛮人不知阅读，见到字纸绝不会发抖；较有教养的强盗面对死刑判决书倒一定会吓得魂不附体。

美术的魅力大多由思想交流促成，思想的沟通要求善于感受的心灵给予它**一次命名**；思想交流决不会无视这种神奇的感情，幸而这种神奇感情可以通过语言得到表达，对此，庸劣之辈发出恶俗的抗议也休想把它玷污。

"美"，还需我多谈吗？艺术就存在着至美之美[①]，就像人的美，有了对人的美的爱，这就引导着我们转向云石与色彩之美，这难道还要我来谈论？人的美，借助大小适度的服饰表现出它的动人意态，引出无限遐想，因此人的美只对识者的眼睛生出魅力。于是，思想前去揭开它的面纱；思想与拉斐尔的美丽童贞女交换对话：思想一心一意期求取悦于她；思想即以其这种属于心灵的资质获得无限喜悦，正是这种心灵资质让他钟爱她，这心灵资质在我们当前生活方式之下被抛置得太久了。

---

① 柯勒乔的疏忽失误。即此。——司汤达原注

另一些人只知看重她的精致彩绣的服饰，质料的贵重，色彩光艳、配置精巧，他们宁取其衣饰而不注意其人①。

有谁敢对一头动如闪电的猛虎说：去把你的幸福和温柔的鸽子的幸福调换调换?

对一个初生的婴儿无需谈他走向衰老的原因。姑且让我谈谈我们面临的不幸吧。

旅行者来到意大利，首先看到的就是叫做米兰大教堂的这样一座远近驰名的教堂。这座规模宏大建筑物有大门五座。旅行者走进大门向上看，可看到最大一扇门上嵌有浮雕所表现的主题，按照我们今天的看法，这样的主题很可能被认为不合时宜而予以废除。在另外三扇大门上方，也有引人注意之处，只是表现得不免过于真实。我们已经不再喜爱如夏娃、犹滴、底波拉②这一类惑人的人物了。宗教与适当合度在这里同样也形成对峙，相互冲突。现实生活中有很多行为由于性质严肃，不能在同等的层次上接受这种艺术。亨利四世有力的锋利言辞远不如路易十四繁缛滞重的答辞更适合**我们的尊严**③。

---

① 今天上午，我拿了一幅极好的莫尔甘（Morghen）《耶稣的最后晚餐》给一个人看，此人胸前衣襟上挂着多枚勋章，是一个不乏才智之人。画，他默默看了很久，他本人也收藏有极好的版画作品。这幅版画我请他与我请人按照波西（Bossi）原画临的一幅作比较。他突然大声说："酒杯画得太像了!"停了一下，接着又说，"犹大的头部是修道院院长的肖像，你知道不知道?"我发现我当了一刻钟的大傻瓜。——司汤达原注

② 夏娃、犹滴、底波拉，均为《圣经》中的女性人物。

③ 是否适宜得体，这是一条重要规则，一切均须以此为归依，这种规则无非就是害怕闹出笑话出丑，是缺乏性格的表现，君主制度的产物。在美洲这种情况极为少见，现在人们并不见得比1500年更有道德，无论是对于善或者恶，现在是更加缺乏（转下页）

十五世纪的宗教与我们的宗教并不相同。路德的宗教改革和法国哲学家尖刻言论已使今日神职人员与信徒养成良好的风气，意大利辉煌时代的教士是怎么一个面目今已无从设想。在十五世纪，教会的优先地位是保留给大世家子弟的幼子的。这些青年深知要出人头地就必须有头脑懂政治①。利奥十世十三岁入枢机主教学院，院长就是受人尊敬的博尔吉亚枢机主教，他和幼年学生还有美貌的瓦诺莎公开生活在一起，他出资把王冠买到手并不因此受到影响，他不过是利用当时的习俗采取这样一种极其平常的观点行事罢了。在我们今天看来，与之相反，认为这种风俗是不道德的；所以深知敌人就在眼前的教皇们只许将精明的老人推上统治宝座，规定他们不可辜负这种荣誉地位规规矩矩活过一生，而且还要不露声色地一步步向它靠拢。

如果注意一下十五世纪出任主教和枢机主教大多是在什么年龄，与我们的教士活到老年他们的名利要求方有可能最后得到报偿，将两者的年龄比一比，那你就可以看到：路德把教会崇高荣誉完全安置到生命的另一个季节了②。对于

（接上页）活力。文明教化使人尽量希求危害较少的事物。我们身上的所谓野蛮性也远远不及贵族阶级了。——司汤达原注

　① 见安焦利尼《枢机主教本波传》（*Angiolini: Vie du cardinal Bembo*）。——司汤达原注

　② 利奥十世，十四岁为枢机主教；乔·萨尔维阿蒂，二十岁为枢机主教；B.阿科尔蒂，三十岁成为枢机主教；H.贡扎加，二十二岁为枢机主教；H.德·梅第奇，十八岁为枢机主教；H.德·伊斯特，十五岁即成为米兰大主教；As.斯福尔扎，十六岁为枢机主教；Alex.法尔内斯，十四岁为枢机主教。——司汤达原注

艺术来说，这确实是无法估量的损失。

有利于艺术发展的环境，特别是汇集在佛罗伦萨、罗马、威尼斯由机遇所提供的那种形势，在其他城邦大致也可看到。

米　兰

米兰公爵曾延请列奥纳多·达·芬奇前来米兰。米兰公爵无疑是一位保护艺术的君主，曾促使贝纳迪诺·卢伊尼① 以及其他许多值得重视的画家诞生。后来发生了革命，他被囚禁在洛什城堡，伦巴第也被劫掠一空，新生的共和国被摧毁，画家于是星散而去。

那不勒斯

那不勒斯王国地处意大利另一边陲地带，它的封建制度与北欧封建制度相比更为荒谬。

多梅尼奇诺到那不勒斯圣约安努阿里乌教堂作画，被当地艺术家毒死在教堂中，这就是绘画对这个城邦所能说的一切。

不过另有一种不同的艺术却使那不勒斯闻名于世，是

---

① 贝纳迪诺·卢伊尼（约1480—1532），意大利画家。

在三百年以后，那不勒斯表明：意大利永远是天才人物的祖国，它不能培育出提香和保罗·韦罗内塞，却可以为意大利献出如契马罗萨、佩戈莱希 ① 这样的天才人物。

皮埃蒙特

绘画引进皮埃蒙特，就像其他君主国耗用大量资金从异域引进花木一样，花木在一片炫耀吹嘘声中成活生长，但是不开花。

画笔是不会说话的，即使国王是一位天使，专制政体仍然与画笔画出的杰作不能相容，这并不是因为绘画的主题受到禁止，而是艺术家的心灵给破坏了。

至于雕刻，它引起的冲突对立，情况有所不同，雕刻注重的不是表现，雕刻追求的是美 ②。说到所有权和臣民的自由这样的问题，我并不是说这种政治不可能行事公正；我是说，这种政治培植出的习俗窒息了人民昂然向上的精神。

不论国王多么德高望重，也无法阻止民族不被沾染或保持专制制度所形成的种种习俗；否则他的统治就会土崩瓦

---

① 契马罗萨（1749—1801），意大利音乐家，所作歌剧很有名；佩戈莱希（1710—1736），意大利作曲家。

② 若没有大臣的庇护，雕刻家也不可能有所作为。——司汤达原注

解。他也不可能防止臣民中各阶层刻意迎合讨好在上的大臣或副长官，因为这些人正是他们直接的顶头上司。

我一直推想这些大臣都是世上较为正直的人物。急于讨好他们的那种奴才习气毕竟不能不带有那种可厌的卑琐性格，正是这种习气剪除了独创精神；因为，在专制制度下，谁若是与众不同，谁就要开罪于人，众人一定把他作成笑柄给以惩罚。这样，真正的艺术家，米凯朗吉罗、圭多、乔尔乔涅就不可能存在。我们不妨选出一个法国小城市的变化情况看看，有一位王族①途经这座小城，小城有一个命运不济的青年人千方百计四处活动，急切要参加骑兵仪仗队，参与欢迎仪式；他所以被选中，并不是因为他有什么才能，而是因为他根本没有才能，还因为他不是一个"捣乱分子"，再加上他一直陪伴一位老夫人玩波士顿纸牌，老夫人又托信给市长的听告解神父，所以他被选中了。这个人自此以后也就算是完了。

我并不是说这个人不是一个体面人物，可敬的人物，可爱慕的人；如果你愿意的话，但他必定永远是一个庸人②。

再看看这些较有天赋的大人物，被捆绑在格利佛式的绳索之下，还要体现——也就是说——支撑那个君主政体

---

① 写于1814年9月，于B…。——司汤达原注
② 有案可查，见王权与教会过去的敌人费纳隆《书信集》，布里昂版，第10卷，《致少将，他的侄男的信》，第85、89、110页等。——司汤达原注

奴气十足的画派①，他们是注定要厌烦至死无疑，君主政体的威力是不难理解的。这也就是巴黎国务大臣对拿破仑皇帝的那种一心效忠。

艺术家生活在宫廷是不幸的②。尤其是头上有一个必须讨他欢心的长官。

因为勒布伦是国王的首席画家，所以，所有的艺术家都必须仿效勒布伦。倘若确有一个有天才的人敢于不按照首席画家的画风作画，首席画家就要提防不要让那个有才能的人以其新颖可能招致国王——他的主子——对自己的画风产生不满。我当然希望他是一个十分高尚的人；但不能让他发觉那个有才能的人与他不同。在绝对君权制度之下，绘画必然是平庸的。偶然出现一个普桑，最后也是死在罗马③。

君主立宪政体对于艺术可能较为有利。没有人责备英国人说他们缺乏独创性、缺少力量或财富。对于艺术，他们所缺少的一是阳光，二是闲暇④。

譬如西西里，原本也具备英国那样的政府和富足，如

---

① 现在看看这种"奴性"在德国的情况。在罗马和那不勒斯也许更多的是明显的卑劣；而在傲慢的日耳曼人那里主要是自我牺牲精神；这个民族是跪着生下来的。我是否可以这样说？我在俄罗斯的木屋里发现，主要是爱国主义和真正崇高的精神。宗教就是他们的下议院（安斯帕赫，1795 年 2 月 20 日）。据此我认为，在 1840 年时，俄罗斯人便是意大利的主人。——司汤达原注

译者按：安斯帕赫（Anspäch）在今德国黑森州境内。

② 见米凯朗吉罗、切利尼、芒格斯（Mengs）《传记》。——司汤达原注

译者按：芒格斯（1728—1779），德国画家、理论家。

③ 艺术必须与情感相结合，而不是与某种制度相结合；所以需要下议院，而非研究院，竞赛是最好的裁判。——司汤达原注

④ 法国经济学家赛（Say）先生的《游记》与英国政治家布鲁厄姆（Brougham）先生的演说，对此可深加思索。在两院制政体之下，人们始终关注的是住所问题，可是人们忘记了：住所之修建正是为了确保沙龙。——司汤达原注

果在那里也出现请人作画的风尚，也可能产生一些伟大画家。

我很高兴发现皮埃蒙特也可列为君主政体的范例。任何人亲临意大利都会看到这样的范例；人们可以判断我是不是在说谎，同样，人人都对我们的光荣革命表示感谢，因为这样的范例在今天可能是遇到的仅有的一次了 ①。

---

① 在这里斗胆引用一位名人说过的话：

"本书写到大量……事实，如有所冒犯，实非所料，至少不是出于恶意。我当然没有那种对立的意图。柏拉图为他生在苏格拉底时代而感谢上苍；我呢，我也感谢上天让我生在我所生活于其中的政体之下，上天要我服从于它要我爱重的那些人，对此我也要感谢上天。"(《论法的精神·序言》)

在这一类平静无聊的时刻，小说家写小说，无名教士在搞一些精致美味的午餐，为一个小册子引用伟大人物的名言，肯定都是十分惬意之事。遇有不顺利的时刻，诽谤这种行为当然无所谓可耻不可耻，但并非没有收益，不过也须谦虚地想到那篇有关野兔的寓言，说它

> ……看见它两个耳朵的影子，
> 担心会有那么一个审判官
> 因为长得长，说它是两个犄角。

为逃避这些大人先生们的利爪，说以上各节是 1811 年与 1813 年写的玄学问题，为避免招致读者的猜疑，说写入三十册文稿中的全是 1817 年发生的事件用以预示 1811 年发生的事，这样说无异等于什么也没有说。这样做是无益的，是虚张声势，这就是我们那些栽了跟头可怜的小野心家的座右铭。请 Q…和 D…骂它一部可憎的作品吧，再好也没有了，它们是百分之百有理由的；还请先生们再加上一笔，说作者是一个恶劣的公民，这也就是自愿担任刽子手的副手，在这个意义上，因此可以说，全欧洲向他们慷慨投以最可怕的蔑视，他们的确是当之无愧的。

报纸因为是处在一位内阁部长势力支配之下，部长是高高在上的人物，又因为他是判定危险事物或仅仅是令人厌恶的事物的最卓越的审判官，所以报纸主笔千方百计在报上决不放过任何不许出现的东西。

可以作为榜样的报纸，即 1817 年 4 月期间的《水星》、《每日新闻》和《辩论报》。(CH.RL.) ——司汤达原注

译者按：Q…和 D…，即《每日新闻》与《辩论报》。

《阿尔芒斯》前言 ^①

① 本文译自法国 1952 年七星丛书版司汤达全集本《阿尔芒斯》，亨利·马尔蒂诺编注。

一位很有才智的女人，对文学价值她倒没有什么固定的观念，曾要求我对这部小说的文笔给以润色修正，在我，这是当之有愧的。混杂在小说叙述中的某些政治情绪，我不能接受；这一点我感到有必要对读者讲明。我和这位可爱的作者，我们思考问题的方法是南辕北辙的，但是对于人们叫做**影射**的那种东西，我们同样都十分憎恶。在伦敦已经有人写了一些十分富于刺激性的小说，如《维薇安·格雷》《阿勒马克的豪华生活》《玛蒂尔达》等等。某种**真人真事**，这些小说都是少不了的。这是一些讽刺画，是那些出身与财产偶然把他们安排在一种令人羡慕的地位上的人物的讽刺画。

　　这也是**文学**价值中所有的一类，不过这是我们所不想要的。杜伊勒里王宫①的二楼，作者一八一四年以来，就没有再走进去过；作者是太傲慢了，以致在某种上流社会无疑

---

　　① 杜伊勒里宫，法国（巴黎）旧王宫，始建于 1564 年，1871 年焚毁，现尚存花园。

是引人注目的人物的名字作者甚至也毫无所知。

但是作者却让实业家和特权人物登场了，而且把他们写成讽刺性的作品了。如果有人问一问那些站在大树上悲叹哀鸣的斑鸠杜伊勒里宫苑里有什么新事的话，它们就会告诉你说：那是一片广阔无垠的绿色平原，平原上阳光灿烂。但是我们，作为到那里去散步的人，我们的回答是：那是一片使人心旷神怡的散步场，而且阴影重重，人们就荫蔽在树荫之下，特别是在夏季烈日当空的时候。

由此可见，对于同一事物，处在不同立场的人各自有不同的判断；可见，那些企图循着不同道路指引我们走向幸福的**同样可敬的**人士讲到社会现状所用的语言也都是互相矛盾对立的了。可是不论谁又都认为敌对方面是荒谬可笑的。

你会不会把每一个政党对敌对党派沙龙所做的恶意不实的描写归咎于作者，说是作者搞的鬼？你会不会苛求书中那些激情洋溢的人物，要他们都变成明智的哲人，也就是说，对什么都漠然无情？正如摄政王①所说的，在一七六〇年，要想获得男主子、女主子的恩宠，必须容止娴雅，言谈风趣，而不是光荣显耀，血性豪情。

为了利用蒸汽机，人们需要的是经营管理，执着工作，脚踏实地，抛开一切虚妄之想。这就是终结于一七八九年

———————————

① 指奥尔良公爵（1674—1723），自1715年至1723年为法国幼王路易十五摄政。

的那个时代与开始于一八一五年前后的这个时代不同的地方 ①。

当年拿破仑在进军俄罗斯途中，常常低声哼唱他从波尔图 ② 那儿听到的（在《磨坊女》③ 一剧中）这两句歌词：

Sibatenelmiocuore

L'inchiostroelafarina.④

这正是那些出身高门、富有才智的年轻人反复记诵的话语。

谈到我们这个时代，我们已经把下面这部中篇小说的两个主要特征勾勒出来了。在本书中大约有不到二十页的篇幅也许包含着涉嫌讽刺的危险；但作者只好另辟蹊径；这个时代抑郁可悲，喜怒无常，处于斯世，必须随时注意，即使是出版一本小册子，也以小心翼翼为妙。我曾对作者说，其实你这本小书也跟写得很好的那一类书籍一样，最迟半年之

① 1789 年法国大革命爆发；1815 年拿破仑帝国垮台，波旁王朝复辟。
② 波尔图，法国拿破仑帝国时期著名歌唱演员。
③ 帕伊谢洛所作的歌剧，剧中写的是一个公证人爱上了一个磨坊女的故事。(马尔蒂诺注)
译者按：帕伊谢洛（Giovanni Paisiello, 1740—1816），意大利作曲家，歌剧《磨坊女》1788 年上演。
④ 该当磨坊主呢，还是当公证人？——司汤达原注
译者按：此两行歌词为意大利文，大意：
　　墨水和面粉
　　哪个能打动我的心。

后，即将为世人所遗忘。

我们暂且恳求人们宽容一些，就像对待喜剧《三个街区》[①] 的作者所表现出的宽容一样。剧作者只是给公众送上了一面镜子；要是长相丑陋的人经过这面镜子前照见了自己，这难道是作者的错？一面镜子，又属于哪一党，哪一派呢 [②]？

就这部小说的文笔来说，读者会发现其表达方式自然而质朴，于此我不敢作任何改动。我觉得，那种日耳曼式的浪漫派式的夸张实在是讨厌不过。作者说："极力追求典雅的文词最后适足以导致繁缛和呆滞；那类文章，读者看上一页，也许还觉得乐意，但在看完一章之后，这满纸**矫揉造作**的玩意儿，当令人掩卷而罢，而这本书，我们希望读者——我不知道他们能看多少章——多看几章；因此，就请保留我的自然朴实的村言野语、市井俚谈吧。"

请注意，我认为此书是用市井风格写的，也许会让作者有些失望。而她心中有着无限自豪。这颗心属于一位女人，倘若她的名字让人知道，那么她会自觉老了十岁。再

---

① 《三个街区》，彼卡尔与马泽尔合作的喜剧，于 1827 年 5 月 31 日在法兰西喜剧院上演。（马尔蒂诺注）
② 我们还记得司汤达在《红与黑》第 1 卷，第十三章中引用的题词："小说，这是一路上拿在手里的一面镜子"，而且无疑是随意签上的名字：圣雷阿尔。在《吕西安·勒万》序言的序一中，司汤达还写道："小说应当是一面镜子。"（马尔蒂诺注）
　　译者按：圣雷阿尔神父（César Vichard, abbé de Saint-Réal, 1638—1692），法国历史学家。而"小说是一面镜子"这句话系司汤达给小说下的定义。

说，又是这么一个题材……!

司汤达

一八二七年七月二十三日，

于圣然戈尔夫 ①

---

① 圣然戈尔夫在日内瓦湖畔。(马尔蒂诺注)

关于《吕西安·勒万》^①

① 本文译自法国一九五二年七星丛书版司汤达全集本《吕西安·勒万》，亨利·马尔蒂诺编注。五篇译文的标题系译者所加。

致于勒·高及耶夫人

    亨利·贝尔一八三三年回巴黎度假，他的女友高及耶夫人交来一部题名为《中尉》的小说稿，请他给她提意见。他把这部小说稿随身带回意大利准备从容细读；正因为读了这部稿子，他才下决心自己也来写同样的主题。……

    这位"令人崇拜的于勒"认识亨利·贝尔，是在她和圣德尼的收税官高及耶先生结婚之前还是结婚之后？他在他的日记上记的是在一八一〇年二月二十四日这一天被介绍给拉贝热里夫人等，但是贝尔和于勒·高及耶夫人书信往来却在一八二六年前后这段时间我们才找到线索。那还是从司汤达作为领事动身前往意大利任所直到后来在一八三三年回国度假数月那段时期内的通信中，我们才发现某种真情流露：原来从高及耶夫人的复信中，从他们彼此一场场机智的恶作剧中，流露出越来越明显的热烈感情。贝尔听任这种感情自行发展，听任这个美丽的妇人的爱情在不知不觉中升华，而且在他下一次回来度假之后，又一次表现出他始终忠于他在爱情上采取进攻的理论，并直言无讳地表白了他的感情和他的希望。不过，结果仍然是一无所获，得到的不过是这样一封妩媚动人的回信："一八三六年十二月二十五日。我这并不是给德·M公爵写信，我的朋友，我这是在给你写信，这时你正好就站在我的窗下。请不要为你这一天感到懊悔；这一天应该列入你一生最美好的时日之中，对我来说，这也是我最最荣耀的一天！我感受到取得伟大胜利的喜悦。进攻得好，防御得也好，不必签订和约，也没有谁失败，双方都保持了荣誉。（……）贝尔，请你相信我；你比人们所能相信的，比你自己所相信的，甚至比我两个小时前所能相信的，都要好上十万倍。阿黛尔。"

　　他们的关系至少没有因此断绝，经过这一次没有什么成果的小小战役，他们的关系反而加固了。一种互相爱慕的亲切友情继续下去，这种友情也许会对高及耶夫人产生某种影响。据此，人们可以设想她和贝尔的密切关系，同时又加上某种性格上着魔似的力量的推动，竟使她鼓起勇气写出一部小说，并亲自把小说稿交给《红与黑》的作者。直到她在一八五三年四月六日突然在巴黎死去为止，看来她并没有发表过任何作品。毫无疑问，她征求到的意见并没有使她在文学创作这条路上坚持走下去。下面就是一八三四年五月四日从契维塔韦基亚向她提出的忠告（马尔蒂诺①注）。

---

　　① 亨利·马尔蒂诺（Henri Martineau, 1882—1958），法国文学批评家、出版家。专门从事司汤达的研究。1922年成立自己的出版社，出版司汤达作品全集，并发表研究论文《司汤达的轨迹》和《司汤达的心灵》。

亲爱的、可爱的朋友,《中尉》我已读过。必须全部重新誊写一遍,而且你还必须想象你是在翻译一本德国书。依我看,语言写得太高贵,过于夸饰;我无情地斧削了一番。不应当偷懒;因为,你是为写作而写作;这对你是一种消遣。应当全部改为对话,一直到第二本的结束:凡尔赛,海伦,苏菲,社会的喜剧。——所有这一切用叙事体写,就显得滞重。结局亦嫌平淡无奇。奥里维埃仿佛是在追求百万家财;在现实生活中这是值得称赞的事,因为观众会对自己说:"我要到这个人家里去吃晚饭";在读作品时,那就恶劣不堪了。——我提出另一个结局。——你看,我是恪守我们的公约的;这决不是要抚慰自尊心。——在人的姓名上,应该少用 de,也不要用受洗名指称你的人物。难道在谈到克罗泽的时候,你不说克罗泽,却说路易①?——你说的是克罗泽,你就应该这样叫他。

每一章至少有五十处最高级形容语应当一律删掉。永远不要说"奥里维埃对海伦有火一样的热情"。

可怜的小说家应该千方百计让人家相信有"火一样的热情",但不要把它明讲出来:这是有背于羞耻之心的。

试想:在有钱的人士中,根本就没有热情可言,除非

---

① 路易·克罗泽,司汤达在格勒诺布尔的老同学和知心朋友,工程师,和于勒的姐姐发生了爱情,但没有成功。大约在 1810 年克罗泽介绍司汤达认识了于勒一家人。

是因为虚荣心受到损伤。

如果你说："热情吞噬了他"，那你就陷入毕果洛先生写给侍女看的十二开本小说那类老套之中了。但真要侍女阅读《中尉》，那它又不免缺少足够的尸体、诱拐以及毕果洛老先生小说中其他必不可少的东西。

勒万或巴黎综合工科学校开除的学生

我想用这个题名。这可以说明奥里维埃和埃德蒙的友谊或关系。**埃德蒙，或未来的院士**的性格，是《中尉》中最新颖的东西。各章的内容是真实的；但是对已故的戴马聚尔先生的最高级形容语却把一切都给弄糟了。要像给我写信那样叙述才好。你读一读马里渥①的《玛丽阿娜》和梅里美先生的《一五七二年》，那好比人们服用一种黑色药剂一样，可以治好你那种外省的 Phébus（言词含混、语意模糊病）。描写一个男人，一个女人，一处景物，要永远想到某一个具体的人，某一件真实的事。

我整个儿被《中尉》所盘踞，我刚刚才把它看好。可是怎么把这部稿子寄给你呢？得有一个机会才行。上哪儿去取？且容我设法。

---

① 马里渥（Marivaux, 1688—1763），法国喜剧作家、小说家；因其语言诙谐、细腻，矫揉造作的描写爱情的笔调而形成"马里渥体"（marivaudage）。

请写封信给我，并请在信上——开上专用名词。——假期结束后回来是一个十分使人愁闷的时刻；关于这个题目，我可以写上三页，而且还写得不太坏。有人这样想：远离我的故土，或远离祖国，我是不是还活得下去，我是不是会变老？比较起来，这是更时髦的了。我每天晚上都是在一位十九岁的女侯爵家里度过的，她认为她对你的仆人怀有友情。至于我，她就如同一架躺椅，十分舒适的躺椅。唉！除此之外，乏善可述；更坏的是，我居然没有什么更多的期求了。

　　一八三四年五月四日，贝尔对他的收信人解释她应该如何重写《中尉》，怎样避免形式方面的笨拙写法。信写出后第二天，他自己就动手写起来了，并写出开头若干页的草稿，又多次更换题目，这就是我们如今在这里用《吕西安·勒万》这个题目发表的作品。事实上，当初他自己也并不怎么知道将要写成怎么一个样子，他无疑只是抱着这样一个目的：把一部没有写好的小说改好，可是，在五月八日至九日的那个夜里，有待完成的一部作品的主要脉络犹如一道光芒突然把他的思想照得通明，这就决定他从此不再是一位修改习作的老师，而改为由他自己来完成一部作品（make un opus）。紧接着，他把各个主要场景布置起来，在稿纸上写出简明提纲，提纲是从他的主要人物回到巴黎后开始的。

所以，贝尔至多不过是从于勒·高及耶夫人那里借用了她的故事的最初几章，这就是说，南锡的那一段插曲。而这一插曲只是贝尔早在一八二五年在《拉辛与莎士比亚》第二部中提出的一部小说的计划的发展罢了（这一对照，是亨利·德布拉伊（H. Debraye）先生在他那部十分珍贵的商皮翁版《吕西安·勒万》的前言中提出的）。（马尔蒂诺注）

《吕西安·勒万》序言

序 一

这部作品不过是老老实实、简简单单地写成的，丝毫没有什么影射，甚至暗示也竭力避免。作者认为，除去书中英雄人物的热情以外，小说应当是一面镜子。

如警务当局认为本书出版有失慎重的话，那就再等待十年也未始不可。

一八三六年八月二日

序 二

拉辛是一个胆小怕事、阴险狡猾的伪善者，因为他曾经描写过尼禄①；理查逊，这个清教徒，贪心不足的印

---

① 尼禄（37—68），罗马皇帝，54—68 年在位，历史上著名的暴君。

刷工人，无疑是一个令人称赏的勾引女人的人，因为他写了"洛夫莱斯"①。宽容善意的读者，你将要读到的这部小说的作者，是一个像罗伯斯庇尔和库东②那样狂热的共和派。不过，同时他也热烈希望王族长子一系东山再起和路易十九出来统治。我的出版家已经向我保证，人们不会为上述美妙事物而加罪于我，这当然不是什么诡计，实在是以十九世纪法国人给以他们所阅读的作品的那种小剂量的关注为依据的。所谓小剂量的关注，那是报纸搞出来的。

一部小说只要敢于描写当前社会风俗习惯，读者在他还没有对小说人物发生同情之前就要问："这个人属于哪一党，哪一派？"回答是这样的："作者是拥护一八三〇年宪章的温和派。"正因为这样，他才敢于甚至在细节上都照搬共和派的谈话和正统王朝派的谈话，既不需要把这些敌对党派原所没有的荒谬性强加到它们头上，也不需要搞出一些讽刺画来，也许只有带危险性的党派才会搞得每一个政党都认为作者是反对党的一名狂热党徒。

在这个世界上，作者无论如何不愿生活在像美国那样

①　理查逊（Samuel Richardson, 1689—1761），英国小说家，幼年时做过印刷工人，他的小说对十八世纪西欧文学影响很大；洛夫莱斯系其小说《克拉丽莎》(1748) 中的典型人物：浪子、色鬼。
②　罗伯斯庇尔（1758—1794），法国政治家，大革命时期雅各宾派领袖，1794 年 7 月热月政变时被逮捕处死。库东（1755—1794），法国政治家，雅各宾派领袖之一，1794 年 7 月同罗伯斯庇尔一起被送上断头台处死。

的民主制度下，理由是：他宁愿向内政部部长献媚，也不愿讨好马路转角上的那位香料杂货商。

关于某些走极端的政党，向来是弄到最后人们方才看清它们是极端可笑的。此外，在我们这个时代，一部无聊小说的出版者必定要作者写一篇像现在写的这样的序文，这真是一个多么可悲的时代。啊！但愿他出生在两个世纪之前，在亨利第四①统治下，在一六〇〇年，那就好了！老年是秩序之友，对一切他都诚惶诚恐，害怕得很。一六〇〇年出生的人，到了老年，很容易适应国王路易十四②那种高贵的专制制度，德·圣西蒙公爵③刚正不阿的天才为我们很好地描述的那种政府，他也是很容易适应的。圣西蒙公爵讲的是真话，人们却说他是坏蛋。

如果这部没有什么价值的小说的作者无意中竟也能触及真实，人们会不会也同样骂他？他已经竭尽所能，无论如何也要避免挨骂。他描写了这样一些人物，让自己进入自己艺术的温柔的幻境之中，这样他的灵魂就可以远远避开那种腐蚀人心的仇恨思想了。共和派和正统王朝派是两个极端，在这样两个很有头脑的对立人物之间，作者没有

---

① 亨利第四（1553—1610），法国波旁王朝第一代国王，1589—1610年在位。

② 路易十四（1638—1715），法国国王，1643—1715年在位。

③ 德·圣西蒙公爵（1675—1755），法国作家，曾在路易十四和路易十五宫廷长期供职；所著《回忆录》记述1694—1723年间法国宫廷生活，对后来的法国文学有一定的影响。

公开出来的倾向是倾向于那个比较可爱的人物方面的。一般说来，正统王朝派风度翩翩，举止动人，还知道大量有趣的秘闻逸事；共和派，他内心如同包着一团烈火，举止仪态十分单纯，年纪也很轻。正像已经申明的那样，作者估量了双方互相冲突的品格以后，他所偏爱的便是他们当中最可爱的那一方；他偏爱的动机，与他们的政治观念是完全不相干的。

序　三

一天，有这么一个人，他在发烧，他吞服一些金鸡纳霜。手拿着一杯水，因为药苦难咽，不免皱眉挤眼，他对镜子一看，脸色苍白，甚至有点发青。他连忙放下水杯，上去就把镜子砸了个粉碎。

以下几卷文字的命运或许也是这样。活该倒霉，它们不去讲一百年前的故事，偏偏写了当代的人物；我看这些人物都还活着，那不过是两三年前的事。有人是坚定的正统王朝派，有人说起话来像是共和派，这难道是作者的过错？难道作者相信自己是正统王朝派同时又是共和派？

说真话，既然人们迫不得已非把认真的真话说出来不可（因为害怕遇到更糟的情况），那么，作者别无希望，只好到纽约政府统治下去过活了。作者宁愿向基佐先生 ① 献媚求宠，也不愿意拉拢讨好他的鞋匠。在十九世纪，民主制度是不可避免地要把平庸的、理智的、目光短浅和索然无味的人物（就文学意义而言）的统治带到文学领域中来的。

一八三六年十月二十一日

---

① 基佐（1787—1874），法国君主立宪派领袖、历史学家。1832—1837 年任教育部长，1840—1847 年任外交部部长，1847 年任法国首相，1848 年二月革命时下台，主要著作有《欧洲文明史》《法国文明史》等。

《吕西安·勒万》第一部引言

To the happy few.①

从前巴黎有一家人，这个家庭的家长竭力防止庸俗观念的侵入，他是很有才智的人，而且他更懂得他想要什么。

拜伦勋爵②

宽宏善意的读者：

请听听我奉送给你的这个称号。倘若你真的不是宽宏善意的，不是从好的方面去理解我将展示在你面前的严肃人物的言谈与行动，倘若你不肯宽恕作者缺乏虚饰夸张、道德目的等等，那么，我劝你就不要读下去。这个故事所以要写

---

① 英文："献给少数幸福的人。"
② 拜伦勋爵（1788—1824），英国诗人，主要作品有《恰尔德·哈罗尔德游记》《唐璜》等。

出来，是因为我想到我未曾见面而且将来也未必见面的少数读者，这一点使我很不愉快；如果能和他们一起度过这样一些夜晚时间，该是多么高兴的事！

只要怀有能得到读者理解的希望，我就不必强制自己（我承认是这样）去防备那种出自恶劣情绪的批评了。为了要风雅、雄辩、有学院气派等等，缺少那种才情也是办不到的，除此之外，还要写出一百五十页迂回比喻修辞句法的东西才行；不过这一百五十页的文章也只能取悦这类俨乎其然的严肃人士，对于像这里谦卑地站在你面前的这样的作家，他们是非常仇恨的，天命注定他们非仇恨他们不可。这些可敬的人士在现实生活中压在我的命运上压得我喘不出气来，大概他们不会再来破坏我为"蓝皮丛书"① 写作的愉快吧。

别了，读者朋友；请牢记：不要在仇恨和恐惧中度过你的一生，切切。

一八三七年……，于锡蒂奥尔德。

---

① 十七世纪以来巴黎出版的一种通俗小说丛书，大多从中世纪骑士小说改编，十九世纪初可能还在继续出书。

《吕西安·勒万》第二部引言

宽宏善意的读者：

写到巴黎，我不得不作出巨大努力以求避免人身攻击。这并不是因为我爱好讽刺，而是因为读者的眼睛若是专注于某一位部长的丑怪面貌，读者的心就会使我企图引起他对另一些人物的兴趣化为乌有。对个别人物的讽刺，这件事本身尽管如此有趣，可惜对某一历史事件的叙述完全不适宜。读者总是注意将我提供的肖像画去同他所熟知的怪异甚至可憎的原型进行比较。因为读者看到他卑鄙丑恶或漆黑一团，正像是历史将要把他描绘成的那样。

只要这些人物是真实的，一点没有夸大，那么他们就是具有魅力的，至于我们二十年来目睹的一切，倘要把它从我们这里清除出去，又很好地把它写出来，那确实是一件诱人的工作。

孟德斯鸠说："恶意诽谤宗教裁判所，这是怎样的欺骗！"关于我们今天，他也许会说："贪爱金钱，害怕丢掉官职，千方百计、无所不为地迎合主子的奇思异想，所有这一切正是构成有关挥霍国家资财不下五万之巨的伪善言论的基本精神，对此难道还有什么可补充的吗？"

我要公开宣告：私生活超出五万法郎的开支，那就不再是**不可侵犯的私生活**了。

不过，对这些靠国家资财发迹的幸运者的讽刺，并没有写进我的提纲。醋本身是很好的东西，但若和奶油搅在一起，那就把什么都给毁了。所以我尽我之所能，宽宏善意的读者，让你仔细地看一看最近时期玩弄诡计提弄勒万的那位部长。这位部长，他就是强盗，他战战兢兢惟恐丢官失位，从来不说一句真话，你看到这样的人物会高兴吗？这类人只对他们的遗产继承人才说得上是好人。正像他们心灵中从来没有一点自然的直率，宽宏善意的读者呵，看一看这种心灵的内情，真会让你作三日呕，而且还不止于此，如果我不幸让你察觉到掩盖在这种庸俗鄙陋的心灵外表上的柔媚甜蜜或卑鄙恶劣的面貌的话。

人们在上午有事前去求见的，就是这样一批人物。

Non ragioniam di loro，ma guarda e passa.[①]

[①] 意大利文："我们不要讲他们了，你看一看就走吧。"（引自但丁《神曲·地狱篇》第三歌，第51行）

为《吕西安·勒万》所写的遗嘱

　　这部小说尽管经常每一页都在反复修改中，但我们今天所看到的模样仍然不是当初作者所期望的那种模样，那是毫无疑义的。阅读原稿，我们发现，这一情况作者早已预料到了：他先后留下的亲笔写的遗嘱有五份，一八三四年十二月二十一日，一八三五年二月十七日，三月八日，四月十日和十二日，前后共有五次。遗嘱有的是简短的，但五份遗嘱反复讲的都是这件重要的事情。其中至关紧要的内容如下（马尔蒂诺注）：

（本书赠予保林娜·佩里耶-拉格朗热夫人，高隆先生转，果多-德-莫鲁瓦路三十五号。）

　　如果上天在这部小说（this novel）出版（printed）前就召我去享受给予我的德行的报偿，我担心这几卷书稿会让一位好审判官（fair trial）给剥夺出版的权利，竟落到某位针线商手中，出于某种情势或由于精神上的原因，把这几卷纸拿去点柴禾烧掉。为使这些书稿在傻瓜们的眼中抬高价钱，我在里面还配了几幅铜版插画。这几卷文稿我遗赠保林娜·佩里耶–拉格朗热夫人，她辨认得出我的笔迹，不过，她也可能变成虔诚的教徒，将文稿付之一炬。文稿有必要请几位作家审阅一下，但不要去找醉心于时髦风格和装腔作势的作家，而且他们索价也嫌太高。也不要去麻烦于勒·雅南①、巴尔扎克诸位先生，但不妨请菲·夏斯尔先生②修正文体，删繁就简，对于荒诞狂妄之处则请高抬贵手，放过算了。这个世纪实在太醉心于平庸苟且了，一八三五年我们认为是狂悖不逊的，到一八九〇年或许还未必使人觉得有趣。到那个时代，这部小说可能就像《威弗利》那样（这并不是从才能上作比较），成为旧时代的图画了。对于我们畏缩胆怯的精神现状，这似乎太过分了，而对于我们当前的风俗来说，却又显得不够，只是我们的风俗偏偏相当衰朽腐败罢了（利用电报在证券交易所肆行盗窃不在此列）。

这些人物和事件我是按照自然摹写的，我还一直在使之**弱化**。倘若有那么一位活见鬼的阉宦似的出版家把这个按照衰朽腐败的风俗复制下来的弱化了的复制品再加以削弱的

---

① 于勒·雅南（Jules Janin, 1804—1874），法国当时很有名气的作家。
② 菲·夏斯尔（Ph.Chasles, 1798—1873），法国学者，法兰西中学教授，马萨兰图书馆馆长。

话，那会怎么样呢？请读一读伍瓦屠尔①的书简；人们简直怀疑那是不是值得去写。谁料这部倒霉的小说的情况，甚至还要糟一百倍；我把它写成小说的乐趣因此全给打消了。我究竟把它交托到谁的手上才好？为了让它去碰碰运气，我已经把它装订成册。（最好的出版家无疑应该是行政法院查案官普罗斯佩·梅里美先生②，不过，如果他要写他自己的著作，事情就不大好办了。）

我为了生活不得不为国家财政预算效劳，因此我无力把它付印（print it），国家财政预算最痛恨的莫过于人们假装有什么思想。每当我看到共和派人士很有头脑，这时我就更加喜爱当前的状况：从虽不是最体面但也不太愚蠢的人士中选出七八个人来，就由他们去驾御这部车子吧。（如一八三五年二月四日银行主持的贷款，被接受或被否决的盖巴尔公债，关于斐迪南第七死亡的谣传③，目的都是为了让银行猎取利益。倘若容许这等事，那就真是不知天下有羞耻事了。）

为此，我这部小说，已装订成五或六册，遗赠保林娜·佩里耶-拉格朗热夫人（罗曼·高隆先生转，果多-德-

---

① 伍瓦屠尔（Voiture, 1598—1648），法国作家。
② 梅里美（Prosper Mérimée, 1803—1870），法国小说家，司汤达生前好友。
③ 这一事实如果不确切（我以为西班牙国王斐迪南第七死亡的谣传发生在1832年），那么我认为关于1834年终西班牙议会通过或否决盖巴尔公债的谣传却是较为真实可信的。——司汤达原注 [译者按：斐迪南第七（1784—1833），西班牙国王，1808—1833年在位。]

莫鲁瓦路三十五号)，并请付印出版，还请某一位明理的人士惠予订正。文体及不得体之处均请修改，狂悖背理的地方可听之任之，不必改动。如果保林娜·佩里耶-拉格朗热夫人已成笃信宗教的信女，我请求她将这几卷文稿转交给旺多姆广场出版人勒瓦瑟尔先生，或转送议会图书馆，如果议会图书馆愿意接受这样一部很不体面的作品的话。倘若它真不愿接受，那就请送交格勒诺布尔^①图书馆。

一八三五年二月十七日，于罗马。

亨·贝尔

我不知给这部书加上怎样一个书名才好；《吕西安·勒万》，或《殷红与黑》，似乎都可以。(迷人的托尔洛尼亚宫大舞会之次日)

> 我们要反复说明：其他几份遗嘱，不论在表达方式或者是在任何一点上，都不比这一份所表现的精神以至文字为弱。贝尔在所有这五份遗嘱中无不写明将这部著作遗留给他的妹妹佩里耶-拉格朗热夫人，其中有三份遗嘱在讲到她之后，还委托他的表弟罗曼·高隆对作品"佶屈聱牙的段落进行修改，但不要磨得太平"，并设法使作品能够得到出版。(马尔蒂诺注)

---

① 格勒诺布尔，法国东南部城市，伊泽尔省省会，司汤达的故乡。

Stendhal

RACINE ET SHAKESPEARE

Simplified Chinese edition copyright：

2023 SHANGHAITRANSLATION PUBLISHING HOUSE（STPH）

图书在版编目(CIP)数据

拉辛与莎士比亚/(法)司汤达著；王道乾译. —
上海：上海译文出版社，2023.8
  (译文经典)
  ISBN 978-7-5327-9297-9

  Ⅰ.①拉… Ⅱ.①司… ②王… Ⅲ.①拉辛(Racine,
Jean Baptist 1639－1699)－戏剧文学－文学研究 ②莎士
比亚(Shakespeare，William 1564－1616)－戏剧文学－文
学研究 Ⅳ.①I565.073 ②I561.073

中国国家版本馆 CIP 数据核字(2023)第 122345 号

拉辛与莎士比亚
[法]司汤达 著 王道乾 译
责任编辑/黄雅琴 装帧设计/张志全工作室

上海译文出版社有限公司出版、发行
网址：www.yiwen.com.cn
201101 上海市闵行区号景路 159 弄 B 座
上海盛通时代印刷有限公司印刷

开本 787×1092 1/32 印张 10.25 插页 5 字数 167,000
2023 年 9 月第 1 版 2023 年 9 月第 1 次印刷
印数：0,001—5,000 册

ISBN 978-7-5327-9297-9/I•5791
定价：62.00 元